KB147155

흐릿한 하늘의 해

흐릿한 하늘의 해

1쇄 인쇄 · 2017년 6월 13일
1쇄 발행 · 2017년 6월 20일

지은이 · 서용좌
펴낸이 · 한봉숙
펴낸곳 · 푸른사상사

주간 · 맹문재 | 편집 · 지순이, 홍은표 | 교정 · 김수란
등록 · 1999년 7월 8일 제2－2876호
주소 · 경기도 파주시 회동길(서패동) 337－16
대표전화 · 031) 955－9111(2) | 팩시밀리 · 031) 955－9114
이메일 · prun21c@hanmail.net
홈페이지 · http://www.prun21c.com

ISBN 979－11－308－1197－0 03810

값 16,000원

이 도서의 국립중앙도서관 출판시도서목록(CIP)은 서지정보유통지원시스템 홈페이지(http://seoji.nl.go.kr)와 국가자료공동목록시스템(http://www.nl.go.kr/kolisnet)에서 이용하실 수 있습니다. (CIP제어번호 : CIP2017013896)

이 책은 광주광역시 광주문화재단의 지역문화예술특성화지원사업의 지원을 받아 발간되었습니다.

14 푸른사상 소설선

흐릿한 하늘의 해

서용좌 장편소설

글을 쓴다

나 한금실은 이 소설의 등장인물이자 이 이야기를 서술하는 가공의 저자이기도 하다. 그러므로 여전히 글쓰기와 실 인생 사이에 끼어 있다. 이 기록은 40세라는 인생의 엄중한 반환점을 넘어가는 동안의 마음 조각들이리라. 지방시 인생 – 지방대학 시간강사로 사는 것은 가치 충돌이거나 불일치의 증거를 살아내는 일이다. 머릿속의 지식이 돈으로 환전되었을 때 비로소 가치가 생기는 희한한 세상에서, 그들은, 우리들은, 어릿광대다. 웃픈 어릿광대들이다. 정신의 힘으로 물질의 부족을 초월할 수 있다는 거짓 미소를 날마다 생산해서 최소한의 자존심을 지키며, 이 거짓 자존심의 효력이 언제까지 통할지 전전긍긍한다. 조물주 위에 건물주가 군림해있는 현 세계를 도깨비인들 저승사자인들 어찌해 볼 수나 있을까. 날마다 비겁했다는 반성을 되풀이하면서도, 내가 선택해야할 나의, 우리의 미래는 안개다.

안개 속에서는 더욱 또렷이 혼자다. 헤르만 헤세도 그리 읊었다. "숲도 바위도 고독하다. 어떤 나무도 다른 나무를 보고 있지 않다. 누구든 혼자다. 삶은 고독함. 누구도 다른 사람을 알지 못한다. 누구든 혼자다." 그 비슷한 시. 프랑스어로 번역된 독일시를 읽었던 기억으로 그것을 다시 우리말 한글로 생각해내자니 원문의 훼손이 의심된다.

글을 쓴다는 것은 인생을 그렇게 어설프게 해석하는 것에 불과하리라. 그러나 어떻게든 살아내야 하는 에너지를 발생시켜보아도 옆 사람에게 다다르지 못할 때, 이렇게 머뭇거리고 헤매는 동안에, 나도 모르게 목소리가 새어나온다. 목소리가 이웃 존재들에게 부딪혀 돌아오는 메아리의 시간으로 거리를 가늠한다.

좌표를 확인하려는 몸부림으로 나의 글쓰기의 근저에 놓여 있는 것은 나와 이웃들의 삶에서 드러나는 사소한 사건들이다. 서술자로서의 나의 기능은 아무렇게나 널브러진 사건들을 언어화하는 일이다. 서술자는 사건을 찾아서 그것을 미래의 독자인 허구적인 수신자를 고려해서 언어화한다. 그렇게 해서 생겨난 서사 텍스트는 서술자에 의해서 특정한 방법으로 특정한 의도 속에서 '꼭 그렇게, 다르지 않게' 언어화된다. 그러니까 다른 서술자라면 똑같은 사건을 다소간에 다르게 서술하리라. 만일 그라면 상이한 정보를 보고 듣고 상이한 동기와 관심을 가지고서 이 사건들을 재현하리라. 그러므로 나의 이야기는 다만 근저에 놓인 사건들의 주관적 변형에 불과한 것임을 안다.

이번 이야기는 지난번 『표현형』에서 나 한금실이 '동반자를 구한다'는 남자를 만나러 바닷가 마을을 찾아가다가 거의 마지막 장소와 마지막 순간에 물에 빠졌던 이야기에서 이어진다. 이어진다는 말은 그러니까 내가 살아났다는 말이고, 내 의식은 언젠가 깊고 푸른 물속을 들여다보았던 기억과 교차되어 돌아온다. 기이하게도 '슬픈 족속'을 떠올리며 돌아온 나는 살아서 글을 쓴다.

'나는 글을 쓴다, 그러므로 살아있다.'라고 선언한 마지막 동독의 소설가 크리스타 볼프가 머릿속에서 떠나지 않는다. 그러니까 나는 무턱대고 쓴다. 내가 만나는 이웃들은 아무런 연관 없는 삶을 살아간다. 어차피 세상은 우연한 공존들의 합이고, 나는 우연한 조각들만 볼 수 있을 뿐이다. 장님 코끼리 보기다. 나를 포함한 여기 등장인물들의 삶의 단면이 서술된 상태에서 얼마만큼 독자들의 공감을 얻게 될 것인지, 그것은 삶의 품질에 달려있다기보다는 전적으로 서술자인 나의 서술의 품격 탓이리라. 나는 또 한 번 서술의 마력에 굴했지만, 결과물에 대한 두려움으로 미리 질식할 것만 같다.

순간 나는 흐릿한 하늘 뒤에서 아스라이 비춰오는 햇살을 탐한다. 아, 흐릿한 하늘에도 해는 떠 있다.

2017년 봄

한금실, 가공의 서술자

차례

슬픈 족속

그러니까 다시 시작인 거다.
내가 아직 이승에 있고,
글을 쓴다는 거다.
한금실은 글을 쓴다.

성긴 나무들 숲 사이로 희미하게 하얀 세상이 비친다. 하얀 세상, 어딜까? 아니, 낮은 지평선 위, 하늘이어야 할 곳은 검회색 천지다. 검회색, 어디에서 보았던 색깔일까?

첨엔 시원한 물속이었다. 따가운 한낮의 햇볕 속에서 노란 경계석을 넘나들던 여자아이가 사라진 순간이 떠오른다. 나도 모르게 벌써 발은 물에 젖었다. 허리로 가슴께로 물이 올라오는 것은 순간이었다. 꼬마아이의 옷자락을 잡았다고 느낀 순간 뒤뚱거렸을 뿐인데……. 물속은 상상처럼 푸르지 않고 곧 어두워졌다. 어딘가로 내려가고 있었다. 검은색은 검다 못해 붉어지고 있었다. 이 깊은 물속, 어쩌면 지구 속 마그마가 흐른다는 중심으로 빠져드는 느낌……. 어디였더라? 검회색 하늘이 지붕처럼 내려앉는다. 세상은 온통 검다. 두통은 눈을 뜨지 말라고 명한다.

호수, 깊은 호수가 내려다보이는 기슭에 서 있다. 비몽사몽간이다. 가볍게, 불과 몇십 미터를 올라갔던 경사면과는 비교가 되지 않을 만큼 깊게 깊게 내려다보이는 짙푸른 수면, 산에서 뚝 떨어지는 경사면 때문에 경이롭다는 느낌에 뭉클해진다. 깊이는 지구의 중심에까지 뻗치는 인상이다. 얼마나 깊은지 표면은 움직임도 없이 육중하다. 흑수라 불리듯 정말 어두움에 싸여 있다. 순간 다시 물속에 빠져든다. 흑수 속으로 깊이.

중국에서 이 영산을 헐어 관광길을 내었다 싶으니 허전하군요.

누군가가 옆에서 불쑥 말을 던졌다.

조약에 따르면 천지 54.5%는 조선민주주의인민공화국에, 나머지 45.5%가 중화인민공화국에 속한다느만요.

저기 저쪽으로 멀리 바라보이는 곳이 북한 땅 백두산 아뇨!

예, 진정한 백두의 임자는 말이 없네요.

진정한 백두의 임자 – 나는 내 말에 정신이 든다. 지금 무슨 말인가. 몇 년 전 이런 말을 했던 기억과 함께 백두산 천지의 검은 물이 덮쳐왔다. 그랬다, 벌써 여러 해 전의 일이었지만 난 분명 그곳에 있었다. 그땐 희망적인 상황에서 모교의 강의를 맡고 있던 시절이었다. 내 인생의 보름달 시기에 슬픔은 저만치, 방학은 방학대로 즐겁기만 했었다. 영어학 전공의 동료가 연길에서 열리는 학술 행사에 참석하러 가는데, 이어 백두산 관광이 있다는 이야기를 했다. 마침 좌석에 여유가 있다고. 백두산을 내 발로 밟고 천지의 물을 내 눈으로 본다는 상상은 학회가 있는 이틀을 묵힐 것을 감안해도 해도 충분히 유혹적이었다.

공항에서 만나죠!

동료의 말을 떠올리며 우선 공항 내 은행에서 133.90으로 환전을 하고 시계를 보았다. 사람들이 모여 앉은 곳으로 동료가 불러냈다. 서른은 넘고 마흔 명은 안 되는, 소년에서 노년의 집합이었다. 부모 따라, 남편 혹은 아내를 따라 나선 경우가 몇 있어 보였다.

그렇게 탑승 수속을 함께 마치고 비행기에 오르니 금방 중국이었다. 인천에서 중국남방항공을 이용하여 대련에 도착한 것이다. 뒤늦은 점심을 먹으러 에어포트호텔로 향했다. 비행 시간은 인천에서 대련까지, 대련에서 연길까지 각각 한 시간 정도라지만, 중간에 다섯 시간이나 기다려야 했다.

닌 하오, 젠따오 닌 헌 까오싱! – 안녕하세요, 반갑습니다. 연습해 간 한두 마디 중국어는 필요 없었다. 우리는 우리끼리만 이야기하면 되었고, 인천에서 함께 출발한 가이드가 테이블마다 맥주를 한두 병 가져다 놓았다. 우리 테이블에서는 연예인 같은 젊은 아내를 동반한 남자가 혼자서 맥주를 독차지했다. 꽤 예쁜 얼굴을 하고서 다소곳이 계속 술을 따르는 아내가 신기했다. 술을 따르도록 설계된 안드로이드 같았다.

버스 밖으로 보이는 광장이나 노상에서 춤판이 벌어지고 있었다. 양걸춤이라고, 조선족 현지 가이드 말로는 이곳에서는 춤이 일상이라 했다.

길거리에서 춤이 추어질까요, 한샘?

즐거움에 겨워 춤을 추는 것이겠죠!

즐거워 보이지도 않은데요. 춤을 추다 보면 즐거워지는지. 하긴, 리듬을 타면 누구라도 즐겁지 않겠어요?

정샘, 아예 즐겁고 싶어서는 아닐까요?

즐겁고 싶어서라면, 그 말은, 즐겁지 않아서 춤을 춘다고요? 왜 꼭 즐거워야 하는지, 삶이란 게 보통 지치고 서럽고 아닌가?

휜소리를 해가며 돌아온 공항 로비에는 마땅히 앉을 자리가 부족했다. '쾌찬'이라고 쓰인 곳에 가면 앉을 수 있겠다 싶었는데, 그레이프주스를 달라 했던 누군가는 파파야주스를 받고 투덜댔다. 대규모 항구도시라지만 중앙과는 다른지, 종업원들의 영어가 시원치 않았다. 셰셰 닌! 우리와 똑같은 얼굴에다 대고 그렇게 말하기도 어색했다. 다음 말도 모르고.

비행기는 놀랍게도 예정 시간을 앞질러 출발했다. 목적지 조선족자치주의 주도 연길에 도착한 것은 늦은 저녁때였다. 거리엔 한글과 중국어가 위아래로 쓰인 간판들이 즐비했다. 비행장에서 곧바로 향한 곳은 보기에는 중국 식당인데 음식은 퓨전이었다. 맛없는 국이 뜨겁기만 하다더니, 요리 접시는 크고 무겁고 개인용 접시는 콩알만 해서 여간 불편하지 않았다.

숙소 '바이샨따샤' – 백산호텔은 싱글과 트윈 룸을 가리지 않고 하룻밤 100달러가 넘는, 중앙당에서 지도 공작을 나오는 고위급도 게서 묵는다는 대형 호텔이었다. 마음으론 여전히 불편했다. 외국인지 아닌지 도통 애매했기 때문이었을까. 영락없는 닮은 꼴 얼굴들에서 중국말이 튀어나올지 한국말이 튀어나올지 몰라 어리둥절했다.

학술 행사장 – 행사와 관련 없는 몇몇은 하릴없이 시내 관광을 나가자고 부추겼지만, 나는 건물 로비에서 책을 읽기로 했었지. 여행길에 바보같이 무거운 양장본을 챙겼으니 읽기라도 해야 덜 억울할 일이었으니까.

예술을 해석하는 사람들이 뱉어놓은 말들은 우리의 감성에 해독을 끼친다. (…) 해석은 지식인이 예술에 가하는 복수다. 아니, 그 이상이다. 해석은 지식인이 세계에 가하는 복수다.

해석은 지식인들의 복수라? 지식인에겐 감성이 없다고? 내 직업이란 것도 해석학 아닌가? 고로 나에게도 감성이 없다? 간단히 며칠 놀자고 노트북을 가져오지 않은 것을 후회했어. 『해석에 반대한다』에 반대하는 글을 쓰고 싶었으니까. 지성과 감성의 이분론이 부당했고, 감성 우위론도 근거가 없다. 태어날 때 감성의 풍요 속에서 태어난다지만, 천천히 계발된 지성 또한 인간의 또 다른 특성이자 특권이다. 원초적인 것이 우월하다니, 그것도 편견이다. 인간에게서 따로 우월한 특성은 없다. 제 알아서 신체가, 신체의 주인이 쏠리는 쪽으로 개성을 만들어가면서 살아가는 것이다. 그렇게…….

켕기는 것들을 메모하다가 다시 책 속으로 들어갔지. 「내용 없는 신앙심」 등 다른 글들도 저자 손택의 삶의 방식만큼이나 흡습성 독서를 요구했어. 여행지의 독서로는 많이 무거워, 영락없이 게으른 선비 책장 넘기기 꼴이었지 뭐.

그렇게 이틀이 지났는데, 아무것도 하지 않고 빈둥댄 내게 저녁의 연회는 과분했었지. 처음 보는 버섯단자나 이름을 듣고도 잊어버린 38%의 알코올도 맛이 아련히 떠오른다. 알코올 탓인지 연길 현지의 참석자들도 입을 열었던 것 같아. 1950년대에 태어났다는 어떤 교수는 문화혁명 당시 3년 반 동안 하방으로 시골까지 밀려갔지만, 공장행을 원치 않고 기어코 공부를 더 하겠다고 고집하던 중, 마침 영어 교육에 투입되어 영어가 직업이 되었다고. 기어코 원하는 것은 아무리 힘든 상황에서도 이루어지는구나, 그렇게 고개를 끄덕였어. 적어도 그때까진 나도 내 인생을, 미래를, 그렇게 확신할 수 있었으니까. 그런데 지금은…….

두통 때문에라도 눈을 뜨고 싶지 않다. 눈을 감고 있으면 이마가 긴장되지 않아서 편안하다는 것을 처음으로 느낀다. 성긴 나무들 숲 사이로 희미하게 비추이던 세상이 실은 겨우 내 속눈썹 사이로 비친 공간임을 깨닫는다. 눈을 감으니 다시 검회색 세상이 되고, 기억은 검은 호수를 향한다.

마침내 백두산과 천지를 향했지. 8월 초 일요일, 입추라지만 볕은 따가웠다는 기억이야. '도로수금소'를 지나니, '차굴'이 나왔어. 산삼과 꽃사슴뿐으로, 담비 가죽 등을 생업으로 하는 동네를 지나자 어김없이 휴식 시간이었어. 40여 분 쉬는 시간에 휴게소는 장사가 짭짤한 모양. 관광버스 서너 대가 한꺼번에 서 있었지, 아마.

이어지는 버스 내의 분위기가 뜰밖에. '꿥'이라는 꼬치구이에 약술을 한잔씩 걸쳤거나, 잘 씻지도 않은 장뇌삼을 질겅질겅 씹은 탓이었나? 현지 안내원은 '만경대는 꽃동산, 우리들의 봄동산'이라는 북한 노래는 맛만 보여주고, 순 국산 노래방 수준의 〈아빠의 청춘〉을 감칠맛 나게 뽑았어. 참, 노래 잘하는 사람들…….

반딧불이 억수로 많아요!

안내원의 반딧불 이야기는 어린 시절의 낭만과는 멀었다. 두만강을 사이에 두고 북한 쪽 산에는 '피복'이 없단다. 그 민둥산 화전에 웬 반딧불만 유난히 많은데, 알고 보니 파종을 한 뒤 그것을 지키는 주민들의 한숨 섞인 담뱃불이더란다. 파종해놓은 씨앗, 덜 익은 곡식도 마구 훔쳐가는 인심이라니. 굴뚝에 연기가 나는 것은 1년에 달포 정도, 그것도 아침과 낮에만. 파종이나 가을걷이 등, 일을 심하게 해야 할 때나.

마음 가득 애절한 동포애가 스멀거릴 즈음 '만경관광상품유한공사'라는 곳에 도착했어. 중국에서 건물을 지어주었지만 운영 주체는 북한이라고. 한여름 더위에도 긴 통치마에 저고리를 받쳐 입은 접대원 동무의 자태가 고왔어. 말씨도 조용하고 고왔지. 텔레비전에서 가끔 듣는 조선중앙방송의 아나운서들처럼 가열찬 목소리가 아니어서 신기했지.

상품은 크게 두 종류, 건강 상품과 자수 작품들. 어느 것 하나 가짜일 것 같은 냄새가 없는, 진지하다 못해 약간은 촌스러운 작품들이었어.

한샘, 여기 좀 와봐요. '지저스 래핑'이라뇨! 웬 예수님에 웬 영어죠? 그러고 보니 상품 모두 한국인 관광객을 겨냥한 것이군요. 봐요, 건강 상품들도 한국에서 열을 내는 것들로, 우황청심환, 상황버섯, 뭐죠 이건?

글쎄요, 아예 값이 한화로 표시되어 있군요.

한국 사람들 물건 사기는 좋아하나 봐요.

남의 나라 사람 말하듯?

누가 유럽 관광 다녀와서 구찌 백을 샀다고 자랑삼아 얘기합디다.

그게 어디 어제 오늘 일인가요?

꼭 샤넬을 사려고 했는데 그 매장엔 사람들이 너무 많아서 아예 들어갈 수가 없었다고. 그러니 누가 묻습디다. 어디, 파리에서요? 하니까 그 여자 대답이 가관이에요. 파린가, 어디였지? 도시 이름도 몰라요, 이삼백짜리 물건을 사고도 그 도시 이름도 모른다니까요.

여긴 그런 명품과는…….

우리 둘은 서둘러 밖으로 나왔지. 건물 주변으로는 장백산 정원이 시작되고, 길가 코스모스와 봉숭아와 맨드라미가 가지런히 심어져 있는 것이 옛날 어릴 적의 정이 묻어났어. 어머니가 우리들 하얀 러닝셔츠에 물들여주시던 귀여운 패랭이꽃까지도. 그곳이 정말 중국 땅인가 싶었으니까.

버스에 오르니 연변의 역사 강의가 시작되었어. 1870년대 이주하기 시작한 조선족은 초가집과 벼농사를 특징으로 정착했단다. 두만강 아래쪽으로는 조선족이 많고 백두산 쪽으로 올라갈수록 중국인이 많은데, 지붕 모양을 보고도 구별이 된다고. 사방 기와가 조선족의 집이란다.

기와집 – 그랬다. 우리 민족은 기와집에서 쌀밥에 고깃국을 탐했었다. 기와집 짓고, 아들 딸 낳아서 쌀밥에 고깃국 먹여 키우는 것, 그것이면 되었었다. 땅따먹기 놀이처럼 재화를 불리려고 혈안이 되지는 않았었다. 옛날에 우린.

버스는 민송이라는 특별한 소나무들을 바라보며 계속 달렸어. 소찬으로 – 상마다 삶아져 나온 토종닭도 있긴 했지만 – 점심을 먹고 나서 막상 백두산 천지를 향할 때는 염려와 달리 하늘이 점점 밝아졌어. 미리 니트로글리세린을 혀 밑에 넣어 녹이는 것을 잊진 않았지. 차편으로 게까지 오른다지만, 고산의 환경을 견딜까 염려스러웠으니까. 어느 만큼에 이르니 모두 하차하여 친환경 버스로 바꿔 타야 했지. 거기서부터는 사람당 두 장의 입장권을 받았을 뿐, 일행의 개념이 없이 숫자대로 태워져서 난감했었지. 번호 붙은 짐짝처럼. 친환경 버스로 달리는 시간은 25~30분, 다시 6인승 지프차로 곡예 등정이 20분 정도 소요되었나. 묘기 행진에 참가하는 기분으로 흔들거리며 덜컹거렸지. 차창 밖 풍경은 점점 달라졌어. 여러 마리 나란히 서 있는 소들의 허리나

엉덩이를 닮은 지형을 지나면서, 구름은 더 걷혀서 안심이었어.

백두산 한 귀퉁이가 갑작스럽게 드러난다. 너무나도 가까이에 솟아 있다. 그 너머가 천지란다. 해는 환하게 모습을 드러내서, 서너 번의 관광에도 천지를 못 볼 수도 있다는 말이 믿기지 않는다. 사람들로 빼곡한, 저 불모의 언덕 조각이 백두산이라고? 도저히 실감이 나지 않는다. 너무 높은 곳까지 차로 올라온 탓에 뒷동산보다 미약해 보이는 언덕. 모래와 자갈뿐인 산에서 신성은커녕 생명감마저 느끼려야 느낄 수 없다. 백두산 까마귀도 심지 맛에 산다는 말은 비유일 뿐, 까마귀 한 마리 없다.

아, 천지, 깊은 호수가 내려다보인다. 저절로 탄성이 나온다. 깊게 깊게 내려다보이는 짙푸른 수면, 산에서 뚝 떨어지는 경사면 때문에 경이롭다 못해 가슴이 뭉클해진다. 가슴이 아프다. 300~400미터 깊이라는 말이 실감나게 표면이 움직임도 없이 육중하다. 흑수라 불리듯 정말 어두움에 싸여 있다. 순간 이 끝이 지구의 중심이라는 확신이 든다. 마그마가 끓고 있다는 그곳. 천지, 그래 그곳이었구나. 그 높은 곳에서 지구의 핵을 실감했던 자리.

여기 사진 열두 장 4만 원. 여기 사진 카메라, 여기 번호 잘 봐 두세여 –

유창하지는 않지만 한국말을 하는 왜소한 청년의 옷에는 006이라는 번호가 크게 붙어 있었지. 어딜 가나 신흥 자본주의가 들어와 똬리를 틀고 있었어. 관광객들이 가진 카메라로는 도저히 잡히지 않는 호수 표면을 찍는다는 전제로, 아예 한국 돈 4만 원에 열두 장짜리 필름으로 사진을 찍어주는 직업, 알바, 장사, 그런 것. 그렇게 사진을 찍고 나니 더는 볼 것도 없었지. 한 발짝 더 올라가면 좀 더 잘 보이겠으나, 장님 코끼리 보기는 매한가지일 터.

일행들보다 미리 내려와 보니, 간이건물 한 편에선 커피 등을 팔고, 한 편에선 기념품을 팔고 있었어. 기념품이라야 백두산 관련 사진들과 그 사진을 담은 열쇠고리 정도. 늑장 부리는 팀은 늘 있기 마련, 안내원이 노란 깃발을 흔들어 그들을 불렀지만 소용없었고. 다시 지프차, 친환경 버스를 거치니까 입구였지. 왠지 허망했어. 멀리 돌아 돌아 백두산 한 조각 밟아보고 돌아서는 일이 마치 중간에 깬 꿈만 같았지. 처량하기까지.

장백폭포 – 조선족 안내원은 기어코 백두폭포라고 하는데 – 폭포 관광은 도보였지. 비껴 옆 입구를 통해 처음엔 느슨한 기울기로 시작되고. 사람들은 벌써 멀리에서 하얗게 반짝이는 계곡을 보고 놀라 탄성을 올렸어. '백두산에 걸린 두 필의 비단'을 1년 내내 볼 수 있다지만, 그렇게 은색으로 빛날 줄은 몰랐으니까.

나 있는 평길은 가파르지 않지만, 멀리 바라보이는 폭포 중간에는 가파른 곳이 있었지. 아니나 다를까, 입장료를 낸 다음부턴 길은 갑작스레 가팔라졌고, 더 가파른 층계를 오르자 곧 물이 나타났지.

한여름인데도 발을 담글 수 없을 정도로 차가운 물에 살짝 씻어보는 것이 고작이었어. 인간은 똑같은 강물에 두 번 들어갈 수 없다 – 라고 그리스인들이 그랬다던가. 나 또한 분명코 이 쏟아져 내려 흘러가는 물에 다시 발을 적시는 일은 없으리라. 그런 생각이 들었어.

이어 노천지 수영지가 있었지. '노'는 '이슬 로' 자를 썼더군. 더 큰 간판은 한글로 '세계 제일의 성산 백두산 자연유황온천수탕', 그 아래 한자로 '세계유일적성산장백산천연유황온천욕'이라 쓰여 있었지. 83℃. – 게서 의견이 갈릴밖에. 온천욕을 하자는 그룹과 말자는 그룹. 말자는 쪽 사람들이 한 시간을 기다려주기로 했는데, 바깥바람이 좀 셌나. 길가에는 조선족 풍미의 냉면 등이 20, 30, 40위안, 쾌찬은 20위안이라는 선전이 즐비했고. 길 건너엔 '순 한국식 음식', '원두커피'라는 팻말도 보였어, 한국 어디 시골처럼. 낡은 집과 어울리지 않는 새 문구들.

현지 안내원이 불러서 안으로 들어갔었지. 센 바람은 피한다지만, 로비의 커피숍 자리에는 앉기만 해도 10위안이었어. 피곤이 차츰 내려앉을 무렵, 옆방에서 우리 곡조의 단소 소리가 애처롭게 건너왔었던 것 같아. 그리운 옛 임이여, 언제나 오려나~ 애처롭다 못해 찔찔 짰어. 영락없는 몇십 년 전의 한국 풍경. 입욕한 사람들은 약속된 6시가 지나도록 감감했고, 결국 15분 이상 지나서야 슬슬 출발할 수 있게 되었던 것 같아.

버스 안이 갑자기 술렁거렸는데, '저녁에 소를 잡는다'는 행사 때문. 송아지 값이 한국의 1/10, '겨우' 50만 원이라나. 버스 한 대 사람 모두가 먹고도 남을 값이라면 합리적이라고.

식사 후 이어지는 파티는 지난밤의 연속이라는데, 우리는 그때 빠졌기 때문에 실력들을 잘 몰랐지. 그때 벌써 마이클 잭슨이니 뭐니 별명을 갖게 된 인사가 있었지. 첫날 아내가 따라주는 낮맥주를 한없이 마시던 사내. 이번엔 가곡을 부르겠다더니, 일행들의 선곡으로 〈명태〉를 부르는 품이 대단하긴 했어. 깡마른 작은 체구에서……. *그의 시가 되어도 좋다, 그의 안주가 되어도 좋다. 짝짝 찢어지어 내 몸은 없어질 지라도~.*

그 사람뿐 아니라 다들, 정말 다들, 길고 긴 노래, 어렵고도 어려운 노래들을 잘도 불렀어. 배를 움켜쥐어가면서도 불렀으니까. 어디에 살던 가무에 심취하는 민족이 틀림없는 게지. 즐거움이 많은 민족? 삶의 무게, 삶의 슬픔을 즐거움으로 뱉어내는? 속내를 토하는 말은 접고 가무로 상대하니 더 외로울 것 아닌가? 외로움과 슬픔을 음주가무로 포장해서, 나는 내 노래를, 너는 네 노래를……. 그렇게 함께 외롭게 밤은 깊어가는 거다.

식중독 뉴스가 다음날 아침 모두를 놀라게 했었지. 그때 묵은 호텔은 장백산대하. 그곳에서는 그런대로 괜찮은 곳이라 했는데. 5시에 모닝콜 – 아침 '찬청'에 들어가자 그 놀라운 소식이 기다리고 있었던 거야. 밤중에 일행 중 한 부인이 병원에 실려 갔다니 놀랄밖에. 우려했던 식중독이었어. 여럿이 배탈을 호소했고, 아예 아침을 굶거나 버스 안에서 운신을 못 하는 일들이 벌어졌으니. 누구는 간밤의 송아지를 의심했고, 또 누구는 생간을 세 접시나 비웠어도 멀쩡하므로 송아지는 아니라 했지. 갑론을박. 대개 생각이 모아지기로는 점심부터의 식당 물이 주범이라고. 한국인들은 현지인들과 달리 물의 오염에 약하지. 무슨 대가를 치렀든 단기간에 몸이 위생에 민감한 문명인으로 대단한 발전(?)을 했으니까. 동료와 나는 내가 '향수에 젖어' 잔뜩 사 들고 간 에비앙 덕분에 탈을 면한 듯했어. 향수 – 4, 5년 파리 생활의 향수가 고작 생수에 머물다니 초라하지만, 그래도 좋은 일 한 번 한 셈 아닌가.

한국에서 간 가이드는 환자 일행과 미리 연길로 향했으니까, 그제서부터는 현지인이 안내를 독점했지. 안내원은 친정 쪽 고향은 합천이지만 시댁이 부안 뿌리이다 보니 전라도식 조선시대를 사는 편이라고 우겼어. 남편이 밖에서는 한턱 쏘기가 일품이며, 집안에서는 짠돌이라 어떤 도움도 안 주더란다. 전라도 남자들이 다 그런가? 일행 중에 전라도 부부가 있었는지 다들 그쪽을 바라보는데, 나이 들어 보이는 남편은 웃고만 있었지. 그런데 안내원은 2, 3년 전 한국에서 경험한 사건이 있어 – 한 여성 국회의원이 공개석상에서 남성 의원의 머리통을 '쥐알리는' 것을 보고 – 이젠 집에서 남편에게 엇서기도 한다며 깔깔댔지. 한국 여성의 위상이라니!

어쨌거나 56개 민족의 다민족국가 중국에서 여자는 조선족 여자를 제일로 친다고. 가무에 능하지, 성격 깨끗하지, 남자들 시중 잘 들지……. 자화자찬이지만 귀여운 여자였어. 조선족 여자는 조선족 남자와 결혼하는 것을 제일로 쳤었지만, 그건 과거사다. 이젠 돈과 권력과 학력을 지닌 중국 남자와 결혼하는 예도 생긴단다. 고등 졸업 후 대도시의 한국 기업에 취업했다가, 한국으로 시집을 가기도 하고. 이렇게 해서 빈자리를 탈북녀들이 들어와서 메운다는데. 다시금 졸다가…….

두통은 여전하지만 배고픔이 눈을 뜨고 싶게 한다. 성긴 속눈썹으로 무거운 눈 뚜껑을 열기가 힘들다.

눈동자가 움직이네요, 잠에서 깬 거 맞지요?

귀에 익숙한 목소리가 다시 긴장을 불러온다. 아, 나는 아직 이쪽이구나. 그러니까 그쪽, 내가 있었던 쪽. 배고픔도 그렇고 그 목소리 또한 증거가 된다. 안도감에 오히려 넋이 나갈 것 같다. 눈을 뜰까 말까……. 깬 줄 알면 질문을 해댈 것이고, 난 적어도 변명이라도……. 아직 자신이 없다. 배고픔을 참고 눈을 감자, 다시 흔들리기 시작한다. 살그머니 멀미가 인다.

용정을 향한다. 기다려지던 마지막 일정이었지. 처음에 묘지가 보이기 시작했어. 한국에서처럼 호화 분묘는 아니어서 대리석이나 화강암 묘석은 아닌 듯했어. 어쨌거나 나무 말뚝에 페인트로 이름을 남겼더라도 2만 명이 조금 못 되는 조선족은 자신의 문화에 따라 매장되는 권리를 부여받았다니, 좀 놀라운 일 아닌가. '작은 거인' 등소평이 첫째는 주린 배를 채울 수 있게 해주었고, 둘째로 매장 문화를 변혁하는 데 성공했지만 조선족은 예외라고. 그러니까 어떤 중국인도 토장을 금하며, 물론 비석도 아무것도 허용되지 않는데, 그런데도 조선족은 생일제 외에 추석과 청명에 제사를 드려도 된단다. 중국 내 조선족 차별을 선입견으로 지니고 있던 우리로선 차별이 아닌 다름을 인정한 점에 감동하며…….

용정 길거리엔 대하극 〈토지〉에서 나왔던 인력거가 눈에 띄었는데, 이것은 3등 택시로서 도문과 용정에서만 볼 수 있는 열악한 생존 조건이랬다. 시내에서는 거리에 관계없이 '1인 1위안'인데, 당시 우리 돈으로는 1,400원 정도. 하루에 서른 번을 운행하더라도 점심 값 등을 제하고 나면 20위안 정도의 수입이라고. 난 왜 하필 화폐단위에 민감했었지? 한국에는, 고향에는 절대 빈곤이 없다는 인식인가. 위안인가. 외면인가.

용두레 우물이 있던 땅에 – 그래서 용정이라고 했다 – 1860년대 함북에서 살 길을 찾아 이주한 조선인들이 집을 앉히고 밭을 일구었더란다. 연길에서 용정으로 가는 길 오른쪽 산 위에 비암산의 천년수가 있었단다. 이 소나무 아래 독립운동가들이 모여 항일 의지를 불태우곤 했으니, 독립군의 보금자리를 그냥 둘 일본이 아니었는지라, 산 나무에 구멍을 뚫고 약품을 넣어 고사시켰다 했다. 그렇게 일송정은 죽어 넘어지고 없고, 용주사마저 문화혁명 때 사찰 탄압 가운데서 사라졌다. 멀리 바라보이는 일송정 터는 왜소하기 그지없고, 〈선구자〉에 일송정과 함께 나오는 해란강 또한 실망스러웠지. 두만강 지류답지 않게 물은 마르고 모습이 처량했어. 건너가는 용문교 또한 한없이 초라한 그냥 다리일 뿐. 이 허탈함을 또 어디에서 느꼈더라?

미라보 다리 – 그래, 거대함에서는 남달랐던 미라보 다리, 그곳에서의 허탈함을 잊을 수 없어. 아폴리네르의 시 한 편으로 우리를 이끄는 그곳. 미라보 다리 아래 센 강은 흐르고 우리들 사랑도 흘러내린다. 내 마음속 깊이 기억하리, 기쁨은 언제나 고통 뒤에 오는 것임을. 밤이여 오라, 종아 울려라. 세월은 흐르고 나는 남는다. 손에 손을 맞잡고 얼굴을 마주 보자, 우리들 팔 아래 다리 밑으로, 영원의 눈길을 한 지친 물결이 흐르는 동안……. 인생은 얼마나 지루하고 희망은 얼마나 격렬한가…….

미라보 다리는 그러나 영화 때문에 유명해진 퐁네프 다리에 비할 수 없이 초라했었지. 그때의 가슴이 멎은 듯 아렸던 기억이 왜소한 용문교를 건너면서 되살아난 거야. 그래, 전설은 전설이어야 해. 현실이 되어서는 안 되는 거야. 나는 미라보 다리엘 가지 말았어야 했어. 아니, 진실은 초라할수록 받아들여야 하는가.

배가 아파오네. 배가 고프면 아프다고 느끼는 착각은 어른이 되어도 달라지지 않는구나. 주변에 아무 소리도 들리지 않는데, 설마 소리를 질러 누굴 부를 수도 없겠고. 이 이율배반을 어쩌나, 배는 고프고 눈은 뜨고 싶지 않고.

윤동주의 시비가 서 있는 대성중학 – 「서시」를 새긴 시비는 '사립대성중학교'라는 현판을 달고 있는 구관 건물 앞에 있었지. 1921년에 건립되었고 다 무너졌다가 1994년 금성출판사 김낙준 회장이 복원했다는 학교는 신관과 구관으로 나뉘어져 있었지. 잔디에는 '잘 부탁드립니다. 나를 많이 사랑해주십시오!'라고 쓰인 작은 팻말이 우릴 반겼어. 웃음이 나게 촌스러운 문구가 정답다 느낄밖에.

바로 구관 건물 2층이 기념 전시관이었어. 사진, 화보, 책자 등이 전시되어 있어서 당시의 윤동주 시인의 모습을 볼 수 있는 곳이었지. 용정 출신의 다른 인사들의 역사 또한 전시되어 있고, 안중근 의사의 의거는 물론 철혈광복단의 15만 원 탈취 사건 등에 대해서도 열심히 설명을 들었어. 현재 2,200명 남녀 조선족 학생이 공부하고 있다는 설명을 끝으로, 마지막 방은 방명록을 작성하는 곳이었지. 이름 칸 옆에는 장학금 기부 의사를 표명해도 좋다는데, 어느 화폐이건 어느 액수이건 환영이라고. 초라한 봉투를 내민 손이 부끄러운 김에 서둘러 아래층으로 가는 계단 쪽에서 문득 조그만 입구를 발견했어. 층계참을 이용해서 책을 전시하는 곳 같았지. 대개가 스치고 지나갈 위치에다, 실제로 그곳을 들르는 사람이 별로 없어 보였어. 하지만 한적하기 때문에 들러보고 싶은 그런 곳. 아니나 다를까 고작 여남은 권의 책들 중에서『하늘과 바람과 별과 詩』를 발견하곤 얼마나 기뻤던지. 손바닥보다 조금 더 넓은, 두께 또한 왜소한 20위안짜리 소책자. 책장을 확 펼치는데 짧은 시가 눈에 들어왔어. 72쪽, 제목은「슬픈 족속」.

흰 수건이 검은 머리를 두르고
흰 고무신이 거친 발에 걸리우다
흰 저고리 치마가 슬픈 몸집을 가리우고

흰 띠가 가는 허리를 질끈 동이다.

이것이구나, 우리는. 슬픈 몸을 감추고 떨쳐 일어나는, 이것이 우리의 뿌리였구나! 정신이 버쩍 들었지. 난 이 시집을 찾으려고 여기에 왔음을 직감했어.

버스를 타자마자 책을 폈지. 「서시」는 졸업 직전인 1941년 11월에 쓴 것이고, 졸업 기념으로 원래 『병원』이라는 시집을 출판하려던 계획은 「서시」를 쓴 이후 『하늘과 바람과 별과 詩』로 제목이 바뀌었지만 출판은 좌절되었다는 것. 도쿄릿쿄대학 영문과에 유학했다가 첫 여름방학에 용정을 방문한 것이 마지막 길이 되었다는 것. 아, 동생에게 우리말 인쇄물이 앞으로 사라질 것이니 무엇이나 심지어 악보까지도 사서 모으라던 당부는 혜안이었어. 1943년 징병 영장 발부 와중에 체포되어…….

『하늘과 바람과 별과 詩』는 2002년 흑룡강 조선민족출판사 발행. 용정의 조선족은 용정 땅에 유골로 돌아와서 묻혀 있는 윤동주를 잊었고, 1985년에 연변대학 조문학과 교수와 와세다대학 교수가 함께 윤동주의 묘를 찾았을 때까지도 그와 그의 문학을 기억하는 사람이 없었다고 적혀 있었지. 다행히 용정중학교의 역사과 교사가 – 언제나 어떤 한 사람이 중요하다 – 그를 기억하여, 용정 그리스도교인 묘지에서 그의 흔적을 찾아냈다니. 지금은 묘소뿐 아니라 생가도 복원되어 있고……. 그런데 우리 여행

일정에는 거기까진 포함이 되어 있지 않았으니 서운할 뿐.

대신 천천히 죽어가는 곰들을 보게 되었으니. 반달곰의 수명은 25년쯤인데, 동방곰 사육기지에서 집단으로 사육되고 있었어. 총 1,600마리 규모를 자랑하는데, 태어나서 3~5년 사이에는 백두산에 자연 생육했다가 이곳으로 잡아들인다고. 게서 1년간 주 1회의 쓸개즙을 빼는 의무를 다하면 천수를 누리며 살게 된다니 그나마 다행? 쓸개즙을 죽을 때까지 뽑지 않고 천수를 누리게 해준다니, 퍽도 인도주의적 발상이겠다!

코앞에서 바라본 거대한 곰들은 몸집이 큰 만큼 눈이 작았어. 하지만 말없이 우릴 바라보는 흐릿한 검은 눈알은 영겁의 물, 천지의 표면과 같은 물기에 젖어 있었어. 마치 슬픔이 번져난 눈물처럼. 곰들도 울 거라 생각했어, 포유동물이잖아. 사람처럼 발바닥으로 걷는 모습이라니, 갇혀 있는 그들이 지능 낮은 식민지 인종들과 별반 다를 게 없을 거다 싶었어.

그렇게 해서 연길로 돌아와서 다시 대련으로, 이번에는 그곳에서 일박하고 새벽에 출발하는 일정이었지. '완다구어지판디엔' – 대련만달국제호텔은 23층의 최신식 건물로 객실이 383개나 된다는 대형 호텔이었지. 숙박료는 60달러 정도. 호텔에 투숙한 시간은 거의 11시였는데, 그 시간에도 밤 나들이를 가는 일행들 때문에 복도가 떠들썩했지. 아침에 어쩌려고 그러는지, 세상엔 생기

넘치는 사람들이 많음에 놀랐어.

어김없이 5시 반, 모닝콜이 울리기도 전에 동료는 부스럭거리며 짐을 챙기고 있었지. 눈도 잘 떠지지 않은 채 집어 삼킨 아침식사, 단체가 무섭긴 무섭다 싶었어. 늦잠꾸러기인 내가 단 한 번도 늦질 않았으니.

그래도 한 고비가 더 남았었지. 비행장으로 향하던 버스가 어떤 네거리에서 오랫동안 막혀 서 있게 되자 일행들은 조금 술렁였어. 빨리도 이륙할 수 있는 것이 중국항공 아니던가? 그런 불신도 없진 않았지. 무엇보다 우린, 한민족은 늘 조급해. 오랫동안 없었기에, 없음을 체감했었기에 핏속의 허기가 조급증을 일으키는 것 아닐까. 얼핏 풍요의 외관은 언제 터질지 모르는 풍선 같을까, 곧 사라질 신기루일까 봐 두려운 것일까.

탑승 수속을 마쳤을 땐 8시가 지나 있었지. 8시 20분 발 비행기에 빠듯했어. 백두산 한 귀퉁이, 망연히 만져보았던 마른 흙의 느낌을, 검은 물 표면의 뭉클한 기억을 함께할 작은 시집이 손 안에 있었지. 언젠가 고서점에서 1958년 발행된 김수영의 『달나라의 장난』을 건졌던 때의 뿌듯함만큼, 아니 그보다 더한 아픔 같은 느낌으로 『하늘과 바람과 별과 詩』를 쥐고 있었지. 흰 고무신이…… 흰 저고리 치마가 슬픈 몸집을 가리우고……. 내 운동화는 나이키. 캘빈 클라인 청바지를 꿰입은 다리가 조금 민망했어.

몸이 헐렁하다 못해 벗은 느낌에 화들짝 놀라서 눈을 힘들게 떠본다. 속눈썹이 성기길 다행이다. 반쯤만 뜨고도 세상이 내다보이니까. 창 쪽에 걸린 커튼이 여린 연두색 햇살을 통과시키고 있다. 하지만 이 시원한 공기는 초봄이라고 말하지 않고 뭔가 인공의 냄새를 풍긴다. 아래를 보니 넓은 흰 천이 내 슬픈 몸집을 가리고 있다.

뜨거운 햇살 아래 노란 경계석이 떠오른다. 나는 그것들을 넘어 물속으로 발을 내딛었던 것 같다. 수영을 할 줄 모르는 나는 거꾸로 곤두박질쳤고……. 나는 아직 기억이 살아 있다. 느낌도 살아 있다. 나는 살아 있나 보다. 눈물이 날 것 같다.

두통은 눈을 뜨지 말라고 명한다. 검회색 하늘이 지붕처럼 내려앉는다. 세상은 온통 검다. 성긴 나무들 숲 사이로 짙푸른 물기가 번진다. 천지에서 퍼 올린 검은 물이 범람하고 있다.

유예된 시간

거의 1년을 최소한의 활동으로
시간들을 버티어냈다.
물은 여전히 고통으로 기억되었고,
마시는 한 잔의 냉수 표면만 봐도 어지러웠다.
여전히 눈을 감고서야 물을 마시고 있을 때,
뜬금없이 바다에서 온 빈사 상태의
농게 한 마리를 만나게 되었다.

다시 여름이 되자 가슴이 묘하게 조여왔다. 지난여름 이맘때 물속에 빠졌었던 기억이 문제였다. 봄, 톡톡 튀는 수백 명이 배 안에 갇힌 채 우리들 눈앞에서 물속으로 가라앉는 뉴스 생중계로 아수라장이 된 봄날 이후 더 나빠졌다. 으악, 천천히 가라앉는 생명들. 나 또한 돌아오지 못하고 검은 바다 멀리로 떠내려가는 꿈이 계속되곤 했다.

언어교육원 휴가 기간은 원어민 강사들의 귀향을 배려해서 꼬박 3주다. 나도 평택 집에 머물기로 했다. 가끔은 지치고, 엄마밥이 그립기도 했으니까. 막내 옥실도 왔다. 지난겨울 아버지 칠순에 못 들어왔던 옥실이 이번에 와서는 앞장서서 남쪽 바다로 휴가를 떠나자고 부추겼다. 하필 바다지만 어쩔 수 없었다. 옥실이 굳이 담양의 원조 대통밥을 먹어보겠다고 하고 – 옥실은 수습이지만 맨해튼의 꽤 유명한 식당 요리사다 – 다른 사람들은 땅끝의 의미를 내세웠다. 나는 뭐, 어른스럽게 그 일을 잊은 듯이 처신하면서 물만 피하면 될 일이었다. 거기서 뜻밖에 물 밖으로 나온 게 한 마리와 조우하게 되었다.

놈을 우리가 처음 만난 것은 어느 식당, 정확히는 식당의 밥상에서였다. 일은 아직 떡갈비가 나오기 전에 일어났다. 한참 접시들이 들어와서 밥상 위 교통 정리를 하는 순간이었다. 승연이 벌떡 뛰면서 일어났다. 까악, 다른 아이들도 함께 소리를 질렀다. 소동의 진원지는 집게발이 유난히도 꿈틀거리는 접시였다. 대여섯 마리의 사나운 게들이 비명을 지르며 경기를 일으키고 있었다. 정말 비명 소리가 들리는 듯했다.

사람들은 정신을 차리고 상황을 파악하고자 했다. 게들에게 입혀진 양념은 색깔로 미루어 간장과 고춧가루 등이었다. 그런 상황에서 잘리지도 않은 통째의 게들이 단말마의 춤을 추고 있었다. 인간들의 이빨 사이에서 부서지지 않는다 해도, 진한 양념 탓에 그대로 몇 분이 지나면 생명을 부지할 길은 없을 것이다. 누구도 그 쌩쌩한 게들을 집어서 씹을 용기들은 없어 보였다. 서둘러 사람을 불러서 접시를 물리려는데 재경이 소리쳤다. 저 하나 주세요.

재경인 이종매의 아들이다. 은실의 아이들인 승연이, 승주와는 달리 재경은 외동이라서인지 어려서부터 제 주장이 강했다. 재경에게 한 마리를 준다는 의미가 무엇인지, 그 순간은 다들 어리둥절해서 별 생각 없이 그래라 하고 말았다. 재경인 빈 접시에 옮겨진 게 위로 제 컵의 물을 부었다. 양념을 씻는 동작이었다. 침착한 재경의 행동에 다들 안도의 숨을 쉬게 되었다. 놈은 재경이 일단은 자신을 숨 쉬게 해준 장본인임을 알 리가 없는 모양으로 그에게 덤볐다.

어쨌거나 게장 파동은 가라앉았고 떡갈비와 양념갈비가 반씩 담긴 접시들이 나오자 화기애애한 식사 시간의 일상이 되살아났다. 대통밥을 본 아이들은 신기해했다. 문제는 밥이 끝나고 디저트 과일까지 다 먹을 때까지도 놈이 씩씩하게 살아 있는 것이었다. 이제는 이러지도 저러지도 못하고 모두들 재경만 바라보고 있었다. 재경은 이마를 찡그렸다.

승주가 갑자기 일어서서 복도로 나가더니 종이컵을 들고 왔다. 여기 넣어서 가져가면 될 걸. 그러면서 종이컵에 게를 조심스레 옮겨서 재경에게 내밀었다. 재경은 이번에는 고개를 살짝 저었다. 흥미가 떨어졌는지, 아무튼 염려하는 낯빛이었다. 재경이 뒤로 물러서자 승주가 나섰다. 그럼 내가 가져가야지. 승주는 물까지 조금 넣었다. 누군가 소금을 좀 넣어야 할 것이라고 말했다. 소금도 얻어서 넣었다. 완벽한 집이 지어졌다. 도망갈까 봐서 지붕까지 종이컵으로 씌우니 좁고 불편한 집이었다. 승주는 수백 년 수령의 나무들이 늘어선 둑을 따라 산책을 하는 동안에도 컵을 조심히 들고 다녔다. 어느새 지붕에는 송송 구멍도 몇 개 뚫려 있었다.

우리 모두는 일단 다 같이 평택 집으로 가는 차들에 나누어 탔다. 나는 승연이 승주랑, 그러니까 게랑 함께 아버지 차를 탔다. 은실은 성수대교 '아차' 사고 이후로 많은 것에 적응하지 못하므로 운전도 하지 않는다. 그래서 아버지가 퇴임 후에는 큰 차를 가지고 다니신다. 순전히 은실네 때문에.

맨 뒷좌석의 승연은 할아버지의 스마트폰을 가져다가 게의 종류를 찾는다고 야단이다.

엄마, 컨이모, 울나라 게 종류가 얼마나 많은지 아셩? 18종이네용.

말 좀 예쁘게 하시지! 우리나라!

앗써요. 그게…….

알았어요!

예, 알았어요. 여기 봐, 이 사진, 요게 농게래요, 농게!

논게? 논에서 살아?

엉뚱한 승주는 누나에게 핀잔을 듣는다. 논게라니, 농게라니까. 딱 이 분홍색 집게발이 농게야. 게 발이 몇 갠 줄 알아, 너?

그야 여섯 개!

뭐야, 게가 곤충이니? 집게발 두 개 빼고도 여덟 개야. 들어

봐. 집게발가락은 길고 숟가락 모양이어서 개펄에서 먹이를 긁어 먹기에 알맞다. 수컷의 한쪽 집게다리는 암컷과 같으나 다른 한쪽은 커서 집게 길이가 50밀리미터에…….

언니, 이 게가 살까? 아이들 떠드는 데는 아랑곳없이 은실이가 걱정스레 말한다.

살아 있으니 걱정 마.

언니, 난 좀 무서운데. 이게, 이 게가 지금 무섭지 않을까? 난데없이 컵 속에 갇혀서…….

컵인 줄 알 리 없잖아. 집에 도착해서 넓은 데 놓아주고.

어떻게 살아?

걱정 마, 일단 살아 있잖아. 잠을 청해봐, 너 깨어 있음 멀미하잖아.

은실은 여전히 불안한 표정이다. '아차' 사고란 우리가 서울 고모네 집에서 한강 건너로 학교를 다닐 때, 고1 은실이 늑장 부리는 나랑 같이 나서서 지각하는 바람에 성수대교 사고를 비껴갔던 일을 말한다. 하지만 친한 친구를 잃은 은실에게는 회복하기 어려운 상처가 되었고, 그 이후 은실의 삶은 뭐랄까, 그리다가 반쯤 지워서 뭉그러진 수채화 같다. 아래 절반쯤을 손바닥으로 지워버린. 나무도 집도 살아 있는 풍경이기는 하지만 아랫도리는 뭉그러져 불안한, 덧그릴 수도 없이 여전히 물감들이 흐르고 있는 그림.

은실이 농게 걱정을 놓아두고 스르르 잠이 든다. 아이들은 벌써 다른 주제로 깔깔대고 있다.

아버지, 일단 천당의 문턱에서 살아 나왔으니 다행인 거죠?

그럼.

아버지, 이 게는 운이 좋아 살았다고 생각할까요, 아님…….

아서라, 생사의 문제 어쩌고 은실이 들을라.

아니, 아버지, 자기가 맹렬하게 탈출을 했기 때문에 선택되었다고 믿을까 궁금…….

그만두래도. 게가 무슨 철학을. 아버지 운전하잖냐. 여보, 한 박사 좀 말려요!

'한 박사'는 아버지가 나를 부르시는 이름이다. 어머니는 뒤만 한 번 돌아다보신다.

그날 저녁에도 아직 헤어지지 않고 다들 집에서 북적대느라 부산한 휴가의 연속이었다. 안방은 여자들…… 그런 식으로 분류된 잠자리는 불편해도 다들 즐거워하는 편이었다. 옥실과 은실을 가운데 두고 나와 어머니가 바깥으로 끼어 누운 잠자리에서 눈은 더 말똥말똥해지는 밤이었다.

올핸 모기도 별로 없어 다행이구나.

예, 엄마. 맘도 한 번 오면 좋은데.

옥실은 엄마와 맘으로 엄마와 큰어머니를 구별한다. 미국의 큰아버지 댁에 입양되었으니까. 그렇게 여름휴가가 끝나갔다. 며칠 후 옥실이 돌아가자 나도 바로 내 굴로 돌아왔다.

철학이 다시 떠오른 것은 애들이 거의 날마다 농게 소식을 전했기 때문이었다. 개학 전이라서 다른 재미있는 일은 없는 듯 보였다. 분홍 집게발 농게라서 '분농이'라는 이름을 지었다고, 다시마도 넣어줘보고, 물속에 돌도 넣어주었다고. 제법 의식주가 갖춰져가고 있었다. 그러니 게라고 철학을 하지 않겠는가.

밥이 없으면 죽지만 밥만으로는 살지 못하는 인간처럼, 생명체인 게도 그 나름의……. 아직 수업이 없어 빈둥대니까 이불 속에 누워서도 잠이 헛들곤 했다. 그러면 물에 빠지는 꿈을 꾸지 않으려고 눈을 버럭 뜨고 온갖 상상에 매달린다. 분농이는 행동에 점수를 주어 자유의지론자 쪽으로 분류해두었다. 그 순간 아주 우연히 그 반대가 떠올랐다. '진드기 철학자'에 대한 기억이었다. 그가, 배승한 교수가, 단 한 번 함께했었던 언어교육원 회식 자리에서 읊어대던 이야기였다. 대충 소맥이 한두 바퀴 돌았을 때였다.

술, 좋군요. 아, 현세는 모든 가능한 세계들 중 최고의 세계다, 옳소! 더 나은 세계가 있다면 신은 인간을 위해 반드시 그 더 나은 세계를 주셨을 거라, 가라사대 라이프니츠! 세계에는 무엇보다 완전한 신이, 이 세계 질서를 보장하는 선한 신이 반드시 존재할 것이니까…….

말씀은 선한 신이라면서 어감은…….

아니, 모든 생물체며 자원이 인간을 위해서 존재한다는 믿음이 오늘날 더 확고해지고 있잖습까.

거야, 프로메테우스가 인간에게 불과 지능을 마련해주었기 때문에 결과적으로…….

아니, 그건 인간을 상대적으로 결함이 있는 존재로 보았다는 뜻이죠. 빌헬름 베클린이라고, 라이프니츠에 비하면 달걀로 바위 치기도 안 되는 위인이, 물론 라이프니츠 사후였지만 재밌는 글을 썼어요. 내용인즉슨, 치즈에 생긴 진드기도 철학을 한다 이 말씀.

치즈 진드기?

어라, 저도요 덩어리 치즈 속에서 시꺼먼 날벌레를 본 적 있어요. 날개랑 더듬이도!

눈 좋으시네요. 하지만 곤충학 말고 철학이라잖아요. 계속해 보시죠, 배 교수님.

제가 아니라 베클린이요. 진드기 철학자 말씀이…… 읊어요? 아, 이 치즈의 향기는 얼마나 사랑스러운가! 그 맛은 낙원과 같구나! 얼마나 영양가 있는 음식인가! 내 집은 편안키도 하여라! 헤아릴 수 없이 온통 먹을 것으로 가득한 이 세상이여! 치즈를 만드신 그분, 우리 진드기를 위해 치즈를 창조하신 그분은 얼마나 전능하고 훌륭하신지! 우리의 존재는 그분의 의지요, 우리의 행복이 그분의 목적이다…….

그때 나는 배승한이 아니라 진드기 철학자라는 게 궁금해서 인터넷을 뒤져보았다. 라이프니츠에 대해 나는 피상적으로만 알았을 뿐인데, 당대에도 프랑스에선 의견이 엇갈렸다. 디드로가 그를 플라톤만큼 치켜세우자, 볼테르는 철학소설 『캉디드』를 써가면서까지 드러내놓고 그를 비아냥댔다. 베클린은 철자도 모르는 생경한 이름이라서 찾는 데 한참 걸렸다. 제목은 「에담 치즈의 8층에 사는 진드기의 독백」이었다. 에담 치즈라면 진드기에게는 타워팰리스 정도는 되는 명품 집이다 싶었다.

은접시 위에 에담 치즈가 한 덩이 놓여 있고, 그 가까이에 촛불이 비추고 있다. 진드기는 치즈의 유기 성분들이 내부에서 발효하여 생성된 생물체다. 꼭 그렇게 본문에 쓰여 있었던 것 같다. 분명 대혁명 이전의 글이었고, 그러면 다윈을 한참 앞서는데도 '생성'을 말하다니 놀랍다고 생각했었다. 진드기들 가운데 한 철학자가 치즈와 진드기의 근원과 운명에 대해 심사숙고하고 있는데, 그때 은접시째로 치즈의 주인이, 한 신사가, 이 치즈를 먹으려는 찰나에 진드기 철학자의 독백을 엿듣게 된다, 그런 식의 재미있는 설정이었다.

어디엔가 내가 저장해두었었는데? 못 말리는 조급증을 어쩌지 못하고 그만 일어나서 노트북의 폴더를 뒤져냈다. 파일명 에담 치즈.

진드기 철학자는 촛불을 찬미한다. 이 빛은 진드기를 위해 만들어진 것이로구나! 행복한 진드기들이여! 너희들이야말로 세계의 모든 구성체들 가운데 중심이며 궁극의 목적이다. 빛은 너희의 기쁨을 위해 빛나고, 치즈는 너희를 위해 향을 풍기며, 치즈의 지방질 성분은 너희를 환락으로 초대하는구나! 바야흐로 이 연설가는 미래에 대한 예언을 할 참이다. 미래에 그 일부를 뜯어먹으면서 살게 될 치즈의 본질을 설명하기 위해서, 그는 진드기 형이상학의 수많은 기본 개념들을 늘어놓기 시작한다. 그때 귀를 기울이고 있던 신사는 이 철학자를 그가 서 있던 강단과 함께 입안에 넣어 삼켜버리고 만다. 이 진드기 철학자는 교살자의 이빨 사이에 씹히면서도 여전히 그들의 보존과 행복이 자연의 궁극 목적이라고 주장했을 것이다.

푸훗. 그때의 글을 찾아 읽으면서 웃음이 나왔다. 그가 무슨 뜻으로 진드기 철학을 읊었을지 궁금한 내 꼴은 뭐냐 싶었다. 완전한 신은 그 행위에 있어서도 완전하고, 신은 항상 최선을 지향한다는 최선의 원리를 비웃는 그는 자유의지론자?

파독 광부와 간호원으로 돈 모아서 돌아온 착실한 부모, 어머니의 비밀 아닌 비밀, 자신이 낳은 아이를 입양해야 했던 아픔, 그 아픔을 품어주고 첫아들로 키워낸 아버지. 유난히 키들도 작은 시골 마을에서, 동네 사람들과 판박이인 어머니 아버지 사이에서 훤칠한 서양 아이로 자라나면서 느꼈을 형의 혼란. 멋모르고 순진했던 자신의 유년 시절. 있을 수 있는 최상의 세계와는 동떨어진 세상을 일찍 간파했을까, 형은. 친아버지를 찾아 독일로 떠난 형은 아버지의 흔적을 찾아 헤맸다지만……. 형은 아직 떠돈다, 무소식인 채로. 형을 찾아 형 따라 독일로 간 그는 독문학 박사가 되도록 형을 찾지 못했다. 그는 지방대학에 전임이 되었고, 언교원에 왔고, 그래서 만났고, 다시 독일로 떠났다. 그런 뒤에야 나는 그의 독일 해바라기의 정체를 알게 되었다.

그는 독일에 가서는 얼마 지나서부터 내게 우편물을, 주로 이메일을 보내기 시작했다. 간헐적으로 그러나 꾸준히. 그러니까 자유의지로. 그가 찾는 형의 흔적은 브레멘에서 베를린으로, 다시 대서양을 건너 뉴욕에까지 뻗쳤다. 그 또한 형을 찾아 거기까지. 그곳에서 형의 행적은 수상해졌다. 남미에 갔다가 다시 돌아온 형은 뉴욕에 두 번의 족적을 남겼지만 그다음은 사라졌다. 막다른 골목이었다. 형과 그가 차례로 찾아간 뉴욕의 한인은 서독 간호원 계약을 마치고 다시 미국으로 취업해서 건너간 아주머니였다.

그 아주머니가 늦은 나이에 결혼한 사람이 다름 아닌 우리 큰아버지였다는 우연을, 옥실이 자식 없는 큰아버지의 양녀로 미국인이 되었다는 더 거짓말 같은 우연을 그는 아직 모른다. 의지의 결과가 우연이라니. 그는 이 아이러니에 굴할까?

데우스 엑스 마키나 — 전근대적인 극이나 소설에서 가망 없어 보이는 상황을 해결하기 위해 동원되는 엉뚱한 힘이거나 돌발 사건이라고 비웃음 받을 우연은 또 있었다. 그는 뉴욕에서 독일을 거쳐 귀국한다고 말하고는 우편물을 하나 놓아둔 채 떠났다. 내 주소만 써둔 작은 소포를. 그것을 발견한 옥실은 수신인으로 기록된 내게 보냈다, 착실하게도.

내용물의 주인과 소포가 앞서거니 뒤서거니 도착했다. 첨엔 이 장난스러운 혼란에 개봉을 미루었지만, 나는 곧 그에게서 연락이 있을 것을 믿었던 것 같다. 우연은 자신에게 발생하면 필연이 된다.

유예된 시간은 그의 침묵에서 비롯되었다. 놀랍게도 그는 돌아와 말이 없었다. 어떻게 그것이 가능할까. 어떤 마음으로 떨어져 있는 동안 이메일이나 우편물을 계속 보낸 사람이, 어떤 마음으로 돌아와서는 이토록 침묵일까. 물론 그것들은 그냥 첨부 파일이었다. 보관할 곳이 없는 물건을 퍼내듯이 보낸 메모 뭉치들에, 본문은 없었다. 그것은 그랬다. 모년 모월 모일, 모처에서, 아무개. 그 이상은 뭔가를 써 보낸 적은 없었으니까. 그 자신에 대해서 혹은 나에 관해서는 어떤 말도 없어왔다. 아직 아닌, 유예된 관계는 한편으로는 유예된 삶이었다.

배승한이 떠났고, 메모들을 보냈고, 메모들이 쌓였고, 나는 그것들을 엮었다. 첨부파일들은 내 프린터에서 종이로 바뀌었고, 내 침을 발라서 종이들을 넘겼고, 내 손때를 묻혀서 글을 확인하고 다듬었다. 자판의 비닐 커버가 구멍이 나서 버렸을 정도로 매달렸다. 원작자(?)와는 상의도 없이.

내 글이 혹여 『어둠의 자식들』처럼 성공하면 그가 저작권 문제를 거론할까. 하긴 그럴 염려는 없다. 그것이 단편으로 나간 지는 이태도 넘었고, 또 장편으로도 묶여 나갔지만 어느 중앙지에 단 한 줄 언급도 되지 않은 채 해가 지날 모양이니까. 또 그는 이철용이 황석영에게 그랬던 것처럼 "소설 그런 것 나도 쓰겠다 싶어서 써가지고 완성된 원고를 통째로" 윤문을 부탁한 것이 아니었다. 그냥 아무런 설명 없이 '조사된' 글들의 파편을 보내왔을 뿐이다. 나는 처음에는 그것들을 나의 이해를 돕기 위해서 정리했을 뿐이다. 누구라도 아무런 맥락 없는 파편들을 보면 정리하고픈 생각이 났을 것이다. 시간차도 있었고, 시간 배열도 아니었다. 쉽지 않아서 심혈을 기울였고. 그러는 사이 글들은 나의 것이라 여겨졌다. 내가 여러 단어들을 배열했고, 내가 문장을, 문단을 만들었다. 그는 그것을 아마 알고서도, 발표된 글들을 보았음에 틀림없지만, 아무런 말이 없다. 발표된 글 때문에 시작을 못 하는 것일까. 나 또한 마찬가지이다. 발표된 글 때문에 시작 말을 찾을 수가 없다.

우리들에게 유예된 시간? 어디선가 들었던 말인 것 같아서 움찔한다. 그런 구절을 들었다. 생각해보니 학부 때였다. 우리 과에는 아직 없던 여성문학 강의가 독문과에 있었다. 그때 담당 여교수는 이름부터 전투적인 『계급과 사랑』 같은 작품들은 간략한 소개로 끝내고는, 잉에보르크 바흐만이라고 하는 작가에 몰두했다. 「유예된 시간」으로 혜성처럼 나타난 독일어권 최초의 매체용 작가라고, 전후 50년대에 문학계의 스타였다고. 그러나 시는 시작 줄부터 이해할 수 없었다. 교수님이 더 많은 설명을 곁들인 바흐만의 후반기 소설들도 어렵기는 매한가지였다. 스타처럼 사적인 불행과 비극적인 죽음이 곁들여진 – '곁들여진'은 되돌릴 말이다, 이렇게 모독적인 단어들은 지워 마땅하다 – 비극적인 죽음에 대해서도 들려줬다. 졸업 후 파리로 직행한 나는 센 강을 보면서 가끔은 바흐만의 첫사랑 첼란을 떠올리기도 했다. 그가 그 강물에 몸을 던졌다는 생각이 떠올라서였다. 루마니아 태생으로 파리에 살며 독일어로 쓰는 시인 – 시는 심오하다 못해 해독 불능이라고들 했다. 두 시인은 앞서거니 뒤서거니 죽었다. 따로 먼 데 떨어져서, 자살 그리고 자살 같은 죽음으로.

그런데 막상 시의 내용이 떠오르지 않아 인터넷을 뒤진다. 유명한 시라서 금방 나온다.

훨씬 모진 날들이 온다,

이의신청에 의해 유예된 시간이

지평선에 뚜렷이 모습을 보인다…….

여전히 오리무중이다. 이제와 그 시의 제목이 갑자기 떠올랐다 하더라도, 나는 내가 이해할 수 없었던 시를 표절하지는 않는다고 확신하고 싶다. 마찬가지로 배승한의 메모들을 표절한 것도 아니었고. 다만 내 글의 출발이 그의 가족사를 정리하는 데서 비롯된 점이 마음에 걸렸다. 내 손이, 머리가, 그의 메모들에 사로잡혀 있을 동안 그는 멀리에 나와는 무관한 세계에 있었다. 내 곁에는 교양한국어를 듣는 학생들과 가끔 전화를 하거나 불쑥 나타나는 이순규가 있었을 뿐이었다.

세상에! 강의실에서 만나는 학생들을 '내 곁에' 있는 사람이라고 쓰다니. 난 정말 혼자였음을 실감한다. 나는 일자리를 이유로 가족들과도 멀리 떨어져 홀로 혼자서 살아왔다. 홀로 혼자서 – 이런 개념은 파리의 유학 생활 이후로는 퍽 자연스럽다. 어떤 연관에도 불구하고 삶은 홀로 혼자서다. 어떤 의미에선 구원을 갈구하면서. 결과적으로 불가능한 구원. 부재의 구원을.

구원 같은 것, 사실 우리는 그것을 이웃에서 찾지 못한다. 그 이웃도 구원을 갈망하고 있기 때문이다. 대신 멀리 있는 타락한 – 노동도 질서도 모르고 때로는 가족도 모르는 – 어쩌면 조금은 미친 사람들의 예술에서 구원을 찾는다. 정상적인 삶 속에서 예술혼이 불타는 경우는 매우 드물다. 예외도 있었지만 그건 옛말이다, 폴 클로델이나 괴테나. 실제로는 광기를 예술로 승화시켰던 경우가 더 많다. 물감이나 테레빈유를 먹는 정도는 고개를 갸웃하다가도, 귀를 자른 이야기에 이르면 으스스하다. 여행 혐오증은 취미라 볼 수 있지만, 씻기 혐오증은? 예술가들에게서는 도덕 또한 평가를 비켜간다, 다분히. 랭보에 집착한 베를렌, 수많은 카사노바 행각들. 그들의 광기는 비난받기보다 우리에게 선망의 대상이 된다. 그들의 예술로 인해서. 예술이란. 예술이란.

광기 한 톨, 앙 그랑 드 폴리 – 그것은 예술에 있어서 최고의 것이라고, 고호가 동생 테오에게 그렇게 썼다. 폴 망츠의 '살롱전' 비평문에서 비슷하게 인용해서. 그때가 서른두 살, 그러고는 겨우 5년간 미친 듯 그렸고 가슴에 총을 쏘았다. 미쳐서. 〈아를의 별이 빛나는 밤〉도 귀를 잘라버린 이듬해 봄까지 그렸다. "캄캄한 어둠이지만 그조차도 색을 가지고 있는" 밤을.

안락하고 안정된 삶을 위한 정직한 노력은 칭찬받아 마땅하다. 하지만 아니다. 그것은 자신을 먹이는 데 그친다. 우리를, 인류를, 구원하지 못한다. 누군가의 안락하고 안정된 삶은 이론적으로는 다른 사람의 안락하고 안정된 삶을 방해하고 얻는다. 재화가 한정된 이 세상을 떠올리면 그렇다. 또한 그 과정의 살얼음판, 그 외나무다리는 늘 불안하고, 그만 뛰어내리고 싶은 충동을 다스리기는 웬만한 철학으로도 어렵다. 뛰어내림은 자살이다. 그 사이에 광기가 자리한다. 조심조심 인내심을 가지고 걷기 아니면 그냥 뛰어내리기. 그렇다면 광기는 예술이다. 다음 발걸음을 좁은 길 위에 조심조심 내려놓기와 넓은 공간으로 몸을 던지기, 그 사이의 시간. 유예된 시간. 예술의 시간. 시의 시간.

순간 갑자기 그 이해하지 못했던 시구가 해명된다. *훨씬 모진 날들이 온다./이의신청에 의해 유예된 시간이*……. 그건 별로 어려운 말이 아니었다. 판결이 완료되지 않았을 뿐, 처벌은, 힘든 날은, 예료되어 있다는 상황 아닌가. 물론 그 시에서 "모래가 연인의 죽음을 묻어버리는" 혹독한 시련의 삶에 관한 이해도 부족했었다. 하지만 '유예된 시간'이란 단어를 어찌 그리 오래도록 이해할 수 없었던가. 혹독한 처벌의 운명, 이라고 했다면 쉬웠을 것을. 유예된 시간이란 참 고상하면서 어려운 말이었다. 시는 어려운 말로서 사람을 매어두는구나.

예술의 시간은 아니되, 내게도 그러한 유예된 시간이 와 있었다. 나는 소포의 개봉과 소포 발신자와의 만남 사이 유예된 시간을 왜곡된 자학으로 즐기고 있는지도 몰랐다. 내가 먼저 봉투를 뜯을 것인가. 그가 먼저 연락을 할 것인가. 정당한 게임은 아니다. 그는 소포의 존재를 아마 모르니까.

유예된 시간이 상식적으로 이해되자 매력이 사라졌다. 해치

우자.

저 한금실이에요. 소포가 저에게…….

저 한금실이에요. 보내시려던 소포가 저에게…….

저 한금실이에요. 뉴욕에 버려두고 오신 소포가 저에게…….

'보내려' 했었는지 '버리려' 했었는지를 모르니 단어를 고르기가 어렵다.

저 한금실이에요. 시간이 지났지만 아무래도 드릴 말씀이 있어서요. 소포라는 단어를 피해서 썼다. 이번에는 '전송' 위에서 손가락이 멈춘다. 어쩌자는 말인가. 입력된 문자들을 주르륵 지우고 만다.

금세 가을이 깊어졌다. 학기가 시작되자마자 9월이 사라지고 말았다. 가을은 경계의 계절이다. 더위와 추위의 권력 다툼 덕에 일교차는 있더라도 보통 상쾌한 날들이 이어진다. 유례 없는 청백 하늘이 나타났다는 뉴스가 있었다. 한쪽은 완전 흰 구름으로 다른 한쪽은 완전히 파란 하늘색이었다고. 하늘까지 양분돼서는 안 될 터다. 그렇게 양분된 땅의 세상은 이미 고정되어 석회로, 시멘트로 굳어 있는데.

오전 수업이 없는 날이나 주말은 완전 늦잠이다. 먹지 않으려고 일어나지도 않은 채 노트북을 끌어다가 뉴스를 뒤적인다.

국내 최고가의 아파트 값이 나온다. 면적은 192.86제곱미터로 가격은 65억 원. 단위 환산에 넣으니 58평이다. 한 평에 1억 원이 넘는다고? 나는 내 셈이 틀리기를 바란다. 그 비싼 너른 집들에 누가 살까? 그런 곳에서는 부모 모시고 대가족이 사는 일이 드물다. 불효여서가 아니라 그들 차원에서는 아무리 넓어도 한 공간에서 부모 자식 세대가 겹쳐서 살 필요가 없는 것이다. 그들에게는 사생활이 더 있는지도 모른다. 세련된 감각도 보통 사람들보다 훨씬 더 예민해서 서로를 더 존중해서 따로 살아야 할 것이다, 아마. 서울숲 갤러리아포레에는 90평도 있다. 런던에는 2,500억 펜트하우스도 있다. 1억 원 하는 집 2,500채와 맞먹는 한 채. 이런 기사들에 아프다고 해서 내가 좌빨은 아니다. 이 구조와 셈법을 의아해하는 멍청이일 뿐이다.

보자, 최저가 아파트도 있다. 통째로 500만 원이 못 된다. 최저가 아파트 스무 채가 최고가 아파트 단 한 평 값만 못하다. 이 무섭게 저열한 인생이 차라리 부끄럽다.

하필 고흥이다, 이순규의 고향. 고흥 어디일까. 고흥도 넓다. 도화면이라고, 네이버 지도에 보니 도화면은 섬이 아닌 본토에 속한다. 이순규의 고향은 그보다 더 오지, 섬이다. 섬을 지나서 다시 섬. 연륙교와 연도교로 이어졌으니 섬 아닌 마지막 섬. 어쨌거나 나는 지금이라도 이 원룸 보증금을 들고 그곳에 가면 아파트를 살 수 있다. 이상한 뿌듯함이 비굴함을 덮는다. 하지만 두 번씩 시도할 수는 없다. 누군가에게 간다는 것을.

적나라하지만 아기를 상상했을까, 그때? 아기는 실체다. 실체를 향한 유예된 시간. 아뿔싸. 아기를, 아기 갖기, 아기 낳기가 유예된 상황이라니. 유예된 아기. 전제가 텅 비었지 않나. 내 난자가 어떤 정자를 잡아야 내 아기를……. 뜬구름 잡는 이야기다. 수학 공식에 대입하면 정자는 뜬구름이 된다. 뜬구름으로서의 정자. 정자는 뜬구름이다. 은유법. 대표, 내 마음은 호수다. 내 마음은 은유다. 내 마음은. 그렇게 그에게 갔었다.

마음 다져 먹고 - 표현이 좀 이상한가? - 배승한의 소포를 닫아둔 채로 이순규를 향했던 것은 아마도 조바심 탓이었을 것이다. 여자에게 불혹은 불임과 동의어다. 그런데 그날, 밝다 못해 뜨거운 대낮에, 나는 자발적으로, 자동적으로 물에 빠졌다. 한 팔랑거리는 여자아이의 치맛자락을 따라서. 그리고 그가 오기 전인지 그맘때인지 동네 사람들이 몰려와 둘 다 변을 면했다. 멀쩡했다는 아이의 얼굴을 보지는 못했다. 내가 의식이 없는 채로 앰뷸런스에 누워 큰 병원으로 옮겨졌기 때문이었다.

아무튼 그 후로 이순규는 좀 어눌해졌다. 역사를 줄줄이 외우던 달변은 어디로 갔을까? 섬에 살면서 어부를 하지 않는 집안 내력이 되살아났을까? 분명 자신에게로 오고 있던 여자가 만나기도 전에 물에 빠졌다는 상서롭지 못한 일에 짓눌렸을까?

무솨서 다시고롬 올라고 허지도 않겄제.

어른들의 말씀을, 이순규는 내게 그렇게만 전했다.

이태 전에 그가 작심하고 낙향했을 때에도 근심 반 걱정 반으로 대했더란다.

뭔 일이랴, 느그들이라도 나가서 터를 잡고 살어야 하는디.

여그서 어짤라고. 누가 여그까정 와서 산다고 그랴.

나는 짐작하고도 남는다, 그들의 걱정을.

뭔 마전이다냐. 처녀가 왔다믄서.

오면 뭔 소용이여, 지대로 왔어야 말이제.

뭔가 인연이 가당찮은게 그랬겠제.

그려, 없던 일로 해사제.

근디 약혼자였당가?

아니 거까장은 모리고.

집안이며 동네 어른들은 겁을 냈을 것이다. 사고를 듣고서 하늘이 막는 일이라 여겼을 것이다. 우린 약혼자도 아니었고, 사랑은 더욱 아니었다. 선을 보는 문화라는 것부터 시작해서 결혼 시장이 공공연한데, 왜 꼭 사랑과 결혼을 엮는지 모르겠다. 아이 낳아 기르는 데는 결혼만 한 좋은 장치가 없다. 성적 충동과 겹치면 금상첨화겠지만, 건강한 젊은 남녀가 서로 웬만하면 가정을 이루지 말라는 법이 없다. 어차피 오랜 사랑 기간을 거쳐도 알 수 없는 것이 사람 마음이다. 변함없는 나 – 그것부터 허구다. 하물며 누군가를 믿어 의지한다는 것은 치기다. 따뜻하고 듬

직한 이순규는 참 괜찮은 후보감이었는데.

미운사위국이라는 매생이국, 우리 섬 특산인데요.

미운사위국?

안 이쁜 사위 놈 오면 뜨거운 매생이국 끓여서 골탕 먹인다, 그 말이요.

사위가 미워요? 우리 제부는 아닌데.

요샌 더하지요. 사위는 그저 돈 잘 벌어다 앵기고, 집안일 잘 거들고. 뭣보다 마누라 말에 꺼뻑 죽어야 하는데, 백점 만점 사위가 흔컸나요? 암튼 우리 섬엔 미운며느리국은 없으니까 안심하시쇼.

그는 이런 이야기들을 평상시에 아무렇지도 않게 하곤 했다. 산이며 숲이며 그 나무들, 300년도 넘은 잣밤나무 몇백 그루, 둘이 팔을 벌려야 안는다는 동백나무들. 나는 어느새 나로도를 잘 알고 있는 것 같았다. 실제 봉래면에 발을 딛고 나서야 내가 난생처음 이곳에 왔구나 하는 생각에 피식 웃었다. 곧바로 그에게 전화를 했었더라면 상황이 달라졌을까? 배가 고파서 점심이 급했다. 잔치국수에 고춧가루 듬뿍……. 그제사 전화를 했고, 곧 물에 빠졌다.

금줄 – 산모가 있는 집에 쳐놓은, 숯과 가끔 고추도 달린 금줄 앞에 선 느낌이 이럴까. 나는 거부되었다, 그것이 그 느낌이었다. 금이 그려져 있으면 기어코 넘어가고 싶은 호기심도 욕구도 없는 나는 늙은이일까?

깨어났을 때, 다시 삶이 지속됨을 확인하기는 쉽지 않았다. 오래도록 색 바랜 병실에서 몇 년 전에 보았던 천지의 검푸른 물속으로 빠져들곤 했다. 회복은 막다른 골목에 이르러 돌아서는 느낌으로 다가왔다. 환생의 기쁨보다는 책임감 같은 것, 또 한참을 살며 결정하며 그런 일을 되풀이해야 하리라는 막연한 지루함 같은 것이었다.

설마 내게 남은 다른 가능성으로서 곧 바로 배승한의 낡은 소포를 생각했을까? 그렇지 않다고 나는 스스로 우긴다. 몸이 거부되었다고 곧바로 맘을 좇을 만큼 내가 양손에 떡을 쥐고 저울질하는 인간은 아니고 싶었다. 내가 남자를 찾아 섬에 갔다가 사고로 죽을 뻔했다는 것 – 그것을 풍문으로라도 그는 알고 남을 터였다. 작년 가을학기를 접었는데 모를 리 없다. 흉한 소문만 남기고 사라졌던 나를 두고 그는 어쩌면 일종의 마감을 했을지도 모른다는 생각도 해본다. 그러나 내게는 여전히 개봉 못 하고 있는 소포 뭉치를 감싼 아우라가 맴돈다. 황동규의 “어제를 동여맨 편지” 같은 것일까? 단순히 유예된 시간일까?

우연히 마주친 농게로 하여 나는 나의 유예된 시간을 보았다. 농게와 내게 똑같은 의미의 유예된 시간을. 간장게장 속에서 살아 나온 농게와 물속에서 살아 나온 나. 대야 속의 농게와 원룸 속의 나. 나는 농게다. 농게는 나다.

사실 올여름 농게는 사건이었다. 승연이 승주는 처음 얼마 동안은 거의 날마다 분농이 소식을 전했다. 바닷물 농도를 맞추려고 책을 찾아서 3.5% 소금을 넣었다는 자랑이 생각난다. 제부는 3.5%를 정확히 맞춰줄 사람이다. 주먹보다 큰 돌도 두 개나 넣어주었다고 그랬다. 숨기도 하고 또 물에서 나오고 싶을 때 나와 있으라고.

내게 필요한 산소 농도를 맞추려 애쓰는 사람은 없다. 내 방에 들어오는 공기에는 가깝게는 아래층 남자의 담배와 누군가의 찌개 냄새가 묻어든다. 창문 아래 자동차 매연의, 멀리는 가축 농장의 오염 물질로 적셔진다. 나 또한 다른 사람의 산소 농도에 무심하다. 그러니 분농이만큼도 보살핌을 못 받는다고 기죽을 필요는 없다.

그보다 우리 모두가 은접시 위 치즈 덩이 속에서 생성된 진드기들의 운명은 아닐까? 지구째로 우리를 삼켜버릴 거인은 원전 폭발일까? 억눌린 사람들의 자폭일까? 오늘날 잘나가는 신자유주의 자유시장경제 맹신자들도 포함될까? 우리에게 유예된 시간은 얼마일까? 유예된 시간이 있기나 할까? 나는 불혹이 되도록 살아보지도 못한 나의 삶에 대한 염려를 넘어서 인류를 걱정하는 오지랖으로 빠져든다. 비혼 여성 세입자, 대한민국 400만 넘는 1인 가구의 한 사람으로 최저 생계비 월 61만 7,281원을 벌어야 하는 코앞의 사실을 잊다니.

아서라, 자기 연민은 최악이다. 털고 일어나자. 살아 있음에 탄식도 한다. 살아 있음에 먹이를 탐한다. 기상을 하지 않아도 깨어 있다 보면 배가 고파진다. 나는 더위와 추위와 배고픔 등 감각의 총체에 불과하다. 흄의 말이던가.

바깥의 흐릿한 해가 따뜻한 빛으로 변해 있다. 시간이 한참 되었다 싶다. 그만 이불 속에서 나와서 아점을 해결하려다 분농이 생각이 난다. 다시마를 정말 먹을까? 두 달인데, 아직 살아 있을까? 독감방에서 교도관이라도 그리울 완벽한 홀로 서기, 아니 홀로 기기. 일단 사형 집행에서 풀려났으니 행복해할까? 유예된 시간을 설마 원망할까? 물도 먹이도 있으니까 지루한 시간에 사색도 철학도 하지 않겠는가.

물을 끓이면서 안부 문자나 넣을까 싶어 폴더를 연다. 아차, 거기엔 오다가 만 문자가 들어 있다. 한금실 샘, 저 배승한입…… 단 한 줄만 뜨다가 사라진다. 뭣하러 이름 부르느라 이름 소개하느라 겨우 보이는 한 줄을 다 써버린단 말인가. 메모리 관리자가 말한다, 메모리가 부족합니다…….

폴더폰이라서 문자 수신 못 했습다. 설마 그런 답을 쓸 수는 없다, 이 유예된 시간의 끝에. 무심한 폰은 멍하니 입을 벌린 채 푸른빛을 내뿜다 사라진다. 또 하나의 금줄을 느낀다.

청출어람

"배우는 것은 정지하지 않는 것이다."라던
순자의 『권학』에서 얻어들은
풍월로 버티는 나날들.
공부를 해도 해도 실 인생에서 들여오는 것은
여전히 너무 멀리 있어
아득하기만 하고 보이지 않는다.
어제와 오늘과 내일이 맞물려 흐트러진 채,
시간이 멎어 있다.

강의가 달랑 하나로 줄어든 어느 해 봄이었다.

3월 한 달을 애매한 마음으로 보냈던 기억이 새롭다. 3월이 주는 계절병이다. 그때도 한편으로는 새로운 생에 대한 구상이 일렁이기도 했지만 그것도 순간. 그냥 집으로 기어들었다. 마침 시향제를 앞두고 부산하여 아버지랑은 정색으로 대면할 기회가 없었다. 어머니는 본능적으로 내가 풀이 죽어 온 것을 알아차리신 눈치였다. 이런저런 준비를 하느라 대청소에 음식 장만에 신경을 쏟는 중에도 곁을 살피셨다.

그렇게 일요일 늦은 오후가 되었다. 산에서 함께 왔던 친척들도 다들 떠나고, 집엔 산에서 묻혀 나른 마른 잔디 부스러기들이 뒹군다. 보이지 않게는 얼마나 먼지들이 일고 있을지. 크지도 않은 대청마루와 부엌 바닥을 훔치는데도 숨이 찬다. 시계를 또 쳐다본다. 그날 저녁 꼭 보고 싶은 8시 다큐 프로그램 생각을 한다.

금실이 피곤하지. 네가 와서 난 좋았다만. 우리 찜질방 다녀와서 저녁 먹자. 아버지 시장타 안 하실 거다. 은실이랑 애들이랑 다 함께 가자.

어머니가 평소에 안 하시던 말씀을 하신다. 모처럼의 말씀이라 아니요 소리가 나오질 않는다. 애들은 말고요……, 하려다가 그것도 만다. 조카들까지 함께 갈 생각은 없지만, 속 좁은 노처녀 이모 소리 들을 건 없다 싶어 삼킨다.

그렇게 저녁이 늦어지고, 아무래도 부엌 정리도 평소와 같지 않고 늘어지기만 한다. 아버지는 벌써 9시 뉴스를 보고 계신다. 많은 사람들이 습관적으로 9시 뉴스를 본다. 한국인의 텔레비전 시청 시간이 하루 평균 약 3시간이란 통계를 본 적이 있었다. 1년이면 1,095시간, 그러니까 45일 이상을 텔레비전 앞에서 산다. 평균수명 80세를 생각하면 10년을 그렇게 산다. 물론 나도 그렇다. 뉴스 아닌 픽션, 드라마를 본다. 중간부터 봐도 괜찮고, 중간만 봐도 괜찮다. 어차피 인생은 단편이다. 어제는 지나가버렸고 내일은 미지수다. 요즘엔 머리가 멍할 때면 아무거나 어수선한 드라마 조각들을 보며 앉아 있곤 한다.

그래도 그날은 머리를 깨우는 프로그램을 기다리고 있었다. 〈KBS 스페셜 – 의궤, 잃어버린 역사를 찾다. 박병선 박사〉 – 카

프카의 말로 "주먹질로 두개골을 깨우는, 우리 내면에 존재하는 얼어붙은 바다를 깨는 도끼 같은 책들" 비슷한 것 말이다. 그런데 시간을 놓쳤다. 다시보기를 하려면 시간이 필요하다. 그전에 '의궤'라는 것에 대해 조금 공부해둘 시간을 벌기도 한다.

의궤 – 발음도 어려운 '의궤'는 표준국어대사전에 "예전에 나라에서 큰일을 치를 때 후세에 참고를 위하여 그 일의 처음부터 끝까지의 경과를 자세하게 적은 책"이라고 되어 있다. 그런 것을 왜 학교에서 들어보지 못했나 의아했다. 물론 학교에서 배운 모든 것을 내가 다 기억한다는 말은 아니다. 의궤는 조선 건국 당시 태조 때부터 만들어지고 있었다는데, 남아 있는 가장 오래된 것이 1601년(선조 31년) 의인왕후의 장례 기록인 『의인왕후산릉도감의궤』와 『의인왕후빈전혼전도감의궤』라고 한다. 보통 필사하여 소량을 제작했고, 특별히 제작된 한 권은 어람용이고 나머지는 관련 기관과 사고에 나누어 보관했다고.

이 스페셜 프로그램에서 다룬 의궤는 조선 왕실의 귀한 기록문서라는 뜻 그 이상이다. 그것은 병인양요 때 프랑스군이 외규장각에서 약탈해간 도서 300여 권을 꼬집어서 일컫는다. 사실 프랑스뿐 아니라 일본 궁내청도 조선왕조 의궤를 81종 167책이나 소장하고 있고, 그 밖에 『진봉황귀비의궤』, 『책봉의궤』 2종, 『빈전혼전도감도청의궤』, 『화성성역의궤』 등 5종이 새로이 확인되었다고 한다. 이만하면 의궤에 관한 기초 자료는 공부했다.

프로그램에는 결정적인 인물 박병선이 등장한단다. 박병선 – 인물 검색을 한다.

사학자. 1929~2011. 서울대학교 학사, 파리 제7대학교 대학원 역사학 박사과정 수료. 논문은 「버림받은 공주와 민속신앙에 대한 고찰」로, '트레비엔' 평점을 받았다.

무엇보다 1955년 스물일곱에(어딘가 자료에는 서른셋이라고 했지만 그건 계산이 틀리다) 유학길에 올랐다. 동란 후 아직 어수선한 세상에서 최고의 지성과 자유의 상징인 프랑스로 향했다. 스승 이병도 교수가 게 가거든 병인양요 때 프랑스군이 약탈해간 외규장각 도서들이 어딘가에 있을 테니 꼭 찾아보거라, 라는 당부를 하셨다는 것이 핵심이었다. 프랑스에 있을 것이라는 추측은 합리적이었지만, 어디쯤에 있는지, 심지어 그 존재 여부조차 모르는 오리무중 상태의 도서에 관한 당부를 평생 간직했던 제자가 기특할 따름이다. 그는 1967년부터 프랑스국립도서관 사서로 있으며, 틈틈이 프랑스 전역의 도서관과 고서점 등을 기웃거렸다. 1890년대에 서지학자 모리스 쿠랑이 펴낸 『한국서지』 – 고려시대의 『상정고금예문』에서 한말의 『한성순보』까지 3,800종 이상의 책을 소개한 목록 해설서 – 는 프랑스 내 어딘가에 의궤가 있을 것이라는 추론에 사실성을 더해주었다.

청출어람 – 스승 두계(斗溪) 이병도에게서 '더 푸른' 박병선이 나왔다. 이병도가 한국 역사학계의 거목이건 식민사관의 대부이건, 그게 여기서 중요하진 않다. 진단학회, 분명 일본인을 배제한 민간 학술단체를 창설하여 한국사를 연구했지만, 한편 조선사편수회에 참여한 경력으로 친일인명사전에 수록되었다. 한국 근대 사학 성립에 기여한 실증주의 사학이라는 것이 친 체제적인 성향을 띠고 있었기 때문에 비판의 대상이 되어 마땅하다. 실제로 같은 강점기에도 신채호와 박은식 등의 민족주의 계열의 사학이나 백남운 등의 마르크스주의 사학은 강한 정치적 의지와 현실 참여를 바탕으로 반식민주의 사학의 성격을 지녔지 않은가. 시대가 학자에게 변명의 빌미가 되어줄 리 없다. 그렇다고 이병도를 예서 평가해서 뭘 하겠나. 나는 사학자도 아니다.

그 이병도 교수가 프랑스로 유학을 떠나는 한 제자에게 일렀다. 프랑스인들이 '훔쳐간' 우리 것들을 꼭 찾아보라고. 푸른 대나무 조각을 쪼개어 묶어 역사를 기록한 데에서 온 청사라는 말, '푸른 역사'의 스승과 제자다웠다.

나도 모르게 이병도를 변호하는 글들을 찾아 읽어본다. 결정적으로 그는 임나일본부설을 부정했다. 임나일본부는 일본이 고대에 한반도 남부를 지배한 군사적 기구가 아니라, 다만 가야와 왜 간의 무역 담당 기구였다고 주장했다. 또 식민사관에서는 고조선의 준왕을 폐하고 스스로 왕이 된 위만을 중국 연나라 사람이라고 하여 위만조선에서 한국사의 단절을 강조했지만, 이병도는

『사서』에 기록된 위만의 상투 튼 머리 모양과 복식으로 보아 그가 원래 고조선 유민이었을 것이라고 주장했다.

이렇게 흔들리는 것이 사람이다. 순간 이병도는 '더 푸른' 제자 때문에 긍정적 평가 쪽으로 저울이 기운다. 쪽에서 뽑아낸 푸른 물감이 쪽보다 더 푸른들, 쪽이 있어 근원이 되었음 아닌가. 어쨌거나 학불가이이(學不可以已), 학문은 그쳐서는 아니 된다는 순자의 권학 말씀이 옳거니.

다시보기 – 월요일 아침 일찌감치 컴퓨터를 켰다. KBS를 찾아 아이디를 넣고 비밀번호를 넣는다. 서두르다가 한두 번 틀린다.

부욱 하고 휴대전화가 미끄러진다. 속세를 떠나 절로 들어가련다는 선배의 문자 메시지에 처음엔 어리둥절했다. 그런데 그 절 이름은 만우절이라고 할 때서야 쿡쿡 웃었다. 이젠 어제의 프로그램은 다시보기가 안 된다는 메시지가 뜨더라도 만우절이라 놀라지 않으리다. 뜬다. 〈KBS 스페셜 – 의궤, 잃어버린 역사를 찾다. 박병선 박사〉. 광고 방송이 가볍게 두 번 지나가고 어스름 화면이 시작된다.

1975년 프랑스 파리, 이미 어두워진 거리. 개선문 아래로 차들은 유영하듯 미끄러진다. 바깥의 화려한 세상과 대조되는 장면

– 적막한 밤을 밝히는 작은 손전등을 든 손이 먼지가 수북이 쌓여 날리는 책을 쓰다듬는다. 효과도 멋지다. 프랑스국립도서관 베르사유분관의 파손도서보관실에서였다.

인종도 나이도 성별도 초월한 듯, 그저 진지한 인간의 얼굴, 그 입에서 유창한 프랑스어가 흘러나온다. 박병선 박사 만년의 모습이다. "처음 의궤를 발견했을 때 너무 감동해서 온몸이 마비될 지경이었어요. 당시 아무 말도 할 수 없었어요." 20년 동안을 한 우물을 파다가 마침내 그 대상을 만났다는 것이 믿어졌겠는가. 중국 도서 번호를 지니고 있던 우리 것. 한 사람 사학자가 그 누구도 알아보지 못했던 보물을 알아본 것이니.

그러나 그것은 시작의 순간에 불과했다. 1978년 10월에 의궤 발견 기사가 한국에서 떴다. '강화도사고문서 파리서 발견'이라는 제하에 병인양요 때 프랑스 함대가 약탈해간 필사본 등 130종 345권이 112년 만에 발견되었다는 뉴스였다. 더구나 한국에 없는 책들도 포함되었을 가능성도 보도되었다. 이런 보도에 프랑스국립도서관 측은 곤란해했고, 냉대는 극에 달했다. 그쪽 입장에서야 내부인인 사서가 '여기 우리' 도서관 분관 창고에 약탈된 도서가 있노라고 그 당사국에 알린 정황으로 해석될밖에. 결국 권고사직의 형식으로 도서관을 그만두고, 우리 대사관 한구석에 마련해준 연구실에서 홀로 의궤 연구에 들어갔지만, 정작 도서관에서는 열람자 신분의 출입마저 제한했다고 한다. 굴하지 않고 매일 도서관을 찾은 그에게 계절이 바뀌고서야 출입이 허락되었지만, 하루 단 한 권의 열람이 조건이었다. 그러다 보니 점심시간에 자리를 비우면 곧 바로 책을 반환하라고 할까 봐서 점심 거르는 것이 일과가 되었다고 했다.

날마다 점심을 거르고? 먹으려고 사는 세상에서? 이건 아이러니가 아니라 결과적인 철학이다. 결국 오늘 하루 잘 살아서 무엇을 위함인가, 다시 내일 잘 먹기 위함이 아니던가.

그렇게 종일 먹지도 못하고 의궤에 매달리기 10년여 세월이 흘렀다. 『조선조의 의궤 – 파리 소장본과 국내 소장본의 서지학적 비교 검토』라는 책을 써냈다. 제목과 주요 내용은 말할 것 없고, 제작년도를 분류하여 정리했고, 특히 외규장각 의궤와 한국에 남아 있는 의궤 사이의 특징을 비교 설명해놓은 역작이었다.

다시 이어지는 동영상의 목소리. 그 세월 동안 그는 한국에 의궤를 알리는 일도 게을리하지 않았다. 1982년 KBS 뉴스파노라마에서…….

금실아, 아버지 나가신다.

어머니가 부르시는 소리에 화면 정지를 눌러놓고 내다본다.

아버지, 어디 가세요?

글쎄다. 그런데 넌 오늘 안 내려가냐?

가야죠. 이따 오후에. 저 화 · 목 수업이에요.

화요일 목요일 이틀만 해?

예.

그럼 나랑 산책할까?

산책을요? 어제 피곤하실 텐데요.

산책이야 늘 다니시지. 언제는 피어선학교, 아니 지금은 평택대학교지, 게까지도 가셨더란다. 20리 길이니 가시는 데만 두 시간도 넘는데.

어머니가 거드신다.

거길 왜요?

그냥 걷다 보니 거기까지 갔더라. 올 땐 버스 탔지. 헌데 그 대학이 성경학원 때부터면 백년 넘은 역사니까 대단할까 싶었는데, 왜 거긴 미국, 중국, 일본학과만 있는지 모르겠더라.

…….

거긴 원래 신학대학이잖아요.

내가 암말 않고 있자 또 어머니가 거드신다.

아버진 별 공부도 안 한 성싶은데 교수도 되고 그런 사람들을 부러워하실 것이 뻔하다. 아버지 기준으로는 확실한 선진국에 유학해서 박사가 되어 온 딸 정도라야 제대로 공부를 한 것이다. 그런 딸이 강의도 제대로 못 맡는 거의 백수 신세니.

아버지, 오늘 좀 추운데 나가시게요?

춥냐? 젊은 애가?

하늘이 비도 올 것 같네요.

핑계는. 너랑 코앞의 평택호에 가본 지도 오래다. 여기 서해대교에도 안 가보았지?

거긴 개통된 지 얼마 안 되니까요.

얼마 안 된다고? 10년도 넘은 게 얼마 안 된 세월이냐. 7천 미터가 넘으니 장관이지. 나들이 좋아하지 않는 네 어머니도 다녀왔지, 벌써. 그러고 보니 평택이 징검다리네. 아산과 이어 평택호 만들었지, 당진과 연결해 서해안고속도로로 이었지. 넌 이곳 팽성을 땅끝이라 여기는 사람 같아. 바다 쪽으로는 아예 관심이 없으니.

바다요? 바다라는 게 제겐 좀 상징적일 뿐, 바다라는 건 실감이 나지 않아요. 바다…… 뭣보다 여기 바다는 뭐랄까, 막힌 느낌이죠.

그 순간 나는 그 사람의 남쪽 섬을 생각했다. 섬이라면 바다로 둘러싸인 곳일 텐데. 그런 느낌은 뭐랄까 신천지에 대한 발상처럼 다가왔다. 바다가 멀지 않은 곳에서 태어나고서도 바다를 바라본 적이 없이 내륙으로 내륙으로 향해서 살아왔다. 이제 난데없이 다른 사람의 섬을 생각하다니. 이건 무슨 억하심정은 아닐 테고. 방향 상실일까.

놔둬라. 혼자 다녀오마.

그렇게 아버지가 나가시고 난 뒤에도 어머니는 눈으로 나를 붙들고 계셨다.

어머니, 왜요?

아버지 말이다.

아버지가 왜요?

아버진 이럴 때 며칠은 정말 우울해하신다.

거야, 어차피 늘.

잘나가는 청주 한씨들이 좀 많으냐. 왜 우리 집안만 손들이 귀해가지고. 하긴 아들들 있어도 시제에 소용없더라만.

설마요.

이 어미가 없는 소릴 하냐. 너희 어려서랑은 시제 음식 도맡아서 장만하던 정문리 당숙모 알지? 당장 그 집 며느리들 둘 다 교회 다니면서는 손 거들어주기는커녕 참석도 안 해. 조상 숭배하고 하느님 숭배가 상충이라는데, 어디 같은 거라야 상충이 되고 말고 하지.

꼭 그래서가 아니고, 하는 집들도 요즘 간소화 추세라서 그렇죠. 어머니도 좀 간소…….

간소하게 하고 말고 할 게 뭐 있냐. 사람들 모이면 밥은 먹게 해야지.

음복이라는 것도 참석자만 하면 안 될까, 엄마? 다 챙겨서 싸주고 하려니까 엄마가 너무 힘들고. 그렇다고 미래가 보이는 것도 아니고.

미래, 그래. 내가 딸만 낳아놓고 무슨 입을 뗀다고.

어머닌 또!

안다 알아. 요즘엔 아들들도 집안 대소사도 나 몰라라 한다는 판국에. 한국도 미국이다, 요샌.

어머니, 너무 괘념 마세요. 세상이 바뀐 걸 어떡해요. 미래만 보고 달려도 살아남을까 말까, 과거로 눈 돌릴 틈이 있어야 말이죠. 변명이 아니라 당장 내일 일도.

그도 그렇다. 잘 배우면 잘 배운 대로, 덜 배우면 덜 배운 대로.

어머니, 전 아무래도 너무 배운 것 같아요.

이 말은 내뱉지는 않았다. 내뱉지 못했다. 힘들여 공부 뒷바라지해놓으니 너무 배워서 불통이라는 뻔뻔한 말을 어찌 풀어낸단 말인가. 그렇지만 난 늘 그런 생각을 한다. 내 인생에 루소가 뭐냔 말이다. 아니 애당초 그런 공부를 하겠다고 작정하기까지 난 도대체 무엇에 씌었을까. 우리는 고등학교까지 너무 많은 것을 배운다. 동서양의 진리들을 동등하게 모두 공부해야 한다는 원칙을 누가 만들었을까. 우리는 우리 자신의 역사와 전통에 대해서 너무 적게 배웠다. 한국과 프랑스가 우리에게 대등할 리 없는데 대등한 것으로, 심지어 석학들이 더 많은 – 더 많이 소개된 – 서양 나라들이 더 위대한 것으로 주입되었다. 내 옷을 지어 입을 줄도 모르면서 다른 나라의 취향에 심미안을 맞추었다.

어머니, 저 컴퓨터 보고 있던 게 있어서.

그래라.

나는 방으로 들어오면서 박병선 박사를 떠올렸다. 같은 파리의 하늘 아래에서 자신의 것을 찾아 평생을 바쳐온 그와 남의 것을 겉돌다가 중도하차한 나를 비교하지 않을 수 없다. 무엇이, 어떤 갈림길에서 인생이 달라진 것일까. 힘이 빠진 채 까만 화면을 다시 불러낸다.

재생 화면을 누른다는 것이 처음으로 돌아가 버린다. 어스름 화면. 1975년 – 어머나, 내가 태어난 해였네! – 프랑스 파리, 이미 어두워진 거리. 개선문 아래로 차들은 유영하듯 미끄러진다. 막대를 옮겨 아까 멈췄던 곳을 찾아간다.

1982년 KBS 뉴스파노라마에서 〈프랑스의 한국 보물들 – 그 종류와 가치〉란 제목으로 의궤 사본 297권, 인쇄본 45권, 두루마리 8권의 목록을 밝혔고, 책 15권과 두루마리 1권은 분실된 상태임을 알렸다. 그렇지만 반환은 꿈도 못 꾸는 세월이 흘렀다. 그러다가 1990년대 초 서울대학교 규장각 팀에서 콜레주드프랑스와 공동 발행으로 의궤 관련 책을 출판했다. 프랑스어 판으로, 저자는 박병선 박사.

콜레주드프랑스는 16세기 이래 유서 깊은 개방대학이다. 파리에 머물던 4년 동안 라틴구에서 만날 바라보던 그곳이 떠오른다.

아련히, 아픔처럼. 롤랑 바르트도 미셸 푸코도, 움베르토 에코까지도 강의를 했던 곳. 콜레주드프랑스의 관심은 당연히 프랑스 석학들에게 의궤의 중요성을 알리는 기회가 되었을 것이다.

그렇게 의궤 발견으로부터 근 20년의 세월이 흘렀다. 뜻하지 않게 미테랑 프랑스 대통령이 한국을 방문하게 되었다. 1993년 9월, 고속철 테제베의 한국 도입과 관련해서 프랑스 측이 한국에 공을 들이는 시기였다. 미테랑 대통령은 『휘경원원소도감의궤』를 선물로 들고 왔다. 분명히 반환의 제스처였다. 하지만 세월은 무심코 흘러만 갔다.

한국 내에서 반환 운동이 일자 프랑스 도서관 측은 의궤 전체를 폐물 창고에서 본관으로 이전하고 수선과 디지털화 작업을 진행했다. 2010년에는 반환 반대 여론이 정점에 이르렀다. 예술 분야 전문 일간지 『라 트리뷰드 아트』는 리크네 편집장을 앞세워 아주 강경했다. 프랑스법에 국외 문화재 반환 의무가 없으므로, 비록 국제법에서 반환을 요구하더라도 반환할 의무가 없다는, 자구적인 고집이었다.

그런 명석함은 명석함이 아니라 천착에 불과하리라. 하지만 여론몰이에는 그런 말들이 효력이 있다. 다른 곳을 검색해보니 미테랑 대통령이 의궤 한 권을 우리 측에 선물했을 때 파리국립도서관의 어떤 사서는 자리를 내던지며 맞섰다는 이야기도 있었다. 정작 의궤 반환 합의 때에는 사서들 272명이 연대해서 반대

성명을 냈다고.

이렇게 의궤 반환에 대한 반발성 기사와 탄원서가 넘치며 반대 시위가 일고 있던 상황에서도 참 지식인들은 진리를 외면하지 않았다. 우선 문화부장관 자크 랑이었다. 그는 법적으로는 의궤가 프랑스국립도서관의 재산임이 맞지만, 정신적으로, 역사적으로, 문화적으로 의궤의 주인은 한국이라고 했다. 파리 제7대학, 제13대학의 교수들도 합세했다. 13대학의 살즈만 총장은 국외 문화재란 거의 군사적 침입이거나 정부 간 협상 없이 가져온 것들이며, 그렇다면 현재의 소유국에서 원래의 소유국으로 돌아가야 마땅하다고 말했다. 소유국에서 대중에게 전시도 하지 않으면서 타국의 문화재를 계속 소장하고 있다는 것은 어불성설이라고.

참으로 열린 마음의 소유자들이다. 인류의 문화는 국경을 초월한다. 그런 뜻에서 당시 문화부장관은 박병선을 가리켜 아름다운 한국 국민이자 세계 국민이라고, 그의 투지와 용기, 그리고 집념을 온 나라 젊은이들이 배워야 할 것이라고 말했다.

진실 – 그것은 결국 드러난다. 세상에는 늘 공평무사한 지식인들이 있어온 때문이다. 다른 맥락이지만, 아버지가 한번은 어느 노령의 일본인 교사가 공개한 일본 고지도들 이야기를 하셨다. 1880년엔가 발간된 〈대일본국전도〉와 일본 문부성이 발행한

1900년쯤의 〈수정소학일본지도〉에는 일본 영토에 독도와 울릉도가 아예 들어 있지 않았다는 내용이었다. 그러니까 일본에서도 독도가 조선 땅임을 분명히 알았다는 증거가 되는데, 그럼 지도들을 공개한 그가 매국노인가.

진실을 진실이라고 말하는 것은 가장 간단한 진실이다. 진정한 지식인은 이익과 불이익을 초월하여 진실을 인정하는 자질로서만 평가된다. 적어도 무엇인가를 말하는 순간에는 그것이 진실임을 믿어야 한다. 그런 글을 최근에 읽었던 기억이 난다. 어디 파일로 만들어두었는데…….

다시 화면을 멈춰놓고 그 파일을 찾는다. 어느 독문학 연구서에서 퍼온 글이니 '독일' 폴더에 저장되어 있을 것이다. 프랑스문학 관련 독서도 현대문학 쪽을 살필 여력이 없던 내가 독문학 서적이라니. 희망 찬 모교 강사 시절 유럽문화연구소에서 독문과 강사들과 교류하던 덕이다. 아니, 지금의 지방대학에서 만난 배아무개 교수 탓일지. 지방대학이라지만 나와 엇비슷한, 어쩌면 더 젊은 나이에 전임이 된, 정말 부러운 위치의 사람이다. 그 사람이 자신의 가족사에 관련된 흔적을 찾아 독일로 잠적하다시피 날아갔는데, 그 뒤로 뭔가 얽혀들게 된 것이다. 얽혀들었다는 표현은 좀 이상하지만, 그가 나에게 간헐적으로 개인적인(?) 자료를 보내왔는데, 내 지적 호기심을 자극하기에 충분하다는 말이다. 그가 찾고 있는 형의 친할아버지가 나치 시대에 제법 활동하던 작가일 확률이 높다는 것이다. 그러니까 그의 형은 1/2 한국인이고…….

찾았다. 물론 이것은 그 혈통과는 무관하다. 2차 세계대전 이후 전범국의 후예인 서독에서 최초로 노벨문학상을 받은 하인리히 뵐에 관한 연구서였다.

> *권력자에게 굽히며 자신을 바치는 작가는 강도질보다도 살인보다도 더 가공할 죄를 짓는다. 강도나 살인에 대해서는 명시된 법조항이 있고, 일단 언도받은 죄수에게는 법이 속죄의 길을 터준다. […] 그러나 배반을 자행한 작가는 […] 불문율 앞에 내던져진 까닭에 처벌도 불가능하다. 이 법은 불문율이며, 그 점이 그의 예술, 그의 양심에 관한 문제이다. 그에게는 어느 하나의 선택만이 있을 뿐, 그가 그 순간 제공할 수 있는 전체를 주거나 – 아니면 무 – 그러니까 침묵이다. 그는 오류를 범할 수는 있다. 그러나 비록 나중에 가서는 오류였음이 밝혀질지도 모를 무엇인가를 발설하는 순간이라 하더라도, 말하는 그 순간만큼은 그것이 순수한 진실임을 믿고 있어야 한다.*
>
> – 『하인리히 뵐 연구』, 16쪽

언젠가 같은 작가의 『어느 어릿광대의 고백』이라는 소설에서도 전범국 독일의 청소년의 심리를 가슴 아프게 따라가며 조금 놀랐던 기억도 있다. 이 연구서에는 제목을 '고백'이 아닌 '견해'

라고 했는데 직역인가 보다. 유년 시절에 나치를 경험한 어릿광대는 새 인생에 적응하고자 '견해'를 바꾼 어른들의 처사에 울분을 터뜨린다. 사람들은 경악의 비밀이 상세한 작은 일에 있음을 모른다고. 모른 척한다고. 큰일을 후회하는 것을 정말 쉬운 일이다. 정치적 과오, 간음, 살인, 반유대주의 등을. 그러나 상세한 – 잊지 못할, 잊어서는 안 될 – 사실들을 어쩌란 말인가? 그래서 그가 공연을 위해 '모으는' 순간들은 순간적 작은 진실의 총체이며, 이것이 위대한 진실에 이르는 길이라고. 순간은 되풀이되지 않는다고 – 그래.

나는 또 옆길로 샌다. 아니야, 지금은 이 파일을 덮자. 유럽 지향으로 굳어버린 내 머리를 다시 다큐멘터리 화면으로 돌린다.

직지 – 그런 이름의 책은 경이 그 자체다. 존경해 마땅할 스승과 제자의 집념은 전대미문의 성과를 낳았다. 세계 최초 금속활자의 주인공이 한국이라는 증표라니. 오매불망 고서적들을 뒤지던 박병선 박사에게 프랑스인 동료 사서가 '아주 오래된 동양 책'이 있다고 알려준 덕이었다. 『직지』라고 한자로 쓰인 먼지투성이의 책은 선불교의 가르침이었다. 정식 명칭은 『백운화상초록불조직지심체요절』이며, 주제는 직지인심견성성불(直指人心見性成佛), 참선을 통하여 사람의 마음을 바르게 볼 때, 그 마음의 본성이 곧 부처님의 마음임을 깨닫게 된다, 그 비슷한 뜻이란다.

발견된 책자는 전 2권 중 하권뿐이었고, 하권은 39장이지만 그나마 제1장은 유실되어버렸다. 그러나 이것이 1377년(우왕 3년)에 흥덕사에서 인쇄되었다는 사실과, 주자인시(鑄字印施)라는, 쇠를 부어 만든 글자를 찍어서 배포했다는 기록까지 완벽한 물증이 남아 있었다. 얼마나 떨렸을까. 조선도 아닌 고려 말기에 금속활자본이라니. 구텐베르크의 금속활자가 1455년을 기록하고 있었으니까, 이는 그보다 근 한 세기를 앞섰다. 확산도 면에서 구텐베르크의 『성서』 배포에 밀렸다지만, 그게 대순가. 1972년 파리의 '유네스코 세계 도서의 해 기념 도서전'에 『직지』를 출품한 것을 시작으로 온갖 노력 끝에 2001년 세계기록유산에 등재되기까지, 박병선의 꿈의 한쪽 날개가 그것이었다.

하지만 부끄럽게도 나는 『직지』라는 이름의 책을, 아니 그런 단어를 들어본 적이 없었다. 학문이란 것이 얼마나 뾰족한 것인지, 옆의 것을 돌아볼 여유가 없었다. 파리의 하늘에서 그런 위대한 발견이 있었던 사실도 모른 채. 여전히 유일한 그 금속활자본이 프랑스에 소장되어 있음도, 왜 프랑스에 영구 보관될 수밖에 없는지도 모른 채.

내용인즉, 한말 주한프랑스대리공사였던 플랑시라는 인물이 구입해서(?) 귀국 때 가져간 것을 나중에 골동품 수집가 베베르가 180프랑에 구입했고, 그가 1950년에 사망한 뒤 유언에 따라 프랑스국립도서관에 기증되었기 때문에 소유주가 분명한 셈이란다.

또 성남 한국학중앙연구원에 보관된 『직지』는 목판본이라는 것도 모른 채. '흥덕사자'라고 명명된 그 금속활자 자체의 흔적은 아직 오리무중이라는 사실도 알 리 없이. 나는 21세기를 맞는 파리에서 오직 남의 정신만을 파먹고 살았다.

언제라도 흥덕사지엘 가보고 싶어진다. 고인쇄박물관이 있다는 그곳에. 네이버 길찾기에서는 평택과 청주 사이라면 버스로 한 시간이라는 정보가 뜬다. 각각 터미널까지 오가는 길을 더하면 두 시간은 족히 걸리리라. 성남으로 향할까 보다, 한국학중앙연구원이 있다는 곳. 자동차라면 청주 가기보다 더 가까울 것이나 대중교통으로는 세 시간 반이 걸린다고 뜬다. 아서라, 뒷북이다. 아니, 뒷북이라도 무관심보단 나으려나. 방학 때 집에 오면 들러볼 마음을 묻어둔다.

오디세이 – 다시 『의궤』 스페셜 프로그램으로 돌아온다. 이번에는 끄기 위해서다. 어젯밤 찾아본 기록들로는 1975년의 『의궤』 발견도 획기적인 일이었지만, 반환 과정도 오디세이의 귀향만큼이나 우여곡절이 많았다고 한다. 『직지』의 사정보단 나았지만, 약탈의 증거가 명시적으로 드러나 있지 않았기 때문이란다.

『의궤』의 오디세이는 그 시작이 병인양요였다. 흥선대원군의 쇄국정책과 맞물린 양요들, 병인양요 – 기록들을 찾아본다.

1866년 초 병인박해로 천주교 신자 수천이 학살되었고, 프랑스인 선교사 아홉 명도 처형되었다. 화를 면한 3인 중 리델이라는 신부가 청나라로 탈출해서 프랑스 극동함대 로즈 사령관에게 응징을 요청했다. 함대는 "우리 동포 형제를 학살한 자를 처벌하러 조선에 왔노라. 조선이 프랑스 선교사 아홉 명을 학살했으니, 우리는 조선인 9천 명을 죽이겠다."라는 포고문을 발표하고 강화도를 점령했다. 10월 16일의 일이었다.

천 배로 갚아주겠다고? 대단한 복수심이었구나.

강화도엔 왕실의 전적을 보관하는 두 개의 사고가 있었는데, 강화성 내 강화부에 있던 외규장각과 강화읍 남쪽 정족산성 내 전등사 근처의 장사각이었다. 서양인들로서는 외규장각에 보관되어 있던 화려한 장정의 신비한 서책에 뜻도 모르고 반할 만도 했겠다.

로즈 사령관은 장교들에게 목록까지 만들게 해서 완전한 노략질을 자행했는데, 11월 9일 조선의 정족산성 승첩으로 전세가 바뀌었다. 프랑스군은 강화에서 철수하면서 이들 서책을 가져갔다.

어쩌면 전쟁 기념물쯤으로 주장될 수 있었을 도서의 약탈 사실은 사령관이 해군성장관에게 보낸 서찰 때문에 폭로되었다. 필요한 책들은 배에 싣고 나머지는 건물과 함께 불태웠다는 보고 내용이 자충수가 된 것이다. 이런 사실은 한국교회사연구소 소장으로 계셨던 최석우 신부님이 밝혀냈다. 그분으로서는 병인양요의 직접적 원인이 되었던 프랑스인 선교사들 처형 등에 관한 교난 연구가 주 목적이었겠지만, 결과적으로 의궤 반환의 꼬투리를 찾아주었다.

다시 화면을 본다. 2011년 5월 마침내 의궤 297권 모두가 돌아왔다. 비록 영구 임대 형식을 빌려서라지만 어떠랴. 외규장각을 떠난 지 145년이 지나서야 참으로 긴 오디세이를 마쳤다. 그러니까 처음 먼지투성이 의궤를 발견하고 박병선 박사가 마비 증상을 느꼈던 그 감동의 순간에서 36년의 세월이 지났다. 그 흔적을 찾아 헤맨 지 56년 만의 일이었다. 56년. 더러는 그 세월을 통틀어 살아내지 못하는 사람도 많은데. 80대 노령에 암 투병으로 휠체어에 앉은 박병선 박사 – 과제의 완벽한 수행을 두 눈으로 확인하고서야 그 가을 비로소 눈을 감을 수 있었던 사람. 그 모습이 처절하리만치 아름답다.

마지막으로 자크 랑, 『의궤』 반환 당시의 프랑스 문화부장관이 말문을 연다. 박병선 박사의 집념, 문화재에 대한 애착이 없었다면 의궤 환수라는 일은 불가능했을 것이라고.

다큐멘터리 한 편을 보았을 뿐으로 나는 멍한 채로 깊은 상념에 든다.

진실을 진실이라고 말하는 지식인들이 살아 있는 사회, 프랑스이므로 반환이 가능했을 것이다. 세계대전 직후에는 나치에 협력했던 비시 정부의 잔재를 매섭게 단죄했던 그들이다, 평화 시에는 전직 대통령의 장례식에 혼외자가 참석해도 소동이 일지 않는다. 대통령이 이혼을 반복하거나 미혼의 여성 장관이 혼외자를 출산해도 사생활과 정치를 혼동하지 않는 그런 사람들, 그런 나라.

하지만 나의 지난 시절은 나에게 무엇인가. 그런 프랑스에 매료되어, 프랑스의 지성에 매료되어, 루소에 심취하여, 프랑스의 혁명적 철학에 몰입했었다. 혼자 있어도 외롭지 않았고, 누구도 나를 간섭하지 않았다. 그런 시간들이 정말 있었던가. 있었던들 무슨 소용인가.

가지를 늘려 그늘을 크게 키우라시던 나의 어느 날의 스승님은 뿌리를 단속하라는 말씀을 잊으셨다. 이 바보 같은 제자는 뿌리가 마르면 가지도 그늘도 없다는 단순한 지식을 몰랐다. 스승의 말씀이 아니더라도 생득적으로 간직해야 할 보편 진리를 몰랐다. 괜찮은 제자도 못 된 나는 스승이 된 적도 제자를 둔 적도 없다. 10여 년의 계약직 강사 이력이 전부일 뿐이다. 내 지식의 계보는 그렇게 허망하게 끝이 나려나 보다.

점심 – 점심 먹자, 아버지도 진작 들어오셨는데. 비가 오기 시작한다고 곧 바로 오셨구나. 넌 뭘 들여다보느라 그렇게…….

어머니는 고개만 내밀고 다시 나가신다.

밖엔 제법 빗소리가 들리고 있었다. 빗물에 적신 초록이 봄을 피워낼 것이다.

얌전히 점심을 먹고 얌전히 인사를 하고 기차를 탈 것이다. 내리면 저녁 때. 아직은 남아 있는 강의 준비로 밤을 새울 것이다. 해도 해도 모자라는 공부는 해도 해도 별 들여오는 것이 없지만.

화학반응

가끔은 이상한 심부름을 하게 될 때가 있다.
생면부지의 두 시골 분들을 내가 사는 곳
고속터미널에서 '픽업'해서 동행하여
서울 쪽, 정확히는 성남터미널에서
기다리고 있을 어머니 손에 인계하는 일이었다.
이 뜻하지 않은 여정에서
마주친 뜻밖의 장면은…….

널따란 침대 이쪽저쪽으로 링거 줄이 걸려 있다. 훤한 낮 시간에 침대에 누워서 링거액을 맞고 있었을 노부부는 평범하고 유복한 노년의 일상을 드러내고 있다. 조금 다르다면, 노인들의 안방이라고 하기에는 꽤 너른 공간에 가구 또한 세월을 묵힌 때가 없이 성글다.

영감님이 손님들을 맞아 안내하는데, 그 얼굴을 아내 쪽으로 향하면서는 입이 귀에 걸린다.

임자, 팔은 안 아프고? 여기 이종 동생네 가족들, 또 고향에서도 모두 왔소!

…….

아내 쪽은 대답도 않는다.

향연 씨, 괜찮으냐고.

그래도 대꾸가 없자 살그머니 아내의 몸을 흔든다.

자, 어디 이쪽으로 좀……. 친척분들 오셨는데 눈인사라도 좀…….

그제야 눈을 슬며시 뜬 아내는 느닷없는 하품으로 사람들을 놀라게 한다.

왜, 어디 소화가 안 되나?

할아버지의 극진한 보호를 받는 이 할머니는 어머니의 이종 언니시다. 오늘 이 댁을 방문하게 된 건 순 억지였지만 어쩔 수 없는 일이었다. 원래는 어머니가 이 할머니의 고향 사람 두 분을 터미널에서 만나서 이리로 와야 하는 일인데, 내가 덤터기를 쓰게 된 것이다. 한번 안 올래? 혹시 올라올 일 없냐고.

자잘한 말씀을 별로 안 하시는 어머니가 모처럼 원하신 일이었다. 우리 금실이 그쪽 사람들 함께 성남에 내리면 엄마가 얼마나 수월할까. 금실이라고 부르시는 소리에 마음이 움찔했다. 그래, 핑계 만들지 말자!

나는 동행할 두 사람을 광주버스터미널에서 만났다. 안내 데스크 앞 9시! 어머니가 주시는 번호로 미리 전화를 걸어서, 무슨 접선마냥 내가 새파란 배낭을 지고 있기로 했다. 파란 배낭요, 아주 새파란!

성남터미널엔 어머니가 미리 와 계셨다.

오시느라 애쓰셨네요, 새벽부터 나서셨겠네요!

아이고, 사돈양반, 제가 금월서 온 질부예요. 우리 어머님이 못 오신다고, 대신 자세히 만나보고 오라셔서.

첨 뵙는디, 선상님 모녀간 신세를 지네요잉. 지는 순창 매우리서 온…….

예, 뭐. 우선 간단히 식사들을…….

순간 어머니가 반가운 전화를 받으셨나 보다. 조금 싱글거리시며 택시가 아닌 주차장으로 향하신다.

아버지가 오셨다, 생각도 안 했는데. 인사 겸 함께 가시겠다는구나. 넌 집으로 바로 갈래?

대답 대신 어리둥절해하는 사이 아버지가 보였다. 한 박사, 애썼구나. 자, 한 박사가 옆에 타라!

판교 집은 부자들이면 찬란한 아파트에서 살리라고 무심코 상상했던 것과는 달리 그냥 깔끔하고 너른 주택이었다. 어색한 수인사를 마치고 여자들은 할머니의 침대 곁에, 아버지는 주인 할아버지를 따라 거실로 나가셨다. 나도 우물쭈물하다가 그냥 방에 남았다.

이 판교 할머니는 어머니와 왕래는 거의 드물었다고 한다. 한참 떨어진 나이도 그렇지만 어머니의 큰이모, 그러니까 외할머니의 큰언니가 멀리 떨어진 담양이라는 곳으로 혼인을 했으니 그럴밖에. 그 딸인 이 할머니는 거기서 자랐고 가까운 순창이라는 곳으로 시집을 갔고 한평생 무탈하게 거기서 살았었는데……. 그런데 어찌 보면 다 살고 나서 느닷없이 기이하게 이사를, 정확히는 엉뚱하게 신도시 판교에 새살림을 냈다고 하니 영문을 모를 일이었다고 한다. 그래서 집안 간에 누구라도 다녀와서 속내나 알아두자고.

개가라고요? 개가는 무신!

그럼 팔십을 바라보는 노인네가, 아무리 혼자 됐다지만. 자식들은 어떻게, 뭔 생각들을…….

첨엔 말들이 뒤숭숭했지라. 큰딸이 즈 어머니 모셔갈 사람 없으믄 막지 말고 내부두자 그랬다요. 가들도 거자 환갑줄에 안겄제, 즈 자석들 치다꺼리에 심들 때 아녀라.

그렇다고 어머니를 팔자 고치라고…….

무슨 팔자를 고쳤다 그라요. 그냥 두 양반이 모타 산다요.

그래도 정식으로 모셔 갔으니까는.

허기는 나라도 늑발에 첫사랑이 손 내밀믄 따라가겄소. 게다가 여 양반이 정신이 온전허들 못허잖소. 온전치 못헝께 판사 아덜도 각시 눈치 보니라 못 데리가고 딸들도 막상 친정 어메 못 데리가제. 그 참에 딱 허니…….

여기 사장님은 진작 혼자 되셨던가요?

암만, 그짝도 상처허고 혼장께 가당체. 거그도 큰아덜은 공장인가 회산가 다 대물려 허고 둘짼가 셋짼가 또 뭐시냐 의사 아덜도 있고 다 잘되얐다요. 그래도 아부지가 첫사랑 아픈 양반 데리다 산다는디 먼 말 없었당께 효자들이제. 허기사 돈 있으믄 다 효자 받어라. 즈그도 홀아부지 모시다가 아부지가 아부지 돈으로 새 세상 산다는디 뭐시라 하겄소. 긍께 우리가 와보기를 잘했소안. 솔직히 말혀서 고향서는 긴가민가허는 사람들도 있었어라. 가문 말허는 사람들도 있고, 안 그러겄소? 다 묵은 밥에 코 빠친다고들도 허고.

이웃에서 일도 봐주고 오래 살아서 "참 형지간같이 살었어라." 하는 매우리 할머니가 속내를 잘 안다고 하는 말에 다들 좀 어리둥절했다.

이야그가 길어라. 여그 김 사장님이 1년에도 몇 번씩은 그짝 고향에 들리고 그랬다요. 글다가 여 양반 소식을 듣고는 그냥 자석들한테부텀 상으럴 혀갖고. 아, 요양병원 안 가고 여그로 왔응께, 우리가 한번은 꼭 봐야 헝께. 글고 나보담은 올라올 수 있으면 올라와서 함께 살자고 허는디 참. 여그 시방 일허넌 쩌 아짐은 낮에만 오고 밤엔 봐줄 사람이 없디야. 나도 자석들하고 상으럴 혀야…….

영문도 모르고 들은 긴 이야기엔 첫사랑 소리만 있었지 내용은 없었다. 매우리 할머니로선 결혼 이후의 그쪽 생활만을 아는 때문이었으리라. 이른 저녁을 준비해 내놓고 부를 때까지 무슨 이야기들이 그렇게 많은지. 정작 마나님은 링거액이 끝나자 뽀얀 얼굴로 일어나더니 아장아장 화장실을 다녀온 것이 전부였다.

고모님, 저예요. 순석이 각시, 금월조합장 동생네 큰며느리라고요.

언니, 저 명순이, 박실이 이모네 명순이 모르겠어요? 어머니도 마나님 몸을 살짝 흔들며 말을 붙인다.

…….

가늠이 안 되는 양 반응이 없자 순창서 온 할머니가 얼굴을 들이밀었다.

지 성구 어메라우, 매우리 사는 방촌댁, 성구 어메.

성구…….

시상에. 성구 어메를 모리면 진짜 암껏도 모리는구먼. 워쩌다가 이려.

콧잔등을 씰룩거리는 품이 여간 속상한 것이 아닌 모양이었다.

정말 저리 사람을 몰라본다면 치매라는 말이 맞나 싶기도 했다. 하지만 그저 빤히 사람을 바라보고 있는 깨끗한 노인네가 그렇게 고약한 증상은 아닐 것 같았다. 그러더니 몸을 앞뒤로 흔들며 자장가 같은 무슨 곡조를 흥얼거렸다, 콧소리로.

에고, 옛날에 금잔디가 다 뭐라냐…….

옛날에 금잔디는 저녁상에서도 여전했다. 노마님은 밥을 먹다 말고 멜로디를 흥얼거렸다. 곁에 앉은 영감님이 손을 잡아주면 잠시 그쳤다.

두 손님들은 너른 그 집에 짐을 풀었다. 당일로 다녀가기엔 힘든 거리였으니까. 집으로 향하는 길에 어머니는 이종 언니의 옛날이야기를 흘렸다.

소문이 나자마자 난리가 났었다 하더라고. 오죽하면 단김에 시집을 보내버렸을까. 학교 다니던 중에 그냥, 것도 산 너머 순창으로 보내버렸다더라고. 저 김 사장 어른이 그땐 볼품없는 집안에서, 아버지가 없음 다 그렇지 뭐, 무지 고생하고 살았다지, 아마. 나이도 더 어리고.

첫사랑이 뼈아픈 이별로 끝났다고 해서 한 세월 다 살고서도 그게 유효할까요?

보고도 그러냐, 금실아. 정이 뭔지, 한번 진짜를 내줘버리면 그 구멍이 평생 가는가 보다. 아버지가 불쑥 말하셨다.

상대가 잘 몰라도요? 치매든 아니든 어쨌든 잘 기억도 못 하고……. 설마 죽어버린 뒤에도요?

거기까지야 알겠냐. 한 박사가 연구해보렴.

나머지 이야기는 연구가 아니라 아버지를 통해서 얻어들은 파편들이다. 오후에 두 분이 나눈 이야기들의 조각을 맞춰본다.

그렇지만 맘이 두 갭디다. 향연이 아프단 이야기 듣고는 내가 홀애비 된 게 천만다행이다 했으니 몹쓸 놈 아뇨?

그렇게까지야.

옛날에 금잔디는 잊을 수 없는 가락이요, 나한테는. 그 옛날, 단 한 번 용소까지 함께 산길을 걸었던 날. 바위 위에 앉은 향연이 이상한 노래를 부릅디다. 북망산 수풀은 고요타 매기, 영웅호걸이 묻힌 곳, 흰 비석 두러서 적힌다 매기, 아 우리가 놀던 곳, 고운 새들은 집을 짓고 어쩌고. 나중에 알게 된 그 노래는 다른 가사던데. 한 선생도 아시다시피. 물레방아 소리 들린다 매기, 아 내 희미한 옛 생각, 지금 우리는 늙어지고 매기, 머린 백발이 다 되었네, 그렇게. 그런데 어찌 된 영문인지 향연은 북망산 어쩌고라고 불렀으니.

그건…….

예. 윤심덕이 그리 불렀답디다. 윤심덕도 매기도 죽고 없지만, 어쨌거나 향연은 살아 있잖았소. 고향 갈 때마다 바람결에 듣는, 들어 모아지는 향연의 소식, 소식들. 이른 나이에 시집갔지만 넉넉한 집안에서 아들 딸 잘 낳고 잘 길러서 성공들 하고……. 멀리서 부는 훈풍이거니 하다가도 아린 솔잎처럼 쑤셔댔다가. 그러다가 연전에 혼자 되었다는 소식에 가슴이 덜커덩했지요. 그래도 차마…….

차마.

내 가정을 되돌아보았지요. 속절없이 새로이 시작했던 인생. 아니 '새로이'라는 말은 말이 안 되지. 원래의 인생을 시작한 적도 없었으니까. 더 말이 안 되는 건, 원래의 인생이란 게 대체 뭐겠소? 수수하고 단단한 아내. 깐깐하게 키워낸 자녀들이 눈앞에 얼씬거렸소. 내가 어떻게 살아왔는지, 길다면 길고 단출하다면 단출한 인생이었소.

아니, 안 되겠다. 정리를 삼인칭으로 해서 이야기에 객관성을 주자.

김 할아버지, 김덕숭의 고향 금월마을은 금강수란 이름의 못을 두고 뒷산이 반월형으로 되어 있어서 금월마을이라는 이름을 얻은 농가 마을이었다. 인근 용추봉에서 발원하여 흘러 흘러 황해로 입수될 영산강이 제법 물길을 갖추기 시작한 평지에 있어 농사는 잘되는 편이었다. 지금은 바로 담양군청 옆에서 시작된 옛 24번 국도를 따라서 금월교까지 메타세쿼이아 가로수길이 조성되어 제법 알려진 마을이었다.

그는 그 길에 메타세쿼이아가 심어진 것이 70년대였다고 기억한다. 그가 마흔을 바라볼 때였으니까. 자라면서 나무 몸통은 회색빛에 모양새 또한 부자연스러운 삼각형 모습을 보면서는 왜 하필 이런 수종을 심었을까 생각도 했었다. 그러다 어느 해 가을 불그레한 갈색 단풍을 멀리서 보는 순간 숱 많은 붉은 머리카락의 그녀가 떠오르면서 메타세쿼이아는 어느덧 추억의 시발점이 되곤 했다. 이제 사람 열 길, 아니 스무 길도 넘어 보이는 나무 꼭대기를 보면서 푸른 봄에도 가을의 붉은 단풍 머리카락을 생각하곤 했다. 그의 나이 일흔도 훌쩍 넘어 대머리가 된 걸 아랑곳않고. 아니, 그녀의 붉은 숱 많은 머리카락도 성긴 백발이 되었을 틀림없을 사실 따위는 그는 모르는 일이었다. 어쩌다 이른 봄 잎겨드랑이 가지 끝에 달려 밑으로 늘어진 꽃에서 스무남은 개의 수술을 만지작거리면서도 벌써 가을의 붉은 단풍을, 그녀의 붉은 머리카락을 떠올리는 형국이었다.

그날도 한식날을 맞아 고향을 찾은 김덕승은 바람결에 놀라운 이야기를 들었다. 이른 봄이지만 팔각정 경로당에 나앉은 어중간한 늙은이들의 잡담이었다.

금과 마나님이 치매기가 있다네.

여그 참봉 댁 손녀 말여?

엉, 부잣집 며느리 되야 갔었제, 글다가 인자는 판사님 모친에 뭣이 부족혀서 참.

설마 그 고운네도 치매라던가.

일흔 넘어 고운네가 어딨당가. 옛말이겄제.

무슨 소리. 한번 해병대믄 죽을 때꺼정 해병대고, 한번 미녀믄…….

죽을 때꺼정 미녀라 그건가.

그렇께 그것이…….

덕숭을 힐끗거리며 분위기를 띄우는 양이 소싯적 동티를 나이 들어도 잊는 법이 없는 동네가 맞다. 한마디로 어떤 홀어미 자식과 풋사랑에 빠진 마을 부잣집 고녀생이 억지 혼인으로 산 너머 순창으로 시집을 가게 된 사연 말이다.

덕숭은 가슴을 쥐어 잡았다. 이게 무슨 말인가. 향연이 혼자가 된 것도 모자라 치매에 걸렸다고?

그가 부르르 떨자 중늙은이 하나가 놀린다.

케미. 이건 케미다. 야, 케미에는 나이가 없소그랴.

케미? 그거이 뭔 소리?

케미도 몰르요, 이 양반들. 나이 묵는다고 테레비도 헛것으로 보남.

긍께 그거이 뭐냐고!

그거이 우리말로 하믄 화학이라고, 우들도 농업학교에서 화학이 뭔가는 배왔제. 아니 화학비료다 그라믄 알지 않남.

화학비료 말이 여그서 왜 나와?

화학이라는 것이, 가만 있자, 학교에서 말하는 것 말고, 여그 있네, 우리 김 사장 형님 사업해온 것 있잖은가, 화학공장에서 만들어내는 것들을 죄다 화학물질이라고 하잖던가.

화학물질 그런 거이 여그서 왜 나오냐고.

참도 급한 사람.

긍께 들어보자고.

그 화학물질이 서로 붙으거나 떨어지는 – 아니 다시. 한 개 물질이란 놈이 다른 물질하고 작용을 혀서 생판 다른 물질로 변허는 것을 화학반응이라고 허는디.

허는디?

물질이 두 개가 만나믄 서로 파괴허거나 서로 결합혀서 어떤 다른 물질로 변허는디.

파괴허고 결합허고.

조용, 좀 들어보장께.

요즘 애덜 말로 화학반응이라고 허면 남녀가 죽고 못 살게 붙어서 반응을 일으킨다 뭐 그런 것 말이라네. 케미는 화학이란 영어를 줄인 말인디, 어디 요새 애덜이 제대로 말들 허남.

자네랑 나랑 케미다 그라믄 동티났다 그 말이라고?

왜 자네를 거 갖다 붙이나. 좋게 내 첫사랑 찍어 말하제.

첫사랑 – 그 말에서 모두는 움찔거렸다.

덕승은 아무렇지도 않은 듯이 첫사랑이라고 말했다.

첫사랑이 요새 녀석들 말로 그 케미일 걸세. 화학적인 변화는 물리적 변화랑은 다르제. 하나 더하기 하나가 둘이 되는 것이 물리적 셈법이라면, 하나 더하기 하나가 도로 하나 되는 것이 화학적 셈법이네. 나 그거 케미 할라네. 두고 보소들.

그러고서 덕숭은 서둘러 자녀들을 불렀다. 아들 셋에 고명딸. 큰놈은 화학물질 사업을 마다 않고 이어받았고, 둘째는 명문대 나와서 행시 준비하다가 안 되긴 했어도 썩 괜찮은 회사에 다니고 있고, 셋째는 지방 의과대학 나와서 의사다. 막내이자 고명딸은 사대를 나와서 선생을 작파했으니 아깝지만 오빠 친구랑 결혼해 잘 살고 있다. 이 아이들을 불러 모아서 선언을 했다.

아부지가 새로 첫사랑이랑 살고 싶구나.

첫사랑이라뇨?

느그 어무니 삼년상 지난 지도 한참 아니냐. 나 첫사랑이랑 함께 여생을 보내고 싶구나. 아프단다. 아파도 좋다. 얼마가 될지 몰라도 그렇게 할란다. 그리 알아라.

이구동성으로 놀라는 아이들 앞에서 흔들림 없이 말하게 하는 것이 무엇이었을까. 그래, 케미였다.

아이들은, 이제 아이들이 아니라 중년 아저씨 아주머니들이지만, 첫사랑이라는 단어에 많이 놀랐을 것이다. 원래 자녀에게 부모란 남자도 여자도 아니고 그냥 부모일 뿐이다. 그러므로 다 늙으신 아버지에게 첫사랑이라는 단어는 어울리지도 믿어지지도 않았을 것이다. 혹시 그 비슷한 것이 옛날 옛날에 있었다 하더라도 세월이 언제인가. 자녀들이란 그렇게만 생각한다.

그랬다, 덕숭은. 그 옛날 배밭 일 도우며 야간중학에 다니던 시절에 한 번 내동댕이쳐진 이래 다시는 흔들리지 않고 살아왔다.

단기 4287년 – 1954년이겠으나 그때는 아직 서기를 쓰지 않았다 – 의 일이었다. 그의 나이 열여섯. 아버지는 4, 5년 전 전쟁이 날 무렵 벌써 집에서 떠나갔다. 아버지가 떠나신 정확한 날도 알 수 없었다. 여름이 들어 부쩍 바빠지셨던 아버지를 볼 수 없는 날이 많더니, 그해 가을부터는 아예 보이지 않았다. 어느새 느낌으로 덕숭은 아버지가 오시지 않으리라 알았다. 언제부턴가 어머니가 아버지 진지를 담아놓지 않았기 때문이었다. 그렇다고 제사를 지내는 일도 없었다. 그렇게 아버지는 금기의 대상이었다. 한 가족의 아버지가 집에서 금기의 대상이라니.

크게 달라진 일은 농사를 짓는 아버지가 없다는 사실이었다. 어머니가 할아버지 할머니 묘가 있는 밭뙈기에서 짓는 밭곡식으로는 형편이 말이 아니었다. 국민학교를 마치기 전이었으니 중학교 진학은 언감생심, 꿈도 못 꿀 일이었다. 그래도 2년을 늦게 야간중학교에라도 가게 된 것은 마을의 대부이자 향연의 조부 참봉님 덕이었다. 참봉의 눈에 든 몇몇 아이들은 그렇게라도 공부를 할 수 있었다.

향연은 참봉의 후대라서 그냥 참봉 댁이라 불리는 그곳, 동네에선 대궐집에 살고 있었다. 별표나 거북선표 검은 고무신 하나로 1, 2년을 버티던 당시, 그것도 닳아서 맨발로 뛰던 동네 소년들의 눈에는 하얀 동그란 코 구두를 신은 향연은 나무꾼과 선녀에 나오는 선녀만 같았다. 어쨌거나 액자 속의 그림이라거나 아무튼 근처에도 갈 수 없는 특별한 무엇이었다.

그러다가 성적표를 받아 들고 참봉 댁을 찾아가 인사를 하는 날, 덕숭은 향연을 가까이에서 보았다. 마침 여학교 교복 치마를 날리며 하얀 구두 뒤꿈치를 저으며 안채로 들어가던 뒷모습이었다.

조금만 빨랐더라면 옆모습을 지나쳐 볼 수 있었을 것을…….

덕숭의 걸음걸이가 마을 최고로 빨라진 것이 그 무렵부터였을 것이다. 그날, 참봉 댁으로 향하던 길은 덕숭으로서는 학교에 가는 길이었고, 향연은 학교를 마치고 돌아오는 길이었을 것이다. 마을 어귀에서부터는 보았어야 맞는데, 어쩌자고 한 발짝 놓쳐서 지나칠 수 없었을꼬. 덕숭은 작은 키와 더 짧은 다리를 원망했다. 아니 범인은 해찰이었을 것이다.

덕숭의 해찰은 유명했다. 어려서부터 어머니 속을 썩인 것들이 모두 그 해찰 탓이었다. 심부름을 보내면 갈 때는 곧잘 간다. 하지만 일이 끝나면 천방지축이 되곤 했다. 질퍽한 땅에서 튀는 개구리 한 마리를 따라가다가 물 반 땅 반에 고꾸라져 오거나, 구름 따라 간다고 야산 등성을 넘어가 길을 잃곤 했다. 중학교에 가자 상황은 조금 나아지는 듯했다. 학교에 지각하는 일은 농사일 때 말고는 없었다. 공부는 하고 싶어 하는 게 맞았다. 그것만이 돌파구요 희망이기도 했으니까.

그러다가 향연을 만났다. 그녀가 돌아오는 길, 그가 나가는 길. 그 짧은 시간의 불꽃은 타오른 순간마다 전율로 요동쳤다. 다른 표현은 없다. 그런 것이 불꽃 아니라면. 스치기만 하고서, 다만 스치기만 하고서도 가슴은 터졌다.

수요일 하루는 조금 더 늦는 그녀를 길에서 만나고자 그제부터 덕숭은 야간학교 시간을 제 마음대로 맞춰서 나가곤 했었다. 빠르게 빠르게 늦게, 빠르게 빠르게 낮에. 스치고 마는 건 너무 아쉬워서 이내 뒤돌아 멀찌감치 따라가서 그녀가 대문으로 사라지는 것을 보고서야 다시 학교로 향했다.

그랬다. 그러다가 그랬다. 눈이 마주쳤다. 눈이 마주치고 떨었다. 눈이 마주치고 떨었고 알았다, 첫사랑이 시작되었다는 것을. 헤어지고 눈에서 멀어졌어도 그 무엇은 타고난 재가 되어서도 불씨가 남아. 덕숭은 쪽지를 준비했다.

– 우리 산책 같이 해요, 누이. 일요일 2시, 용소정류장에서 봐요.

– 누이, 우리 용소에 가요. 일요일 2시, 용소정류장에서 봐요. 저 덕숭이가.

– 향연 누이, 우리 용소에 가요. 일요일 2시, 용소정류장에서 봐요. 저 덕숭이가.

또 쓰고, 또 쓰고……. 네모로 접을까, 연애편지라는 일곱 칠 자 모양으로 접을까.

멀리에서 향연의 모습이 보이면 쪽지를 오른손에 감출까 왼손에 감출까 가슴은 두 근 반 세 근 반. 향연이 그의 왼쪽으로 지나치는 날에는 쪽지는 오른손 안에 들어 있곤 했다. 반대로 향연이 그의 오른쪽으로 지나치는 날에는 쪽지는 왼손 안에 들어 있곤 했다. 차마 내밀 수 없어 그가 그리 피하는 것일 수도 있었다. 쪽지가 왼손에 들어 있고 향연이 왼쪽으로 지나치는 날에도 손을 더욱 꼬옥 쥐어버리기 때문이었다. 너무 쥔 탓에 한참 후에도 펴지지도 않았다.

숨을 좀 돌리자. 하늘은 인간에게 아주 가끔 마약을 허한다.

아무튼 그들도 꿈의 순간을 누렸다. 그가 쪽지를 건네지 않고서도 둘은 용소 나들이를 갈 수 있었다. 관리사무소를 지나 폭포 입구에 이르니 오른쪽으로 출렁다리에 이르는 계단이 나왔다. 계단이 너무 가파르기도 하고 길기도 했지만 용소를 내려다본다는 욕심으로, 아니 둘이서 함께한다는 감동으로 둘을 그 많은 계단을 달렸다. 계단이라야 그때는 지금처럼 완벽한 철계단이 아니라 구불구불한 산길이었지만 상관없었다. 출렁다리 왼쪽으로 무서 무서워하며 한숨을 내려가자 앞에 못이 있었다. 안개 같은 물방울이 퍼져 오르는 연못 주변은 춥기까지 했다. 추위에 질린 향연 때문에 용연폭포는 포기했었다. 아니 향연 때문이 아니라 그저 떨린 가슴에, 그저 불안에, 행복감에, 알 수 없는 떨림에 시간 가는 줄 몰랐을 뿐이다. 어느 순간 어스름에 햇기가 떨어져 서둘러 내려와야 했었지. 다음 날, 다음 기회에는 용연폭포까지 함께 가리라는 믿음으로. 소리 없는 믿음으로.

믿음이란 소리가 있었건 없었건 깨어진다. 깨어질 수밖에 없는 것이다. 신념, 신앙, 그런 믿음 이야기가 아니다. 그건 너무 어려운 문제다. 지금 말은, 그냥 사람이 사람을 믿는 것, 그런 것은 깨어진다고.

그럼 그것이 사랑? 사랑이 무엇인가 누가 알기라도 하는가? 애틋하게 그리운 것? 그냥 아픈 것? 남녀 간에 그리워하거나 좋아하는 것, 어떤 사람이나 존재를 몹시 아끼고 귀중히 여기는 것, 남을 이해하고 돕는 것 – 사랑을 말하는 공식적인 풀이는 소용없다. 향연은 사라져버렸고. 대상이 없어졌는데 좋아하고 아끼는 마음이 어디로 향한다는 말인가. 생각 속에서 지우지 못하는 것이 사랑은 아닐 터였다. 그런 설명도 없었다. 지우지 못하는 것은 지우지 못하는 것이다.

이별이라는 것이 무엇을 의미하는지 채 알기도 전에 이별이 찾아왔다. 향연이 사라졌다. 동네에서 모습을 볼 수 없었던 향연은 시집을 갔다. 가버릴 줄이야. 산 너머로.

덕숭으로서는 닭 쫓던 개 꼴이었다. 애초에 덕숭에게는 꼴이 없었다. 꼴도 끈도 꾀도 끼도 깡도 없던 그에게 꿈처럼 나타난 연이, 향연이. 향연은 꿈처럼 왔다가 꿈처럼 사라졌다.

4288년 2월 말. 그땐 여전히 태양력이 아니라 음력으로 말했다. 하루 내내 감자를 심고 어스름에야 서둘러 돌아오던 길에도 아무런 눈치를 못 챘었다. 참봉 댁에 신랑이 장가들어 잔치가 벌어졌던 그 일을.

금성산에 꼭대기에 올라 그 너머 순창이라는 곳을 눈이 째지라고 쳐다보며 울부짖던 이튿날. 그 다음 날, 그 다음 날. 이 산 저 산을 헤매느라고 어려서는 빨치산 항거지 – 그에게는 아버지의 그림자로서 금기였던 그곳 – 라서 눈길도 돌리지 못했던 용추계곡 너머까지를 돌아다녔다. 아무도 없는 산속에서 얼마나 울부짖었던가.

나중에 돌이켜 생각하면 원통하고 원통했다. 원통하다고 할 이유는 아무래도 없었지만, 얼마나 급하면 영동달에 시집 장가를 가는가. 얼마나 급했으면, 얼마나 급히 떼어놓고 싶었으면……. 마음은 더욱 처량해졌다.

좋다. 내가 박사라도 되어 금의환향하면…….

환향하면? 이미 산 너머 시집간 향연을 어쩔 것이냐!

정신을 차려야 했다. 아직 열여섯 일곱이던 그가 사랑에 눈을 떴다면 말이 아니다. 이팔청춘, 나이로만 따지면 그 스스로는 성춘향과 이몽룡의 나이를 생각했을지 모를 일이다. 언감생심 이몽룡이라고? 부사의 아들도 아닌 것이, 중학교 진학도 제 힘으로는 어려운 홀어미 자식이 어사가 될 몽룡에 빗대다니, 어불성설 아니었나. 향연은 절름발이 양반이기는커녕 올려다보다가 목이 빠질 마을 최고 양반 부잣집의 막내딸 아니던가. 애초에 '쑥대머리 구신 형용'이라 노래할 향연이 아니었다. 차라리 나무꾼과 선녀 버전이 맞다. 아니다, 그것도 틀렸다. 손 한 번 잡아본 주제에 자식 낳고 살다가도 날아가버린 선녀에 비교하다니. 용소에 한 번 가본 것으로 상팔담에 내려앉았던 선녀라 착각하고 있는 것일까.

그랬다. 용소에 이르는 길은, 단 한 번 향연과 용소까지 손을 잡고 사라졌던 날은 그에게는 정지해 있다. 누가 순간을 사라진다고 했는가. 순간은 영원으로 변한다, 가슴속에서는.

덕숭은 산중의 호수라면 평생 늘 설렜다. 실제로 선녀 이야기의 상팔담에도 가보았다. 회갑도 한참 넘은 2005년, 언제부턴가 우리는 서기를 산다, 해가 바뀌자마자 육로 금강산 관광에 나섰다. 가족도 친구도 없이 혼자서 등록했다. 비무장지대를 버스로 통과한다는 스릴도 의미도 있었지만, 일정 중에 비로봉 동쪽 구룡대 아래 상팔담이 끼어 있다는 것을 보고서 몸이 달았다. 안개구름이 있는 날이면 절벽을 휘감으며 피어오르는 실안개 같은 구름들로 신선들이 사는 선경을 보겠지.

그러나 금강산에 도착하자마자 그 기대는 멀어졌다. 온통 옷을 벗은 벌거숭이 산, 때는 겨울이었으니까. 다섯 길은 되어 보이는 구룡폭포를 지났지만 물이 아닌 얼음만을 보았다. 하류엔 얼음이 얇아서 그 아래 물기를 느끼기는 했다. 더 꼭대기로 향했다가 상팔담을 만났지만, 선녀의 날개옷은 상상이 가지 않는 얼음뿐이었다.

바위와 물의 어울림을 보려 했다면 여름에 올걸, 옥빛 여덟 개 물웅덩이 물이 얼마나 투명했을까. 향연은 선녀처럼 이곳에서 날개옷을 입고 하늘로 오르고, 나는 하늘에서 물 길러 온 금 물동이 속에 타고서 하늘로 가면 되었을 것을.

다시 그의 목소리로 쓰자. 그쪽이 더 실감 날 것 같다.

첫 타격은 나를 쓰러뜨렸지만 이를 악물었소. 참봉을 넘어서기 위해서라면 박사가 될 각오로 공부를 하고자 했소. 사정은 어림없었지. 그 댁 지원도 끊긴 것이, 더는 성적표를 들고 그 댁 문전을 넘을 수 없었으니까. 검정고시로 졸업을 하고 고등학교도 그렇게 마쳤지만, 무엇보다 마음이 바빠서 공부나 하고 있을 여력이 없었소. 박사는 무슨. 요새는 박사 위에 밥사라고 합니다그려, 그때도 밥이 하늘이었소. 대학은 뒷전으로 우선 군대를 다녀와야 한다고 생각했는데, 제대가 임박했을 때는 군에 말뚝 박을까 하는 고심도 했더랬소. 따로 궁리해둔 미래도 없었고, 뭣보다 군대 3년 동안 촛불만큼도 희망이 자라지 못했으니까. 그런데 선임 중에 박 병장이라고 고무신 공장 사장 아들이 있었는데……. 함께 일하게 제대하면 들어오라고.

그렇게 찾아간 고무신 공장은 아버지 같은 아버지를 만나게 했어요. 아버지를 몰랐으니 이런 게 아버지를 갖는 것이구나, 그랬어요. 박 병장 자신은 공장 체질이 아니라고 밖으로 돌고, 느닷없이 영화 쪽으로 정신을 빼앗기더니 조연출입네 하고 다닙디다. 사장님은 나한테 화학공학과를 다녀서 제대로 해보라셨으니, 공장을 위한 공부였지만 고마울 뿐이었소.

공장은 때마침 수출이라는 것이 시작되어 그쪽 대형 공장들의 주문으로 호기를 맞으며 승승장구했고. 난 공부 와중에 화학산업에 눈을 떴어요. 독일이 후발주자로서 영국의 산업혁명을 따라잡은 것도 과학자들을 앞세운 화학산업인 걸 알았제. 마취제 클로로포름, 수면제 클로랄, 무기질 비료 등 리비히 한 사람이 기여한 것만 해도 엄청났으니. 한국에서도 화학물질이 미래다 싶었고, 사장님도 새로운 구상을 적극 지원했고요. 본격적으로 화학산업에 발을 들여놓았을 때 덜컥 사장님이 쓰러졌으니, 그 일은 참 충격이었소. 요즈음 말로 하면 급성 장출혈인데, 그땐 그냥 하루이틀 새 손을 써볼 겨를도 없이 그리 되어갔고는. 결국 곁에서 운명을 지켜본 내가 공장 둘을 다 맡았는데, 고무신 공장은 70년대 수출이 궤도에 올랐을 때 좋은 조건으로 큰 회사에 넘겼어요. 사실 그건 박 병장님 몫이었으니까. 아버지 것을 아들이 물려받는 것은 당연지사 아니요. 일을 했건 말았건, 아들은 아들이니까.

나머지만으로도 나는 충분했소. 화학물질은 사람들이 잘 모르는 보물이었으니까. 이미 몇 화학공업사에서 플라스틱 가공 제품을 생산하던 때였는데, 플라스틱 시대가 열리고 있었으니 틈은 많았어요. 바닥재다 뭐다 건축자재들이나 자동차 공장 등 온통 화학물질 아니고는 어림없었죠. 파라크실렌과 스티렌, 아크릴로니트릴 등 이름을 헤아릴 수 없이…… 아차, 선생은 화학과목이 아니라 했지요.

돌이켜보면 어린 나이었지요. 지금이라면 환경부 화학물질 안전원 감시가 세지만, 그땐 그런 기관도 없었고 막말로 때만 안 묻히면 된다, 그러고들 했어요. 지금에야 화평법이다 화관법 등 엄격한 잣대가 있지만 그때 시절은 이현령비현령이 법이었으니까. 어느 업종이나 다 그랬다고 봐도 좋을 거요. 눈먼 돈이 눈덩이처럼 굴렀고.

염화비닐부터 시작해서 건축에 사용되는 화학물질의 종류를 안다면 아마 누구도 대형 주택업자가 지은 집에서 살 생각을 못할 거요. 이들 화학물질에는 발암성, 중추신경 독성 등이 있다는 것을 그땐 누구도 몰랐지요. 집은 더 견고해졌고, 무엇보다 플라스틱 표준화된 자재라서 짓기가 편해졌고. 일하기 편하고 돈이 들어오는데 누가 토를 달았겠소. 석유도 나지 않는 나라에서 석

유화학공업은 승승장구였지. 새 집에 들어가서 두드러기나 비염 증상을 느끼면, 실은 못 느끼더라도 건망증이 심해지거나 불안감이 조성된다는 건데, 그것들 연구는 요즈음 말이지 그땐 아무도 몰랐소. 우리 같은 업자들은 면죄부를 받아 마땅해요, 그런 위험성을 말해주는 전문가도 행정 지도도 없었으니까. 성장은 좋은 것이었소. 나도, 나라도.

아내, 아내와는 백년해로를 하지 못했어요. 조강지처 불하당을 어긴 것은 절대로 아니지만 죄책감은 마찬가지요. 마흔이 다 되어 결혼을 하다 보니 아내는 나이 얼마 아니었어요. 순하고 단단하고. 아들 셋에 고명딸을 끼워 4남매를 낳아 기르며 홀시어머니까지 잘 챙기던 사람이었소. 가슴을 내주었던가? 맘이 아프요. 한참 젊었으니 수를 못할 줄 누가 알았나요. 어머니는 무슨 미련이셨을지, 왜 고향을 못 떠나셨는지. 아내도 참 힘들었어요. 버스깨나 타고 시골 내려다니던 아내는 어머니가 세상 뜨고 나서 조금 수월한 삶을 사는가 싶었는데 그만 갑작스레. 입에 올리기도 싫소. 살 만하면 긴장이 풀린다던가?

하지만 그랬소, 두 마음입디다. 향연이 혼자 되었다는 소식 때에도 몽클 흔들렸던 마음이었지만. 헌데 아프다니. 요것이 사악한 마음이건 어리석은 마음이건 어떠랴 싶었소. 늘그막에 하늘에서 내려온 마법인데. 향연의 옆에, 곁에 갈 수 있는 기회라. 가슴이 덜컹거려서는…….

그렇게 오늘의 장면이 연출된 것이란다. 조금 고쳐 써야겠다.

널따란 침대 이쪽저쪽으로 링거 줄이 걸려 있다. 훤한 낮 시간에 침대에 누워서 링거액을 맞고 있었을 연인들은 평범하고 유복한 노년의 일상을 드러내고 있다. 조금 다르다면, 노인들의 안방이라고 하기에는 꽤 너른 공간에 가구 또한 세월을 묵힌 때가 없이 성글고. 가만, 어디선가 화학반응이…….

목소리

사람에게 칠순이 무엇일까.
70년은 2천에서 3천 사이의 낮과 밤일 터.
아버지와 어머니를,
나의 가능한 미래를 생각한다.
둘이서 칠십을 맞는 것과
혼자서 맞는 것이 다를까.
그때까지 혼자려나, 살아나 있으려나.
늙기 전에, 늦기 전에 아이를 낳으려면
어찌해야 하나. 누굴 붙잡아.
속으로는 날마다 날마다 걱정을 걱정한다.

목소리가, 어머니의 목소리가 커졌다. 커졌구나, 라고 느껴졌다. 오늘 아버지와 나누시는 가벼운 대화에서 그랬다.

굳이 갖다 놓지 않아도 되거든요. 내가 한다니까요.

빈 밥그릇 국그릇을 들고 싱크대로 가시는 아버지의 모습도 조금 생소했지만, 그걸 그렇게 말리시는 어머니의 목소리가 이상하리만큼 높았다.

설이 다가오고 있었다. 며칠 여유를 두고 집으로 가자고 작정한 것은 명절엔 더욱 허전해하실 부모님 때문이었다. 아들 없이 딸 셋을 둔 부모님의 얼굴엔 딱히 썰렁함은 아니라 해도 뭔가 어색함이 어른거린다. 애써 괜찮다는 과장으로 포장되어 표피가 평상시의 부드러움을 잃는다. 부드러움을 잃은 주름은 갈라질까 말까 바스락거린다.

이번 설에도 막내 옥실은 오지 않는다. 오지 않는 것이 보통이다. 미국에 사는, 미국인이 된, 미국인과 결혼한 옥실은 만일 한국에 온다더라도 설이 아닌 추석에나 올 뿐이다. 그것도 가뭄에 콩 나듯이. 열여섯 살이 되기 전에 미국의 큰아버지에게로 입양되어 간 옥실을 어머니는 가슴에 두고 사실 것이다. 그러니까 어머니의 마지막 미토콘드리아의 전수자는 너무 멀리 가버렸다. 어머니에게서 딸들로만 유전된다는 미토콘드리아 – 막내는 정말 너무 멀리 가버렸다. 이름도 제이드가 되어버렸으니까.

둘째 은실은 늘 가까이 있다. 바리데기 – 일곱 번째 얻은 딸은 아니나 부모님 곁을 유일하게 지키는 은실이 바리데기가 맞다. 언니와 막내에 끼어 치인 부분도 없지 않았을 것이고, 공부도 시쳇말로 다 못해서 그렇다. 은실은 고1 때 성수대교 붕괴 사고를 너무 가까이서 겪은 후유증을 극복하지 못했고, 결국 대학 진학을 접었다. 하지만 일찍 결혼해서, 지금까진 우리들 중 유일하게 손자 손녀를 안겨드린 효녀다.

나 – 어쩌다 막내서부터 거꾸로 설명이 되었는데 – 맏이인 나 한금실은 교사의 자녀들이 많이 그러하듯 더 열심히 공부하여 대학은 물론 유학까지 일직선으로 나갔다가 박사가 되어 돌아왔다. 그땐 벌써 은실이 결혼으로 김실이 된 후였으므로, 나는 원래의 금실 대신에 한 박사로 불렸다. 더구나 한 박사라고 부르기 시작한 아버지의 목소리엔 어딘가 자랑 비슷한 여운이 깔렸다. 지금도, 그 한 박사가 명예도 돈도 별로 들여오는 것이 없을지라도 그건 여전하신 것 같다.

아버지는 1944년생으로, 이제 칠순도 넘기셨다. 아버지뿐 아니라 일제강점기 말에서 한국전쟁 전후에 태어나신 그들은 일제 때 강제 징집당한 146만 한국인의 숫자가 말해주듯 많은 가정에서 아버지의 부재를 경험해야 했던 세대다. 또한 형제들을 사상의 갈등으로 잃기도 한 세대가 그들이다. 국제통화기금이 들어오던 때에는 갑작스레 경제 무대에서 은퇴당한 세대의 운명 – 거기에서 아버진 자유로우시다. 교사는 강제 은퇴는 없었다. 대학 공부는 겨우 열에 하나나 했을 이들 세대에서, 아버지도 중등과정 사범학교 졸업으로 사회생활을 시작하셨다가 야간대학 과정을 밟아서 대졸에 합류하신 전설적인 분들의 하나이다. 다만 아버지에게 실패라면 아들이 없는 것이다. 은퇴하시기 전에는 딸자식이긴 해도 자식인 내가 좋은 자리를 잡을 줄 아셨을 것이다. 하지만 그 한 박사가 모교에서도 밀려 지방으로 내려가는 것을 보시면서, 아버지는 은퇴 후 시간을 우울한 적응기로서 사시는 셈이다. 그 아버지에게 목소리가 커진 어머니?

어머니는 아버지와 묻지 마라 네 살 터울이시다. 6·25 때 기억은 없다 하시는데, 큰이모는 엄마가 비행기 소리만 나면 담벼

락에 붙어 선 채로 오줌을 줄줄 싸는 세 살짜리 겁쟁이였다고 놀리신다. 물론 내 기억으로 어머니가 겁쟁이란 느낌은 없었다.

엄마, 정말이세요?

뭘?

엄마 어려선 무지 겁쟁이셨다고.

느이 엄마 지금도 겁쟁이다.

엄마가 겁쟁이?

그래. 엄마가 뭐 딱히 하는 것 봤냐?

하루 종일 평생 하시는 건 뭐고요?

이런 건 그냥 아무것도 아닌 게지. 엄만 그저 아무것도 아닌 것만 하고 살다가 죽는 게지.

엄마는.

정말이다, 엄마는 한 것이 없다. 딸 셋 낳은 것 말고는.

우리 키우신 건 다 어떻고요.

키우다니, 그냥 너희가 절로 자란 것이지. 내가 뭘 했냐. 품을 팔아 과외를 시켰냐, 차를 태워 나르기를 했냐.

어머니의 목소리가 분명 달라졌다. 무심한 듯 말 속에 심지가 생겼다. 뭘까. 설 명절의 부담 때문일까? 설은 아무래도 세배 문화 때문에 공휴일 상관없이 길어지고, 또 어떻게 된 것인지 시도 때도 없이 떡국상이다. 그러려면 음식 수급도 절묘한 솜씨 아니고서는 불가능하리라.

어머니가 시장 보따리를 여럿 챙기셨다. 내가 유럽에서 가져다 드린 낡은 무명 홑겹 가방을 여태도 쓰시며, 그 안에 다른 보자기 가방들을 넣으셨다. 나도 에코백을 챙겨 들고 모처럼 어머니를 따라 나섰다. 그리 춥진 않았지만 추운 체하면서 어머니의 팔을 꼈다. 생각처럼 따뜻하지는 않았다.

외사촌의 전화번호가 떴다. 팔을 풀고, 양손 손가락에 여러 개 시장 보따리를 걸고 돌아오는 길이었다.

금실아, 오빠다.

아이쿠, 웬 일?

너랑 의논할 것이 좀 있어서.

나랑 의논을? 의논을? 어디 있는데?

그렇게 만난 외사촌은 더블 에스프레소를 홀짝 마시고서도 좀처럼 입을 열지 않았다. 여전히 따끈한 아메리카노 잔에 손을 굽던 내가 말을 꺼냈다.

오빠, 커피 취향이 바뀌었네! 참, 곤충 연구는 겨울엔 좀 쉬는가?

명색이 학문에 여름 겨울이 있겠어? 금실아, 넌 그런데 왜 결혼 안 하냐?

그러는 오빤 왜 안 하는데?

거야, 나는 남자고.

뭐야, 여름 캠핑장에서랑 똑같은 레퍼토리네. 다른 이유를 대 봐!

외사촌은 망설이다가 입을 열었다.

그게 실은, 환상이 깨진 지 오래였나 봐.

환상이 깨져?

우리 어머니를 봐도 그래.

외숙모를? 외숙모가 왜?

그때 왜, 우리 아버지 갑상선 수술 하실 때.

언제 적 이야기를.

아버지가 수술을 앞둔 날 밤, 어머니는 병원 침상 곁이 아니라 집에 들어가 주무셨어. 물론 나도 보호자 노릇할 수 있을 만큼은 자랐었지만 속으론 떨고 있었거든. 혹시라도 수술이……. 기분이 묘했어, 어머니가 고생 덜 하시는 것도 좋은 일이겠지만, 한편으론 이해가 되지 않았어. 어머닌 만일의 사태가 걱정도 안 되셨는지.

그거야, 아버지들이 씩씩하시잖아. 울 아버지 돌발성 난청 치료하실 때도 열흘 넘게 혼자서 병원에 계셨는걸.

그건 좀 다르지, 난청하고 암이 비교나 되나? 또 그뿐이 아니었어. 수술은 잘되었지만, 퇴원하실 때도 좀 거북했어. 아버진 퇴원 직후 동위원소 캡슐을 드셔야 했는데, 퇴원 날 어머니가 아버지더러 호텔에 가서 주무시고 오시랬거든. 식구들이 다 같이 동위원소에 노출되느니, 아버지 혼자 계시다 오시는 것이 맞다고. 생수병 둘을 챙겨 호텔로 따라나서는 날 아버지는 말리셨고, 어머닌 화까지 내셨다니까, 나더러 속이 없다고! 그 세월 지나고서도 부부라는 것이 영원한 평행선이고 남남일까, 난 혼란스러웠어.

그만둬. 외숙모 나름대로 생각이 있으셨겠지, 합리적이고. 다 지난 일을 왜 그래. 외삼촌도 건강하시면 되었지. 오늘은 뭔가 다른, 할 얘기가 있다는 것 아니었어?

외사촌은 더욱 뜸을 들였다.

그게 글쎄.

오빠 뭐? 누구 사귀는 거야? 집에선 반대하고? 아님 선 자리 나온 거야?

그게 글쎄.

글쎄라니, 어떤 여자인데? 같이 살기라도 해?

살기는. 자꾸 신경이 쓰여서 그래.

신경이 쓰인다는 대상은…… 외사촌은 아예 더듬거렸다.

구내식당에서 자주 마주치는 사람. 알고 보니 나이는 조금 아래지만 이웃 학과의 연구전임이 된 친구인데, 겨우 한 학기를 멀리서 보고 지내는 사이에 알 수 없는 상쾌함과 긴장의 소용돌이가 일고 있단다. 그가 먼저 앉아 있다가 외사촌을 보며 갸웃하고 인사하는 동작, 함께 온 사람이 있더라도 밥을 먹다가도 멍하니 앞을 보는 순간, 상대가 아니라 사이 공간을 응시하는 모습이 눈에 들어오면 순간이 정지하는 느낌이란다. 해서 식당에서 마주치면 자판기 커피를 함께 하자고 청한 적이 여러 번이었단다. 종이컵을 왼손으로 받쳐 들고 마시다가 눈을 치뜰 때면 왼쪽 눈썹이 더 올라가고, 미소 또한 왼쪽 입술 끝이 살짝 더 밀려 올라가는데……. 어처구니없는 이야기가 시작되고 있었다.

뭐야, 같은 이공계면 철저히 다름의 매력 그런 것도 아니고.

취민 달라. 나는 사진을 찍으러 숲으로 들로 돌아다니는 편인데, 그 친구는 사진엔 관심이 없더라고. 대신 영화광이야, 안 보는 영화가 없어.

오빠도 영화 좋아하지 않았던가?

난 근년 들어선 뜨악한 편이었어. 그 친구랑 또 몇이 어울려 꼭 한 번 함께 갔었지. 〈러시 : 더 라이벌〉 – 에프 원 그랑프리 실화라고, 뜨거운 가슴이 있는 남자라면 마다하지 못할 영화라고 부추겨서. 헌데 스크린 속의 무서운 질주나 크리스 헴스워스의 마초적 매력 대신 그 친구 옆얼굴만 훔쳐보게 되어 못할 짓이다 싶었어.

병이 깊네.

병이라고? 넌 유럽형 인간 아냐?

유럽이 왜 나와, 여기서?

네가 공부하던 파리는 자유의 심장 아냐?

웬 자유? 평등, 박애까지를 다 말하려면 또 몰라.

그게 아니라, 파리에선 동성애자 시장에, 또 대통령들도 사생활은…….

사르코지나 올랑드? 우리 눈으론 좀 고약하지. 난 성적으로 그렇게 자유분방한 쪽이 못 됩니다요, 오라버니!

대통령이 영부인과 이혼하고 석 달 만에 젊은 연예인하고 재혼을 했다! 그런 것쯤 아무도 상관 않았었지, 프랑스 사람들은.

오빠, 그렇게 너그러운 사람이었어? 나 실은 그런 명사들 관심 없지만. 20년간 살았던 부부였어, 것도 이미 재혼으로. 그 사이 아이들도 셋이나 있고. 또 새 여자도 애 엄마고! 아이들 어지럽게 이혼과 재혼을 밥 먹듯이 해?

금실이 너 고리타분 맹추구나. 그럼 지금 대통령한텐 더 욕을 해대겠네!

남의 인생에 무슨 욕까지야. 하지만 이 사람은 더 심해. 결혼이 아니고 동거 관계라서 그러는 말이 아냐. 애를 넷이나 두고서도 첫 여자와 헤어졌다지, 그 여잔 사회당 당수였어. 차라리 그 여자나 대통령이 될 일이지. 암튼 따로 애가 셋 있는 두 번째 여잔 퍼스트레이디 노릇을 하고 있었지, 잠깐. 그러다 또 여배우야?

뇌에서 분비되는 짝짓기 신경물질의 유효 기간만 지나면 상대를 갈아치워? 정치적 역량은 역량이고, 난 그런 사람들 너절하다고 생각해. 섹스가 뭔데? 인간사 필수적 요인이라 치더라도 갈아치우는 게 능사는 아냐. 몸도 맘도 그렇게 둔갑을 한다면 그게 철새지 뭐야.

새는 또 왜!

내가 잠깐 실수를 했다. 동물학 전공의 외사촌에게 새라는 화두를 던졌으니 전문가적 지식이 쏟아질 판이 되었다. 나는 커피잔을 얼른 들어서 식어버린 나머지를 홀짝거렸다.

갈매기도…….

뭐야, 곤충 박사님께선 새를 능멸하는 것에도 분개하시나? 갈매긴 또 뭔데?

분개까진 아니지만, 갈매기도 동성애를 인정받는 세상에…….

동성애? 갈매기가 동성애를?

그래, 갈매기의 동성애.

너무 멀리 간다, 오빠.

아냐, 레즈비언 갈매기 부부들 심심찮게 있어. 암컷 두 마리가 함께 둥지를 틀어서는 알을 낳고 새끼를 키우지.

알을 낳는다고? 암컷끼리?

아니, 미수정란이나 단위생식 그런 게 아냐.

그럼, 알은?

살림은 암컷 두 마리가 차리지만 짝짓기는 각각 주변의 수컷들을 만나는 방식이지. 어쨌거나 번식에 성공하는 거야.

그럼 그건 암컷들의 공동 생활이지 무슨 동성애란 이름을 붙여?

그래도 서로 사랑하고 아끼고.

오빠, 동성끼리 서로 사랑하고 아끼면 동성애야? 그건 아니지. 암수 간에 사랑해서 살림을 차리고 자식 낳자고 성애와 교접이 따르는 것 아냐? 모르긴 몰라도.

로이와 사일로 이야기도 몰라?

누군데?

맨해튼 동물원의 펭귄들, 만화도 나왔는걸. 그 둘은 암컷 펭귄들일랑 거들떠보지도 않고 둘이서만 시간을 보내고, 뭐냐, 절정 행위도 한대, 목을 감고 그러는 성관계를.

설마 아기도 낳았대?

또 아기 이야기냐! 돌멩이를 알처럼 품으려고 해서 유정란을 넣어주었더니 서른 날 넘게 품어서 알을 깨우고 또 길러냈대. 완전한 입양 가족 아냐?

글쎄. 입양 가족 쪽은 맞지만 부부도 부모도 아냐, 분명.

부모는 아니지만 동성애 양친!

나는 테이블로 시선을 떨어뜨리며 천 가장자리를 만지작거렸다. 녹청색 계열의 체크 패턴의 무늬에 집중하는 척했다.

오빠, 난 이런 무늬가…….

소용없었다. 외사촌은 이야기를 접지 않았다. 돌리지도 않았다.

동성애 – 외사촌의 생각으로 자신은 동성애 성향이 분명하다는 것이었다. 일하다가도 문득 그 친구에 대한 막연한 기대감 같은 것이 꿈틀거리는데……. 대체 뭐냐, 이건?

내게 그런 걸 묻다니. 외사촌은 아마도 긴 싱글 기간을 보내는 나 또한 그러한 기질이나 성향이 없는지 탐색하는 눈치였고, 아니더라도 최소한 파리에서 한때 젊음을 보낸 내가 상당히 진보적일 것이라 믿었기에 이해받기를, 뭐 그런 것을 원했던 것 같았다. 하지만 나는 맹꽁이 답답이다. 엄격했다, 그 부분은.

외사촌은 알리바이 모양 역사 속 유명인들의 동성애 취향을 꿰고 있었다. 다빈치의 젊은 시절의 '불경한' 행위들, 미켈란젤로가 미소년에게 보냈던 소네트며 젊은 귀족에게 헌신했던 만년의 애정, 차이코프스키의 조카에 대한 비뚤어진 열정. 랭보는 어땠는데? 그건 부정 못 할 것이라고 외사촌은 들이댔다. 푸코는 어떻고! 심지어 여자들도 마찬가지라면서, 사포의 레스보스 섬은 말할 것도 없고, 나이팅게일도 사촌 여동생에 대한 사랑을 거절당해서 전장으로 떠나버렸다는 둥. 외사촌은 마치 공부라도 해둔 양, 제우스와 가니메데스의 신화며, 소위 그리스 사랑 – 성인과 소년 간의 사랑 – 또는 고대 아시리아의 보편적 동성애 문화까지 증거로 들이댔다.

나는 소크라테스나 플라톤 때의 사랑은 분명 우정이 심화된 플라토닉 사랑이라고 못박았다. 철학을 사랑하듯 동료의 철학을, 철학하는 동료를 사랑하는 것이라고. 여자와 동침하면 육신을 낳지만 남자와 동침하면 마음의 생명을 낳는다, 라고 했던 플라톤의 말을 두고도 갑론을박이었다. 외사촌은 플라톤의 동성애 증거라 했고, 나는 바로 그 말이 동성애가 아닌 정신적 우정에 관한 증거라고 했다. 한 문장이 두 상반된 주장의 증거가 되었다. 나는……

나는, 적나라한 짝짓기를 잘 알지도 못하면서도 나는, 적나라한 짝짓기와 가능한 번식을 전제로 하지 않는 성행위는, 그러니까 의사 성행위는 암컷과 수컷의 사랑이 아니다, 결코 성애가 아니다, 라는 주장을 굽히지 않았다.

몇 명의 잘난, 똑똑한, 개성 있는 유명인들이 동성애를 표방하고 경우에 따라서 결혼 예식을 한다고 치자. 사실 파리 시장 들라노에만 해도 드러내놓고 동성애자임을 표방하고도 당선된 게 맞다. 2, 3년 전 파리에선 게이와 레즈비언들의 50만 명 시위에 들라노에며 녹색당 대통령 후보며 그런 인물들이 앞장서기도 했다. 그렇다고 해서 유력한 인사들의 성정체성이니까 특별히 존중해야 할 필요는 없다. 내 주장은 이야기를 해나가는 중에 점점 더 완고해져갔다.

남녀가 정식으로 부부 관계를 맺음 – 이게 결혼의 사전적 정의다. 헌법에도 혼인과 가족 생활은 양성의 평등을 기초한다고 된 것 같다. 불문율에서도 남녀 양성이 전제다. 남녀 아닌 두 사람이 사랑을 하든, 동거 생활을 하든, 흔치는 않겠지만, 그것은 개인의 결정이다. 자기결정권의 행사로서 존중되어 마땅하다, 가능하다면 법적으로도. 그러나 남녀의 결혼 또는 동거와 동성의 동거를 동일시하라는 것은 어불성설이다.

외사촌은 눈을 동그랗게 뜨고 나를 쳐다보았다. 내 예상치 않은 독설에 찔려 어안이 벙벙하다는 표정이었다. 나는 내친김에 더 나아가기로 했다.

왜냐고? 모든 생물은 자신의 유전자 복제를 위한 본능으로 살아가기 때문이다. 유전자 복제가 이루어지기를 전혀 바라지 않는 의미에서 동성 결합을 원하는 생물체는 특이종이다. 어쩌면 불완전하다. 이성애와 동성애는, 또는 양성애는 – 난 그런 이분적인 용어 자체의 도식이 틀렸다고 보는 쪽이다. 이것이냐 저것이냐의 양자택일이 아닌 것이, 둥근 거울과 네모난 거울 중 어느 것을 살까 하는 소녀의 망설임이라거나, 점심에 설렁탕을 먹을지 순두부를 먹을지 망설이는 직장인의 고민과는 다른 차원이다. 거울은 거울이고 밥은 밥이고, 그런 건 늘 둘 다 똑같은 가치이니까. 하지만 동성애란 – 성애의 변형일 뿐이다. 그저 만물이 저절로 그렇게 되는 암수의 결합이 껄끄럽고 내키지 않은 대신, 동성을 그리워하는 매우 특이한 성향을 동성애라고 할 뿐이다. 동성 간의 사랑, 동성에 대한 사랑 – 동성애. 뭐라든지 단어는 가능하겠지만, 원래의 성애와는 성격이, 질이 다르다.

나는 내가 무슨 말을 하는지도 모르면서 생산적 짝짓기를 변호했다. 생물학자 외사촌 앞에서 점점 더 생물학 이야기로 빠졌다. 적진으로.

동성 결합은 유전자 복제가 불가능하다. 생물학적으로 유전자 복제라는 원초적 욕구를 모르는, 회피한, 원초적 욕구를 버린 생물체들이 벌이는 사랑은 뭔가 자연의 범위를 벗어난다. 키가 병적으로 너무 작아도 커도, 정상 범위를 벗어나도 똑같이, 돈이나 생산성이 많건 적건 똑같이 그 인격을 존중해야 하는 만큼, 동성애 성향이더라도 인격에서는 존중받아 마땅하다. 최근 교황님이 말하는 성소수자 동등권 운운도 사회적 인격적인 차별 금지를 말하는 것일 뿐이다. "성별을 인식하지 못하는 인류의 비전은 우리 사회의 근간을 흔들어놓을 것" – 프랑스 추기경의 말이었다.

그때 파리의 동성애자들 시위 때. 어떤 종의 모든 생물체가 동성애 성향이라면 결과는 그 종의 도태다.

도태? 그 단어에서 외사촌은 완전히 함구했다.

나는 불확실한 전문용어까지를 동원해가며 개똥철학을 읊어댔다.

밈(meme) – 문화적 유전자라. 복제 과정에서 진을 살찌운다는 밈이라는 인자, 이 밈의 세력이 대단한 건 증명되었지. 우리가, 수백만 인간들이 예컨대 '신'이라거나 '사후 세계에 대한 믿음'처럼 확인되지 않은 믿음을 공유하게 된 것들이 그런 작용이라지? 그렇다고 동성애의 밈이 인류의 발전 방향에 영향을 미칠 수는 없을 거야. 왜냐하면 인간은, 생물체는, 자신의 유전자 복제에 손해가 나는 방향으로 진화할 리가 없으니까.

외사촌은 눈도 껌벅거리지 않았다. 나를 노려보는 것도 아니었다. 나는 혼자서 녹음기처럼 지껄였다.

알게 모르게 서양 흉내쟁이인 우리들, 우리 사회에서 커밍아웃은 글쎄. 물론 동성 간 혼인이 합법적이라고 간주되고 아니고, 그게 중요하지는 않다는 것이 내 생각이야. 옳고 그름의 문제가 아예 아냐. 그것이 법으로 인정받는 서양 어느 곳들이 늘어난다고 해서 서양의 결정이니까 법이니까 옳은 것은 아냐. 옳지 않은 법을 몰라서 그래? 단기간에 만들어진 법의 이름으로 자행된 수

많은 악행들. 전쟁도 법의 이름으로, 인종 청소도 법의 이름으로 행해졌어. 법 이야긴 접자.

소수자에 대한 배려 – 소중한 말이지. 정치적 소수의견, 생물학적 약자, 모두 강한 다수가 배려해야 할 대상이지. 성소수자도 마찬가지. 그가 그 일로 사회적 불이익을 당하는 것은 부당하지만, 그렇다고 그게 자랑은 아냐. 어쨌거나 프랑스에선 사정이 좋아지고 있어. 1980년대에 이르러서는 동성애자에 대한 벌금형이 없어졌지. 120년 동안 '사회적 장애'라는 이유로 벌금형을 과했던 법이 사라진 거야. 곧 이어 정신병 리스트에서도 동성애가 삭제되었어. 그렇다고 육신이, 정서가 완벽한 건강 상태라는 의미는 아니겠지. 젊고 건강한 암수는 원초적 본능으로 짝짓기를 원하게 되어 있으니까.

넌 뭐야, 넌 왜 이렇게 사는데? 짝짓기가 사회적으로 권장할 일이라면서?

침묵하던 외사촌이 내 약점을 잡았다. 이번에는 내가 침묵했다. 평소에 정리가 된 견해도 아닌 말들을 즉흥적으로 외사촌에게 떠들어대는 나 자신이 한심해졌다. 내 침묵에 외사촌도 머쓱해졌는지 다시 입을 닫았다. 더 깊은 침묵이 흘렀다. 빈 커피 잔을 들기도 어색해진 나는 테이블보의 녹색과 짙은 청색 사이에 섞여 짜인 버건디 색상의 가느다란 올에 집중해서 색의 비율을 셈하려고 했다.

아냐. 아니거든!

건너편 옆 자리에서 제법 큰 소리가 들려왔다. 우린 다 같이 그쪽을 쳐다보았다.

아니, 오빠. 아녜요. 쟤네들 좀 봐. 요즘 젊은이들이 저래. 남자애 같은 남자애, 여자애 같은 여자애가 드물어. 유니섹스인지 옷도 저렇게 비슷하게 입고 다니지. 우리 둘 다 쟤네들 쳐다보면서 그게 여자애 목소리라고 느꼈어? 큰 소리로 말하고 있는 쪽이 여자애라니까.

그게 뭐.

남자들 입장에선 여자들이 버거워졌을 거란 말이지. 요즘 괜찮은 남자가 되려면 돈이 엄청 많은 집안이거나 빵빵한 직업이 있거나, 그러고도 키가 커야 하는데…… 그걸 어떻게 다 갖춰? 다 갖췄다고 해도 연인에게 헌신하면 헌신짝처럼 버림받는다고들 하지. 바꿔 말해도 그래. 괜찮은 여자란 돈 많은 집 딸이거나 최소한 연금이 보장된 직업이 있다거나, 그러고도 예뻐야 하는데…… 누가 그래. 다 어렵지. 이성에게 들이댈 자신들이 없어진 거야. 세상이 그렇게 만들었지.

오빤 대꾸를 않는다.

아님, 저쪽을 봐. 쟤네들은 남자답게 여자답게 차렸네. 하지만 뭣들 하고 있나 봐. 각자 휴대폰 들여다보며 뭘 하느냔 말이야.

뭘 하러 만나서는.

우리처럼 이야기나 하고 앉아 있음 아저씬가?

그래, 영락없는 아저씨 아줌마지.

그렇게까지 자조적일 필요는.

자조적이 아니라 현실이 우울하게 하지. 요즘 뉴스 안 봤어? 세계 부유층 85명의 재산이 전 세계 인구 절반이 가진 것과 같다는데 뭐. 1%의 부유층이 50% 빈곤층 모두의 65배보다 더 많은 재산을 소유했다는 거야. 인구 절반이 버러지야. 절반만 그런가. 아래 절반보다 나아보았자 상대적 박탈감으로 꼬여 있어, 마음들이. 뭔가 자연스러워야 생명력이 넘치고 짝짓기도 하고 싶고 그러지, 후손 번식에 대한 의욕이 솟구칠 것 아냐. 그런데 이렇게 움츠러들고 미래가 보이지 않는데…… 그냥 서로 위로받고, 가능하다면 유사 성애로 발전하는 게 아닐까. 그런 가능성이…….

부의 불평등 문제까지 가냐! 넌 문학 연구가 아니라 사회학 했어?

부의 불평등은 – 전공과 무슨 상관? – 우리를 지배하는 물신의 권능을 휘두르고 있어. 선진국에서도 결국 민주주의를 저해하지만 후진국에서는 부패를 조장한다는 말이 맞아. 부의 완강한 대물림 속에서 개천에서 용 나기란 사실상 불가능해. 살 맛 나지 않는 세상이지.

살 맛 나지 않아서, 이성에게 구혼하지도 후손을 구하지 않고 동성 사이에서 안주한다?

뭐, 꼭 그런 말이 아니더라도. 요즈음엔 교육 자체를 포기하고 등 돌리는 젊은이들도 늘고 있다 그러잖아.

그래, 니트라 그러더라. 낫 인 에듀케이션, 엠플로이먼트 오어 트레이닝.

우리나라에선 열다섯 살에서 서른 살까지 니트족 통계가 70만 명도 웃돈다고 본 것 같아. 한줄서기에 아이들이 죽어가. 옆자리 짝꿍도 경쟁 상대로 보라는 선생님이 무서워서 학교를 도망치는 거야. 대학에서도 희망이 없어 자퇴하기도 하고. 자괴감이나 대인기피증은 당연, 사회구조 전체에서 비껴서 있는 것이지. 가부장제로 받침되는 건전한 사회조직? 어림없어. 반사회적, 아니, 비사회적인 건 틀림없지. 기존의 질서 자체를 부정하고 싶은 거야. 또 교육을 많이 받음 뭐해? 정규직이 안 되는, 못 되는 점에서 우리라고 다른가? 우리가 어떻게 정상적으로 체제에 들어가? 결혼이 말이나 되냐고. 분업 시대 이후론 싫든 좋든 어떤 톱니든 톱니가 되어야 겨우 사는데 말이야.

톱니 인생. 그래 정상적인 톱니만 되어도 다행인 것을.

틈새에도 끼이지 못하니까 다른 돌파구를 보게 되는 것인지도 몰라. 어쨌거나 우린 –

갑자기 한기가 느껴졌다. 사람들이 빠져나간 것도 아닌데, 오히려 더 불어났는데. 밖에 어둠이 내려앉자 커피숍 공간이 살짝 위로 솟은 느낌에 어디선가 스쳐 오는 바람기를 상상했는지도 모르겠다.

어쨌거나 우린 – 뭔가 위안이 그리운 시대를 사는 것 같아.

그래. 위안이 그리운 세대, 누가 누굴 위로할 줄 모르는 세대.

그래서 우정도 사랑도 모르는 세대. 간혹 경쟁을 피하게 되면 우정도 사랑이라 믿는…….

사랑과 우정을 혼동한다고?

외사촌은 눈을 흘겼다. 내가 우정과 사랑을 구별 못 한다는 말에 발끈했나 보았다.

넌 감정의 구분이 확실해서 위안은 그립고 누군가는 필요 없는 거야? 어떻게 그렇게 혼자 버티는데?

혼자, 그래 혼자 잘 지내는 편이야. 하지만 글쎄, 난 요즈음 희한하게 아기를 갖고 싶어. 그건 충동이라기보다는 딸을 낳고 싶은 소망, 낳아야 하리라는 의무감에서. 하지만 수컷이 없네! 암컷 갈매기나 같구나. 하긴 무슨 수로 애를 키워? 나 혼자도 버거운 세상에서. 많이 말고, 그냥 먹고사는 만큼도 어려운 세상에서. 그래도 이참에 적극적으로 나서볼까?

아버지 감을 낚겠다고?

감으로 괜찮은 사람이 보이기도 해. 사랑? 가슴이 뭉클하게 아프지는 않아서 사랑은 아니려나? 또 짝짓기 과정이 너무 적나라하겠지만.

뭐야, 넌 그럼 여태?

잠시 망설였지만 나는 옛날이야기를 털어놓기로 했다.

처음 남자가 나빴어. 하필이면 극장 안에서 손을 잡았지 뭐야. 난 불 꺼진 극장 안에서 손을 잡히긴 싫었어. 그 무렵 어떤 소설을 읽었었는데, 자연 속에서, 이를테면 풀밭에서 햇볕 아래 누워서 혼자 오르가슴을 느낀 소녀의 이야기가 인상적이었어. 그런데 극장은 어둠의 충동이라는 이미지로 다가왔어. 사랑은 어둠이어선 안 되는 것 아냐? 암튼 어둠과 관련되는 이미지로서의 사랑은 소름 돋았어.

밝은 사랑?

그래, 밝은 이미지의 남자. 난 분명 남자가 필요해, 내 딸을 위해서.

딸은 무슨. 딸을 낳으라는 보장은 있고? 멀쩡한 처녀가 임신을 원한다니 세상 참.

그래, 바로 임신이야. 임신을 전제로 하지 않는 성적 충동은 뭔가 빗나간 것일 게야. 그러니 동성애도……. 맞아, 임신이 좋은 비유야. 임신이란 100%이거나 아니거나 그거야, 누군가 절반만 임신일 수는 없어. 성교도 그래, 임신 가능성이 전혀 없는 성교란 반쯤만, 그러니까 성교가 아냐.

생물학자 밥 벌어 먹겠냐, 어디!

미안해, 공자님 앞에서 문자네 정말. 하지만 사랑은 임신과 같아, 100%이거나 아니거나. 절반만 사랑한다면 사랑이 아닐 거야. 사랑에 어떻게 양이 있어. 양이 있는 것이라면 사랑을 하지 않을 거야.

아길 가질 거라며!

아길 가지려고 사랑하겠다니까, 온이 사랑할 거야. 만일 누군가를…….

누군가를 만나면? 누군가를? 누구를?

그게 글쎄.

넌 말 다르고…….

아냐. 진정으로 하는 말이야. 하지만 오빠, 오늘 이야긴 논쟁을 위한 논쟁으로 해두자. 오빤 아직 사랑을 모르는 거야, 어쩜 나도. 부부가 되려면 8천 겁의 인연이 필요하댔잖아. 그런 사람을 만나기까진.

겁?

그래, 겁. 천 년에 한 방울씩 떨어지는 물이 사방 1유순 크기의 바위를 뚫는 시간.

유순?

소달구지가 하루 가는 거리라니까 최소 40리라고 하지.

평방 40리?

오빠, 내버려두자, 단위는 잊고 그냥 시간에 맡겨두자고. 건 그렇고, 오늘 우리 집에 들렀다 가. 설에 또 오기 어려울 텐데 울 아버지 뵙고 가야지.

오늘은…….

가, 가자고!

목소리에 힘이 들어가는 쪽은 내내 나였다. 왜 목소리를 높였을까. 무슨 말을 했는지 그저 소리뿐, 말에 전혀 자신은 없는 채로. 가만 생각해보니 목소리가 커지는 것 자체가 말의 알맹이에 자신이 없다는 신호다. 아니면 진실을 감추려거나.

어머니는 요즘 왜 목소리를 높이실까. 혹시 감춰둔 심지가 뭘까? 집을 향하자 어머니가 걱정되었다. 설을 앞둔 일시적 상황이기를 바라고 싶었다. 하지만 어머니가 음식 만드시면서 짜증스러운 내색을 보이신 적은 없었다. 그런 건 아무것도 아니라고 늘 그러셨다. 설이래야 수십 명씩 손님이 오는 대단한 집도 아니고, 그저 조금 북적대고 수선스럽고, 그래도 떠들썩하고 화기 넘치는 시간들. 그런 시간들을 받쳐주는 어머니는 가족을 위해 있는 존재라고 믿는 데에 어떤 의심도 해본 적이 없었다.

혹시 어머니는 명절이면 딸들과도 다 함께하지 못하는 허전함에 더해 아들의 부재를 서러워하실까? 민망해하실까? 아버지에게 미안함 대신, 그 미안함을 감추려고 목소리를 높이시는 걸까?

혹시 아버지는 아들 없이 지내야 할 차례가 다가오면 우리들 몰래 한숨을 쉬시지는 않을까? 그 한숨이 어머니의 목소리를 자극할까? 유전자 복제에 실패하시고서도 한숨도 마음대로 못 내쉬는 울 아버지.

아버지이, 선준 오빠 왔어요.

집에 들어서면서 아버지를 찾았지만 아버지는 안 계셨다.

엄마, 아버진?

내가 느이 아버지 어디 가신 줄 일일이 다 안다니?

어찌할꼬. 어머니의 목소리엔 여전히 싸한 여운이 감돌았다. 울 어머니의 목소리에 심지를 심어 넣은 범인의 정체는 뭘까. 그냥 세월일까. 내 눈으로는 오리무중이다.

다리 밑

모교 강단에서 밀려난 이래 고향도
아닌 곳으로 멀리 떠나와서 살아가는 것이
이리 오래 지속될 줄이야.
세월이 무섭다더니,
어느새 이곳의 문화라고 하는 것들도
기웃거리기 시작한다.
그런데 현실은 문화가 아니다.
여전히 비눗방울 막이 걷히지 않은 외톨이다.

거기 다리 밑으로 내려가본 것은 순전히 우연이었다. 문화지원금을 받아 운영된다는 썰렁한 극장에 옛 영화 보기 프로젝트가 있어 갔다가 무심코 공원 쪽으로 향했더니 곧바로 천이 흐르고 있었다. 무등산에서 발원하여 영산강으로 흘러 들어간다는 하천은 상당한 넓이라서 강 같았다. 큰 다리를 건너 공원으로 가볼 수도 있었는데, 다리 밑으로 내려서는 앙상한 계단이 먼저 눈에 들어왔다. 계단 아래로는 상부 도로를 따라 나란히 양쪽으로 천변 길이 펼쳐져 있었다. 앙상한 나뭇가지들 틈새로 푸르스름한 하늘은 스크린에서 본 다니엘 오테이유의 차가운 눈빛 그대로였다. 겨울에 접어들고 있었다.

하얀 페인트로 길바닥에 그려놓은 자전거 표식에 금지 표시가 뚜렷했다. 그런데 사람보다 자전거 수가 더 많다. 우측통행 화살

표도 그려져 있다. 유치원 때부터 사람은 좌측통행을 하라 배웠다가 우측통행으로 바뀐 것은 근년 들어서다. 그러니 좌측통행을 하던 누군가를 뒤에서 자전거가 건드렸나 보다.

아이쿠, 할머니, 조심하셔야지. 따르릉 해도 못 알아들음 어떡해요!

자전거 위의 사람은 노인을 부축하기는커녕 핀잔부터 내린다.

미안합니다. 내가 못 들었나요?

할머니의 어디로 보나 굼뜨고 푸석한 모습과는 전혀 다른 표준 존대어가 귀에 띈다.

난 괜찮으니 가세요.

깜짝 놀랐네, 그냥!

자전거는 씩씩거리며 서둘러 두 다리를 굴렸다. 나는 벌써 자리에 서버렸고 할머니를 바라보고 있다.

정말 괜찮으세요?

네에. 괜찮답니다. 내 귀가 나빠서 그런걸요.

그냥 앞장서서 걷는 할머니를 따라 몇 발짝 걷는데 할머니가 멈춰 선다.

암, 임신이면 그렇게 앉혀야지요. 잘 생각했어요. 차가운 돌 벤치에 그냥은 안 되지요.

그 소리가 채 끝나기 전에 빽 하고 내지르는 고함이 돌아온다.

뭐예요? 무슨 임신! 웬 참견인지, 나 원.

아이고, 내가 뭘 착각했나요? 무릎에 고이 안고 앉아서 기특해서 그만.

기특이고 뭐고 그냥 가세요! 별꼴이야, 참.

이 험난하고도 우스운 대화에서 난 또다시 멈추고 말았다.

자, 이쪽으로요.

나는 할머니의 팔을 끌 수밖에 없었다. 일행이 되어주고 싶었다. 말없이 잠시 걷던 할머니가 나무 벤치가 나오자 쉬려는 몸짓을 했다.

난 여기서 좀 쉴 테요. 젊은이, 아까는 고마웠어요.

뭘요. 그런데 말씨가 좀, 여기 분 아니세요?

엉거주춤 옆에 앉으며 건네는 질문에 아무 응대가 없다.

걸으시면서 바지도 안 입으시고. 좀 특이해서요.

아침에 입은 그대로 집에 있다가 나오니까요. 우리 어머니는 일상 한복에 흰 고무신 신고도 산장까지도 가셨다던걸요. 물맞이라나, 동네 사람들 큰 나들이셨겠지만.

무등산장도 아시면 이곳 분이신데, 말씨가 여기 분이 아닌 듯…….

말씨야 평생 아이들 가르쳤으니 사투린 적게 쓰는 편이지요.

아, 선생님이셨군요. 저도 선생이긴 해요, 비정규직.

비정규직. 젊은 사람들이 다 그 모양이니. 우리 애도 그렇다오. 제 못나서 그런 거지만. 서울에 비집고 들어가려니 좀 힘들어요.

내가 부러 명퇴해서 힘을 보탰어요. 어미 마음에. 따로 버팀목이 없으니까 어미라도 올인해야죠. 결국 집을 다 내줬지요.

어머나.

상관없어요. 살림 정리할 나이니까 점점 줄여가다 보니 짐이 별로 없답니다. 혼자 사는 데 뭐 필요한 게 있어야지요. 어쩌다 이런 말을. 아, 선생은 앞서 가보세요.

밀어내는 소리를 들으면서도 나는 뭉그댔다. 어떻게든 말동무를 하면서 묻고 싶은 것이 있었다. 좀 전에 왜 느닷없이 임신 이야기를 꺼낸 것이냐고.

여긴 어떻게, 매일 나오세요? 여기 가까이 사세요? 저도 여기서는 혼자 지냅니다. 부모님은 평택에 사시고요, 팽성읍에.

평택이라뇨? 저 위네.

여기선 좀 멀죠. 서울 가면서 케이티엑스는 지나쳐버리는 곳이죠.

그런데 선생은 어떻게……. 선생은 그래 서울로 안 가고 내려왔네요. 이곳에 와선 정이 좀 들었나요?

4, 5년, 아직 정들 시간은. 여기 산책로도 처음 와봤어요. 모처럼 영화관 갔다가요.

요샌 극장에도 잘 안 다녀서요. 영화도 무섭고…….

무서우세요, 요즘 영화가?

좀 그래요. 이런 말 하면 노인네라 그런다 하겠지만, 폭력도 성문제도 심하고. 그뿐 아니죠, 상상도 무섭게 심해서 못 따라가요.

상상이…….

스타워즈다, 이티다, 그때까진 괜찮았지요. 지금은 타임슬립이라나 뭐라나 시공을 넘나드니까. 사람인지 로봇인지도 구분도 안 가는 존재에다…….

사실성 떨어지는 것 싫어하세요?

아니, 꼭 그런 건 아니에요. 팅커벨이 사실성이 있나요, 뭐. 그래도 아름다웠죠.

오늘 영화는 〈금지된 사랑〉이라고, 보셨을지도 모르겠네요. 90년대 영화니까요.

〈금지된 사랑〉, 모르겠네요. 그 무렵에도 영화관 가고 그러지 못했어요. 사는 게 다 다르지요. 학교 그만둔 지도 10년도 넘고, 거의 혼자 지내고 해서 아는 게 없어요. 더 옛날에 멈춰 있죠. 나 좀 봐, 별 이야기를 다. 이제 그만 가보세요.

아, 예. 그럼 안녕히 가세요.

엉거주춤 일어서 발걸음을 떼려는데 갑자기 뒤에서 목소리가 들린다.

나마스테.

나마스테?

내 안의 신이 당신 안의 신에게 인사드립니다, 그런 말이지요. 이런 만남도 인연이고. 잠깐만, 저 그런데 여기 혹시 오려거든, 내 선생한테 일러둘 게 있어요.

나는 다시 슬며시 앉아야 했다.

여기 산책 나오려면 아침 일찍이는 다니지 말라고 말해두려고요.

아침 일찍은 왜요? 저 아침 일찍 산책 다닐 만큼 부지런하지 못해요. 또 여긴 집에서 멀기도 하고요.

집이 멀군요. 아무튼 아침 일찍 다니지 말라는 것은…….

할머니는 멈칫거리며 주위를 돌아다보더니 목소리를 낮췄다.

저기, 저쪽 광고 설치대가 죽 늘어선 곳 있지요, 그 근처엔 사람이 있어서 놀랄지 몰라요. 그 사람들을 놀래킬지도 모르고.

사람들이라뇨? 사람은 맨날 있지 않나요?

여기 운동 다니는 사람 말이 아니라, 저기 저 위 교각 틈새에 사람들이 자고 있어요. 낮에도 올려다보면 이불 같은 것들이 숨겨져 있어요. 낮에도 가슴이 아파요. 내 처지는 저보다 낫다고 위로가 되는 게 아니라. 사람이 살다가…….

저 시멘트가 돌 틈에서 사람들이 잠을 잔다고요? 그러니까 노숙…….

가만, 누가 듣겠어요. 낮엔 근처에 앉아 있을지도 모르잖아요. 내가 원래는 아침잠이 없으니까 일찍 나와서 걷곤 했어요. 그러다가 거기에서 내려오는 어떤 사람을 딱 마주쳤지 뭐예요. 어찌나 무안하던지. 그건 정말 무안함이었어요, 절대로 무서움이 아니라. 무서움은 천천히 박혀왔죠, 지금은 좀 무서워요. 저 지경이 되기 전에 죽어야 할 텐데 하는 것.

선생님 하셨으면서 노후를 걱정하세요? 저희들 보따리 장사는 나중에 어쩌지요? 우린 연금은커녕 방학 땐 월급도 없어요.

이 나이 되면 먹고살 걱정이 아니라 죽을 걱정이죠. 죽어서 오래 발견되지 못하는 것도 그렇고. 노인 자살률이 더 높다는 뉴스를 봐도 그렇고. 힘들어서겠지, 외로워서겠지. 결국 고통이에요, 산다는 것이. 시작부터 마감까지.

시작은 어렵지 않잖아요, 저절로 태어나지는 것 아녜요?

그야 그렇지요. 환경이 문제죠. 열이면 열 다 축복 속에 태어나는 것도 아니라오. 혼외자가 드물지 않다는 말이오.

요샌 비혼모도 있잖아요, 의식적으로 아이만 낳는. 결혼은 못해도요 아이는 갖고 싶다는. 미토콘드리아의 복제를 위해서.

무슨 소리, 엄마의 욕심이지. 지브란 이야기 명심해요, "당신의 아이는 당신의 아이가 아니다. 당신의 사랑은 줘도 생각을 주어서는 안 되는 존재", 그런 말. 아이는 정상적인 가정이 있어야 해요. 아버지가 없다, 그건 매우 곤란한 일이에요. 난 그런 사정 때문에 친정도 멀리하고 살았어요. 이래저래 위장된 삶이었지요.

위장이라뇨. 누구나 지난날의 무엇인가는 드러내지 않고 살지요. 어차피 오늘만 있는걸요.

오늘만이라고? 젊은이가 그렇게 말하다니요. 내일을 보며 살고 그러는 것 아닌가요?

우리 세대는 내일이 없다니까요. 눈을 뜨면 오늘인 거죠. 오늘이 힘들어서 노후 같은 단어는 감이 안 오죠. 날마다 바뀌는 맘 때문에 더더욱요.

마음이 날마다 바뀌다니요?

예. 맘이 바뀝니다. 전 날마다 맘이 바뀌어요. 뭔가를 끝냈다 했는데 어느 날 여전히 생각을 하거나…….

아, 마음에 둔 사람 말이군요.

아아니요, 맘에 두기는요. 그냥 맘에 없었는데 마음에 있다거나.

그게 그런 말이네요. 아직 젊어서 가능성이 있을 때는 흔들리는 대로 흔들리구려.

아아니요, 전 좀처럼 흔들리는 사람이 아니거든요. 제 맘이 그냥 변하는 거죠.

참, 그 말이 그 말이라니까…….

예, 저는 그래요. 맘이 늘 바뀌어서 이러고 살죠. 하도 바뀌니까 종잡을 수 없어서, 뭘 원하는지를 알 수가 없어서요. 정말 아기를 갖고 싶다가도 겁이 나고요. 남편은커녕 남자친구도 없는데요. 이런 말은 하지 않았다. 처음 만난 노인과 교집합이 그리 있을 리도 없다.

저 그럼 가봐야 해서요.

다시 일어서려다가 생각이 났다. 아차, 그 임신 이야기다.

그게, 제가 궁금해도 머뭇거리고 있었는데요. 좀 전에 임신 이야기를 왜…….

이번에는 내가 이야기를 다시 이었다.

네, 그게 좀 이상했어요? 간단해요. 저 둘이 그렇게 앉아 있는 모습이 떨떠름하다 그 말입니다. 내가 아들 엄마라고 남자애 편을 들어서가 아니라, 다 큰 처녀들 요즘 다이어트들 한다 해도 몸무게는 몸무게지. 쌀 20킬로도 번쩍 못 드는 것이 요즘 남자애들 아뇨. 비실비실하기는 여자애들 똑같고. 그런데 그렇게 뭉개고 앉아서 욕보이지. 내가 멀리서부터 한참을 보고 왔어요. 그래서 거꾸로 말했죠, 임신이 아니라면 내려앉아라, 뭐 그런. 하긴 요새는 돌려서 말하면 알아듣는 사람도 있고 아니기도 하고.

남자 무릎에 앉은 여자애가 미우셨군요. 저라면 부러운 편인데요?

부럽기는. 저렇게 밖에서 유난 떠는 남자들은 성격 더 불량하기 마련이에요.

보이는 친절이 별로다, 예, 뭐. 저 그럼. 다음에 혹시 만나게 되면 이야기 더 들을게요. 안녕히 가세요!

여자애가 미우셨구나, 그런 생각을 하면서 나는 정말로 뛰기 시작했다. 풀밭을 예상했지만 길은 좁은 포도였다. 조깅화와 러닝화의 구별 없이 신은 운동화 바닥이 아스팔트 느낌을 그대로 전달했다. 얼마 지나지 않아 멈춰 섰다. 무엇을 두고 온 것 같은 느낌이었다. 뒤를 돌아다보았지만 생각나는 것이 없었다. 선생님 할머니도 보이지 않게 멀리 뛰어왔나 보다.

저녁에 가끔 일기를 쓴다. 쓰는 날이 많아졌다. 일기까진 아니고 일단 뭔가를 메모해놓는다. 날마다 변하는 나를 알기 위해서, 나를 잊지 않기 위해서 써 두는 것이다.

1) 〈금지된 사랑〉을 보았다. 1992년 작, 프랑스 원제로는 '겨울의 심장'이다. 다니엘 오테이유, 아니 스테판의 겨울처럼 차가운 심장이겠지. 앵 쾨르 앙 이베르, 향수에 젖는 프랑스어 발음. 향수라니, 이건 좀 미친 감정이다. 프랑스 문화는 부러 외면하고 싶은 억하심정이 들 때도 있다. 푹 빠져서 공부할 때는 언제고. 변덕이 죽 끓는다.

"관중 속에 한 명이 감명을 받아 인생이 변한다면 연주자로서 만족을 느낀다." 그 비슷하게 바이올리니스트가, 여자가, 에둘러 말한다. 남자를 유혹하는 말이었다. 나는 내 소설이 단 한 명의 독자에게 감명을 준다고 만족을 느낄까? 아니다. 소설이 원칙적으로 소통의 방식으로 존재하는 것은 아니다. 나는 내 말만 한다. 만족이라면 이상한 말이겠지만, 나는 내 글이 문자화되어, 그러니까 살아서, 나를 떠나는 것으로 만족한다. 글은 문자화되면 제 생명으로 살 것이다. 출판사 창고에서 바로 죽든지, 중고책으로 떠다니든지, 언감생심 누군가의 책장에 남게 되든지.

영화는 아주 절제된 사랑의 형식으로 감동을 준다. 다만 이런 섬세한 게임은 21세기엔 어림없다. 지금의 우리는 황량한 바다에서 살고 있음으로 해서 사랑으로 섬세할 여유가 없다.

사족 : 영화에서 오테이유의 큰 눈은 멀건 공간을 바라보았지만, 실 인생에서는 에마뉘엘 베아르와 함께 살았다. 결혼식도 하고. 열세 살 나이 차 같은 것은 서양인들의 경우, 아니 우리나라도 이젠, 문제가 되지 않는다. 얼마 후엔 헤어진다. 딸도 있었던가. 아이들이 있다는 것이 이혼에 장애가 되지 않는 시대다. 참 자기중심적인 시대. 참 솔직한 시대. 참 현대적인 시대. 인간이 모노가미라는 환상, 그 거짓을 공공연히 법적으로 실행한다.

2) 처음으로 광주천변에 내려가보았다. 어쩌다 처음 본 사람과 이야기를 나눴다. 70세 정도, 전직 초등학교 교사였던 할머니. 아들 하나, 아마 서울에. 유행을 따르지 않은 차림새에 표준어를 쓴다. 조금은 괴팍할까? 관심은…… 모르겠다. 한참을 이야기를 나누었다고 생각했는데.

대신 진짜 글감을 건졌다. 혹시 천변에 다시 나가보기. 산책이 아니라 누군가를 확인하고 싶다. 실제로 모두 '다리 밑에서' 태어난 우리들. 더러는 초호화 초고속 세상을 살아가는데, 누군가는 여전히 '다리 밑에서' 살고 있는지 찾고 싶었다. 그래야 할 것만 같다. 우연인 것처럼 마주치기.

차가운 남자는 오테이유의 얼굴이 아닌 내 얼굴로 나타난다. 나는 남자이고 차가움을 가장해야 하는데 실은 매사에 참을성이 없다. 그가 – 절대로 여기에서 또 설명하고 싶지 않은 그가 – 나에게 비판적으로 내뱉었던 단어 '조급함'을 그대로 간직한 채, 내가 남자다. 그러니까 남자인 것만 다르다. 나는 여전히 비정규직인데 과거와 현재와 미래의 내가 번갈아 나타난다.

내 몸은 세상에서 외면받는 상처로 뱀처럼 휘었다. 척추측만증에도 불구하고 나는 바이올린의 몸통이 되어 줄과 활을 버티고 있었다. 줄과 활은 힘겨운 싸움 속에서 아름다운 소리를 냈다. 내가 줄이든 활이든 능동적인 무엇이 될 확률은 얼마였을까. 활에 닿은 줄이 하나 터져버린 어느 날 나는 허리를 펴고 곧게 걷게 되었다.

누군가로 빙의되어 꿈을 꾸는 일은 두통과 더불어 겨우 깨어날 수 있었다. 아무리 꿈이라지만 남자가 되어 있는 것은 좀 그렇다.

실제로 나는 천변에 더 나가보기로 했다. 설마를 확인하는 일, 그리고 누군가를 만난다면, 다리 밑에서 살아가는 누군가를 만난다면, 찬찬히 살펴보거나 가능하면 말을 걸어보고 싶었다. 그쪽이 훨씬 생생한 체험이고 글감일 터였다. 여러 명일까. 노숙인구가 서울역 근처에만 200명도 넘는다는 기사를 본 적이 있다. 믿기지 않지만.

한번은 정말 한 남자가 있었다. 흐르는 물을 향하고 앉아 있어서 등만 볼 수 있었는데, 옆에 두고 있는 가방이 조금 컸기 때문에 눈에 띄었다. 크다는 말은 일상 산책하는 짐이랄 수 없는 부피였으니까. 눈에 띄지 않게 속도를 줄이며 흘겨보았더니, 그는 입성이 우선 말끔해서 노숙인일 리가 없어 보였다.

이렇게 노숙인의 존재를 꼭 확인하고자 하는 내 마음을 알 수 없었다. 글감으로 생각했었던 일은 죄로 갈 거라는 마음이 일었다. 그런데도 지나칠 수 없는 무엇 때문에 매달렸다. 몇 번 시간대를 바꾸어 나가보았는데, 정말 밤이면 사용했을 얄팍한 이불이나 골판지 쪼가리들이 교각과 위쪽 도로 밑 틈새 여기저기에 끼어 있었다. 중간 높이의 단에는 그을음 흔적이 눈에 띄었는데, 일정 시간 지속적으로 불을 피운 것이 분명했다. 어딘가에는 사람이 살고 있다.

틈새를 이렇게 만들어놓은 구조 때문에 사람들이 이렇게…….

교각 구조를 탓하려다가 멈칫 놀랐다. 틈새가 있어서 노숙인이 양산되는 것이 아니라, 노숙인들이 생기다 보니 틈새가 이용되는 것을. 그렇다면 다리 공법의 구조가 아니라 사람을 노숙하게 만드는 사회구조를 탓해야 맞다. 사람이 떠돌 것이라면 기술 부족으로 더러 틈새를 남겨둔 것이 오히려 잘한 일 아닌가.

그러다 정말 소스라치게 놀라는 일이 생겼다. 그날은 조금 덜컹거리는 창에 바람막이 정도 뭔가 천이 필요해서 복개상가엘 먼저 들렀던 터다. 베이지색 옥스퍼드 천 두 마를 떠서 수선 집에 시접을 박아달라고 맡겨놓고 천변으로 내려서는 순간이었다. 징검다리가 시작되는 자리에 이상한 자세로 앉아 있는 여자가 눈에 띄었다. 잘못 오해하면 거기에 실례(?)를 하려고 앉은 모양새여서 화들짝 놀랐다. 하지만 자세히 보니 그건 아니고, 그렇게 쭈그리고 앉아서는 검은 비닐봉지를 물에 흔들며 무엇인가를 씻고 있었다. 차갑고 더러운 물에 뭘 씻어?

징검다리를 건너기 위해서는 거의 스치듯 여자를 지나쳐야 했는데, 내 눈은 탐색하듯 여자가 씻는 물체에 고정되었다. 여자는 놀랍게도 하얀 밥알들과 큼직한 무김치 조각들을 분리하고 있었다. 무 한 조각이 50센티미터쯤 물 밑으로 가라앉아 있었기 때문에 내용물이 확연히 보인 것이다. 흐르는 개천에 음식을 헹구다니, 마치 먹다 버린 봉지에서 쓸 만한 무 조각을 건지는 모양새였다. 그리고 그 주체는 사람이었다, 여자 사람. 넓어진 가르마로 보아 쉰은 훨씬 넘었을, 그렇지만 곱게 앞머리를 잘라서 앞으로 내린 모습, 절대로 헝클어진 머리카락이 아니라는 점에서 '미친' 여자는 아닌 듯했다. 짐작으로 미루어 키는 작은 편에 몸집은 꽤 있어서 굶기에 말라 지친 몰골도 아니고.

그러는 사이 나는 징검다리를 다 건너와버렸다. 여자가 아무리 씻는 데 골몰해서 나를 의식하지 않는다 해도, 다시 돌아가 확인을 할 만큼 여자를 무안하게 하고 싶지는 않았다. 아니, 정말로 여자의 허기가 그런 행동을 하게 했음을 확인하기가 무서워 도망친 것이라 해야 옳았다.

오후 서너 시경이었다.

어쩌면 좋을까. 그렇다면 저 여자는 무엇을 먹고 어디에서 잠든단 말인가.

원래 예정했던 산책길은 중앙대교 아래까지 편도 15분, 거기서 뒤로 돌아 맡겨둔 천을 찾으러 다시 온다면 산책으로는 충분할 터였다. 그런데 발이 도무지 앞으로 나아가지지를 않았다.

그렇게 어설피 걷던 나는 슬그머니 뒤로 돌아섰다. 서려다가 발견했다. 여자는 어느새 건너편 길섶에 앉아 있었다. 원래 그쪽은 자전거길인데 더러 사람들이 오가는 좁은 산책로가 있었다. 여자는 산책로를 뒤로하고서, 그러니까 사람들의 시선을 조금 피해서 앉아 있었다. 그 모습을 보니까 얼마 전에도 건너편으로 그 여자를 본 것 같았다. 뚱뚱해 보이는 모습은 있는 대로 옷을 다 입어서 그랬으리라. 그때도 양 옆에 짐이 조금 있었던 것 같다. 어쩌면 좋을까.

아이쿠. 그렇게 멍청하게 돌아서는 바람에 누군가와 부딪힐 뻔했다.

에이. 버럭 화를 내는 남자는 혼자가 아니었고, 바로 직전에 내 곁을 스치고 지나간 여자를 잡으려고 쫓아가는 모양새였다. 다시 돌아다보니 그 여자도 꽤 무거운 가방을 팔에 걸고 있었다. 웬 여자들의 수난이람. 보퉁이를 싸들고 도망치려는 여자는 뭐고, 돌보는 이 없어 저리 하수구가 섞여 흐르는 물에 무김치를 씻는 여자는 뭐람. 머리가 빙글 돌았다. 씩씩거리는 남자와 나도 모르게 재차 부딪쳐서 걸고 넘어졌다. 도망치는 여자가 시간을 벌면 좋겠다. 사람들이 어디서 금방 에워싼다.

그렇게 그날의 탐색은 끝났다. 웅성거리며 수군대는 사람들이 하늘을 배경으로 눈에 들어왔을 때는 벌써 현기증은 끝났다. 자리를 털고 일어났는데 발목이 시큰거릴 뿐 별다른 느낌은 없었다. 사람들은 곧 흩어졌다. 징검다리 저편을 찬찬히 보니 여자는 작은 소동에도 이쪽으로 돌아보지도 않고 그대로 앉아 있었다. 멀리에서도 팔이 움직이는 동작이 보였다. 다행히 – 다행히? – 무엇인가를 먹는 가벼운 동작이 아니었다. 왼손을 비껴 옆으로 폈다 오므렸다 반복하는 것이 긴 실로 바느질이라도 하는 동작 같았다. 바느질? 상상력치고는 빈곤했다. 여자가 게서 무슨 바느질을 할 것인가. 햇볕 드는 거실에서 탁자를 치워놓고 식구들을 위해 보송보송한 이불 홑청을 깁는 여자? 거리가 멀어도 한참 멀었다. 이렇게 빈곤한 상상력으로 무슨 소설을 쓸 것인가.

집에 돌아와보니 창은 여전히 덜컹거렸다. 바느질까지 맡겼던 바람막이를 찾아오는 것을 잊었다는 생각이 났다. 발이 좀 삐었기로서니 그렇게 줄행랑을 치다시피 곧바로 택시를 타야 했을까? 내 마음을 알 수가 없다. 진실을 마주치는 일이 더 무서웠을까. 나는 이튿날도 그 다음 날도 바람막이 천을 찾으러 가지 않았다. 천을 찾으러 가면 천변 산책로를 외면할 수 없고, 그래서 가지 않았다는 설명이 옳다. 날은 갑자기 더 추워졌고 창문은 더 세게 덜컹거렸지만 나는 가능하면 창 쪽을 외면했다.

그전에 나는 최소한 내가 왜 그 여자를, 그런 노숙인을 찾아서 확인하고 싶어 했는지 알아야 했다. 단순한 글감? 그것은 실은 매우 모독적인 발상이다. 여자를 대상화하고 있으니까. 샤덴프로이데? 나라말에 자부심이 대단한 프랑스에서도 번역을 못 하고 독일어를 그대로 쓰는데, 서울 시절 함께 사무실을 썼던 독문과 강사의 설명으로는 '타인의 고통을 보는 기쁨' 비슷한 말이라 했다. 그러자 통째로 백과사전인 사학과 이순규가 러시아엔가 중동엔가 더 재미있는 일화도 들려주었다. 한 농부가 우연히 램프를 하나 주웠는데, 무심코 문지르자 램프 요정이 나타나서 소원을 들어주겠단다. 농부가 하는 말이, 옆집에는 램프가 아니라 젖소가 한 마리 생기더니 온 가족이 먹고 남을 우유를 내어 곧 부자가 되었다고. 꼭 그런 젖소를 원하면 아예 두 마리라도 구해줄까요? 요정이 물었는데, 농부가 싫다고 했더란다. 아뇨, 난 그런 젖소 필요 없소. 이웃이 다시 가난해지는 것이 내 소원이요, 그러니 이웃의 젖소를 죽게 해줘요! 동서고금 비뚤어진 심보.

이건 빗나가는 말이지만 가끔 독일어에 정곡을 찌르는 단어가 있다. 프랑스에서는 영미권처럼 경쟁 사회를 '활력 있는 자유 경쟁 사회'라는 의미로 그대로 쓰는데, 독일에서는 '팔꿈치 사회'라고 쓴다고 들었다. 얼마나 적나라하고 정확한가. 영락없이 다리 밑 길바닥에 나 앉아 열심히 팔꿈치를 흔들고 있던 여자, 거기 그렇게 앉아서 그 팔꿈치로 누구를 제칠 수 있단 말인가.

팔꿈치 사회에 더욱 만연하는 샤덴프로이데 – 그래서 내가 노숙인을 찾는 건 절대로 아니다. 많은 단점에 허점투성이, 하지만 그렇게까지 저열하지는 않다. 혹시라도 다리 밑 사람들의 고통을 나누고 싶고, 그들의 이야기를 쓰고 싶을 뿐이다. 그래, 어떻게 된 사회에서 사람이 이렇게 살아가야 하는가. 그런 문제를 진지하게 생각해보고 싶은 것이다. 왜 1인당 평균소득은 해가 다르게 치솟는데 탈락자들은 날로 더욱 늘어나는가. 스스로 죽음을 택하는 사람들, 어떤 순간에, 얼마나 밑바닥으로 내몰리면 죽기로 하는가. 이 화려 장관의 세상 속 그런 어두움을 누군가는 써야 한다고 믿는다. 독자를 구하지 못하더라도 출판사만 구하면 된다. 출판사도 못 구하면? 그건 일단 쓴 다음의 일이다.

이렇게 말하는 나와 뒤뚱거리는 발걸음으로 잽싸게 천변 산책로를 빠져나와서 택시를 타고 도망쳐온 나는 둘인가, 하나인가, 샴의 쌍둥이. 진실을 맞닥뜨릴 용기도 없이 싸구려 감상에 젖은 얼치기.

그것이 열흘도 넘은 일이다. 발목은 처음에는 상당히 부어올랐지만 그런대로 가라앉았고, 나는 충분히 걸을 수 있다. 그러고도 나는 특별히 다른 일들에 몰두할 일도 없으면서 천변을 외면하고 있다. 며칠 전 그 할머니는 영화도 무섭다 했는데, 나는 현실이 먼저 무섭다.

날마다 변하는 나. 나는 날마다 나를 배신한다.

꿈자리는 여전히 뒤숭숭했다. 이번에도 나는 남자다. 그것만 다르고 현실처럼 불발인 채로. 게다가 느닷없이 고준생, 고시 준비생. 다음 순간에는 국회의원 보좌관이었다. 표정은 밝았다. 인문계 쪽에서 이만한 자리는 완전히 로망이니까.

우린 일곱이다. 아래 셋은 안에서는 그냥 비서로 불린다. 끼리끼리 팔꿈치 다툼도 있다. 주군에 더 가까운 자리에 가기 위해서다. 충성도 경쟁이랄까. 우린 기간제이기는 하지만 별정직 공무원이다. 제대로 실력만 갖추면 하루살이 신세를 쉽게 면한다. 인맥으로 인해 대기업에서도 눈독을 들여 빠져나갈 수도 있다. 의원님의 연설문도 쓰다가 더 잘나가면 의원이 되고 더 잘나가면…… 언감생심. 하지만 소규모 회사에서처럼 의원님 맘대로 생사여탈권이 있다. 금세 괴로운 얼굴이 된다. 아, SSKK 신세!

외치다가 눈을 뜬다. 무슨 약자더라? 어디선가 봤었는데, 그래, 시시까까. 더 풀어 쓰면, 시키면 시키는 대로 까라면 까라는 대로.

다시 눈이 감기는데 부르는 소리가 들린다.

금실아, 웬 일?

순간 늘 큰 가방을 들고 다니는 옆방 여성 보좌관이 날 불러 세운다. 누구라서 어떻게 내 이름을 부르는가?

소스라쳐 놀랐는데, 제대로 깨어나보니 천장에 그 얼굴이 박혀 있다. 성글어진 가르마에 앞머리를 통째로 잘라 빗어 내린 여자, 천변의 여자다.

왜? 아무리 꿈이라지만 너무도 모순적인 맥락에 짜증이 난다. 의원 보좌관과 천변의 여자가 어떻게 뒤섞이는가? 들고 다니는 가방의 크기로 해서?

큰 가방 곁에는 작은 가방도 있다. 부드러운 곡선으로 너른 서너층 돌계단을 만들어놓은 한쪽에, 두 가방 사이에 앉은 여자는 고개를 처박고 무언가를 열심히 고르고 있다. 오른손 왼손이 제법 부지런히 움직인다. 이쪽에서는 절대로 알아볼 수 없는 동작으로. 나는 오던 길을 반대로 후퇴해서 징검다리를 건넌다. 이번 징검다리는 곡선을 이루어 그쪽 돌계단과 어울려 모양이 좋다. 내 눈은 멀리에서부터 여자에게로 고정되지만, 가던 길을 돌아서 자신에게로 향하는 나를 여자가 거들떠보지 않아 다행이다. 무엇인가를 먹는가? 그저 보는가? 자전거 전용로 옆으로 억지로

난 좁은 길에선 여자를 자세히 관찰할 수가 없다. 어쩌면 여자는 장갑 같은 작은 무언가를 뜨는 손동작을 하고 있다. 뜨개질을? 그 순간 여자가 고개를 든다. 미셸?

퐁네프의 연인 미셸이다. 헝클어진 머리를 하고 붉은 노을빛 하늘을 바라보면서, 연인이 주문한 대로 "하늘이 하야네."라고 말하는 미셸의 얼굴. 시력을 잃어가는 비련의 화가, 왜 홀로인가? 구름 맑은 날이지만 약속대로 "하지만 구름은 검은색이네." 라고 말하는 알렉스가 없다. 미셸을 찾는 전단지도, 전단지를 죄다 떼어 숨기는 알렉스도 없다. 쓰레기처럼 버려진 연인들을 숭고함으로 비춰주는 불꽃놀이도 없다. 이곳은 파리의 퐁네프가 아니다. 이건 영화가 아니다.

내가 마주친 것은 키가 작은 나무에 걸린 검정색 아웃도어와 알록달록 색깔의 바지. 나뭇가지를 휘면서 거기 걸려 있는, 아직 물이 뚝뚝 듣는 빨래다. 여자는 이른 새벽 얼음장 같은 하천 물에서 빨래를 했겠다. 현실의 냉기에 도망치듯 징검다리를 다시 건너온다. 여자는 추위도 아랑곳없이 발목을 드러낸 채, 양말이 없었나, 느긋하게 너른 돌계단을 통째로 차지하고서 유유자적하고 있다. 조급하고 안달이 난 쪽은 나다. 휴우, 내 한숨 소리에 다시 또 잠에서 깨어난다.

이렇게 잠이 깬 날엔 다시 잠으로 돌아가면 더 뒤숭숭한 꿈에 시달리게 된다. 아직 새벽은 멀었고 불 켜진 방에서 할 일은 책상에 앉는 일뿐이다. 지금은 방학이고 기껏 학기마다 계약서를 쓰는 신세이지만, 프랑스 문학은커녕 언어교육원의 프랑스어 강의도 아슬아슬하지만, 논문을 써야 한다. 만일을 위해서 한국연구재단의 등재지에 게재 판정을 받도록 힘써야 한다. 내가 아직도 순진한 건가. 8만이 넘는 우리 회색 인간들, 특히 지방시, 지방대 시간강사에게 빛줄기는 희귀종이다. 한 줄기 빛도 아직 새어 들어오지 않는다.

노트북 화면이 느리게 잠에서 깨어난다. 최적화 프로그램을 돌린 지 한참 되었나 보다. '훈글'에 들어가서 '최근작업문서'를 연다. 뜨는 파일명은 논문 제목이 아니라 옆길로 샌 「다리 밑」이다. 그래, 다리 밑에 가볼 일이 기다리고 있다. 창밖이 밝아오면 나는 무슨 마음일까. 내일 나는 누구일까.

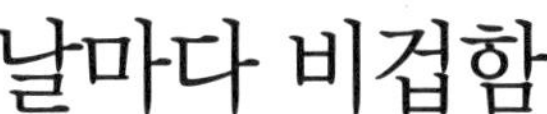

날마다 비겁함

이곳의 문화에 다가가려는
몸짓에 대한 보상이었을까.
나는 통칭 작가들의 연말 행사에도 끼이게 되었다.
아무래도 이런저런 모임이 생기는 시절이지만, 나는
연말이라는 단어가 점점 두렵다.
아기를 낳을 확률이 곧 사라질 거라는 생각에
지배당하는 내 머리는 터질 것 같고,
바깥세상의 일들은 남의 일만 같다.

연말이 가까워오고 있었다. 눈은 어느 해보다 많이 푹푹 내렸다.

가난한 내가 아름다운 나타샤를 사랑해서라고? 그런 밤이다. 엉거주춤 따라 들어선 시장통에는 지붕이 얹어져서 그리 질척거리지는 않는다. 늦은 시간은 아니었지만 술집 골목이 아니라 밥집 하나 겨우 문이 열려 있었다.

사실 그날 저녁 때 문학상 시상식장에 가게 된 것은 순 우연이었다. 원룸 입구와 나란히 붙은 작은 꽃가게에서 박 선생을 만난 때문이었다. 인문대에서 국어 강의를 하는데, 언어교육원의 한국어 선생들하고 터놓고 지냈기 때문에 나하고도 동료처럼 지내는 터였다. 고등학교 때의 은사님이 문학상을 받게 되어 꽃을 사러 왔다는 그는 무턱대고 나더러 그곳에 가자고 졸랐다. 내가 소설을 발표한 일을 알고 있었고, 그러니 이런 기회에 문인 단체 분위기를 맛보라는 것이었다.

그러고서 은사님을 모셔다드리는 길까지 함께 가게 된 것이다. 그런데 하필 은사님의 아파트가 그곳에 있을 줄이야. 차가 천변 쪽으로 향할 때부터 가슴이 두근거렸고, 지나치거니 했던 참에 막상 그곳에서 정말로 멈추자 두 눈을 꼭 감았다.

잠깐이야, 내려드리고 우린 가면 되니까.

그런데 은사님이란 분은 게서 내리는 게 아니라 함께 탄 우리 모두를 끌어 내리셨다. 이런 날 지금 그냥 집에 들어가겠는가! 집사람, 막내 산바라지 하러 가고 없다고 안 했는가!

왜 하필 이곳인 거야! 근처 다리 밑에 노숙인이 있다는 말을 들은 이후 나도 모르게 사람을 찾아 몇 번이고 나다녔던 곳. 실제로 한 여자를 발견하고는 외려 도망친 이래 가슴만 졸이고 있던 참인데. 차에서 내리자마자 눈을 내리깔고 얼른 시장 안으로 숨어 들어갔을밖에. 데면스러운 자리도 자리지만 미리 주눅이 들어 있던 탓에 사제 간의 틈에서 술만 찔끔거리고 있었다.

오늘 말씀 의미심장하시던데요. 짧았지만, 내용은.

파리에서 학위 받아 와서 프랑스어도 또 한국어도 가르치고 있고, 소설을 쓴다고, 나를 대충 소개한 뒤에 박 선생이 은사님에게 수상 소감 이야기를 꺼냈다.

프랑스제 프랑스 문학 박사요? 왜 그럼 불문과 교수 될 생각을 않고 소설을 쓰시려나?

은사님은 소설이라는 단어에 걸렸는지, 대꾸 대신 나를 주목했다.

외국 문학 평원에서 하이에나가 된 느낌이었어요.

하이에나?

예, 자판 위 손가락이 넷씩으로 변하고 꼬리에 털이 돋는 느낌요. 남의 글 파 먹고 사는 비겁함이요.

그건 틀린 말이오. 하이에나가 실은 사냥 선수라, 밤중에 사냥을 해놓으면 동틀 무렵 사자가 나타나 빼앗아갖고 느긋하게 식사를 즐긴다고 합디다. 어찌 되었건, 그래, 하이에나 짓거리 안 하고 소설 쓰는 심정은 어떤 거요?

아니, 선생님. 소감 계속 하시라니까요, 괜히 한 선생 뭐라 마시고.

수상 소감을 다시 묻는 데는 그만한 이유가 있어 보였다. 시상식에서 그의 은사님은 마지막 순서였고, 소감은 우물우물 지나가버렸다. 문학의 장르를 배울 때는 서정적 양식, 서사적 양식, 극적 양식이라 했는데, 실제 문학 인생에서는 3대 양식에 들지 않은 수필도 앞서고, 아무튼 소설이 꼴찌였다. 시간상으로도 청중의 주목은 사라진 지 오래였다. 사람들이 처음부터 연단 쪽 진행과 무관하게 시끌벅적한 것이 조금 놀랍기도 했다. 잘나갈 때, 그러니까 모교의 강사 시절에 가끔 참석했던 학회장 분위기완 영 딴판인 것이, 그렇구나, 문인들은 예술가이구나 싶었다. 더구나 음식 냄새가 솔솔 피어오르고 있었으니, 차려진 밥상이 기다리는 중에 행사를 진행하는 자체가 인간의 본성을 거스르는 일인지도 몰랐다.

듣기 좋은 노래도 석 자리 반이라는데 이제 마이크 차례가 되었으니, 예의 없는 사람이 될지언정 감사 인사는 접겠습니다, 하더니 그의 소감은 좀 엉뚱했다.

오늘이 어떤 날입니까. 오늘, 사는 것이 쉽지 않은 오늘……. 말이 막힌 듯 문장이 흐트러지더니. 오늘 살아내기가 어렵습니다. 어차피 인생은 늘 불발입니다. 제 소설 또한 늘 불발이지만, 예술적 성취를 포기하고라도 이 불발인 이웃들과 함께하는 글을 쓰겠습니다. 오늘, 하필 오늘 상을 주시니, 오늘을 기억하라고, 그렇게 알고 그렇게 쓰겠습니다.

그뿐이었다. 이제 제자가 다시금 소감 이야기로 화두를 돌려놓으니까, 소설가는 짧았던 소감 일부가 여태 목에 걸려 있었던지 나머지를 쏟아냈다.

내가 원래 뭔 말을 해야 되면 통 미리 써갖고 가서 하지. 같은 내용을 자네들 열두 반씩 돌며 수업할라치면 들쑥날쑥해선 어떡하는가. 그렇게 수업 내용을 죄 써갖고 다니던 것이 습관이 돼 놔서. 오늘도 미리 준비한 원고가 호주머니에 들어 있었거든. 근데 꺼낼 계제가 아니더라고, 시선도 다 흩어졌고. 실은 거기다 위방불입 난방불거(危邦不入亂邦不居) – 위험한 나라는 드나들지 말고, 어지러운 나라에선 거하지 말라는 공자님 말씀을 척 허니 써두었지. 그런데 헌재의 명판결 시점에서 이런 발칙한 말을 해서 쓰나? 주눅이 든 거제. 오늘 판결은 자유의 침탈이다. 문학이 뭐냐, 자유로운 글쓰기에서 출발한다. 의견을, 사상을 침탈하는 곳에서 무슨 문학이, 문학상이 필요하냐. 어지러운 나라, 못 살겠다…… 그런 말을 꿀꺽 삼켰으니 늙은 여우제 뭔가.

그래도 핵심은 말씀하셨는데요, '오늘'을 강조하셨으니. 초심자도 알아들었습니다.

멍해진 박 선생 대신 내가 조심스레 끼어들었다.

초심, 초심자. 누구나 초심자였지요. 그땐 참 간이 콩알만 하지는 않았었는데. 아까는 비겁해질 대로 비겁해져서 술도 안 마셨소, 거기서. 말 막 튀어나올까 봐서.

지금은 울 선생님, 하실 말씀 다 하시는데요?

자리가 다르잖나. 여서는 뭔 소린들 못 해요? 나 잡혀가라고 자네가 고발하겠나, 여기 이……. 암튼 세상이 얼어붙었네.

그렇긴 해요. 정당 해산 판결 같은 건 헌정 사상 첨이라죠, 선생님?

그건 좀. 건국 초창기에도 진보당인가, 조봉암 선생 사형 때 있었던 일은 어쩌고요.

나는 설마 처음일까 하는 생각으로 아는 체를 했다.

아니, 그건 달라요. 그땐 당수가 국가보안법 위반으로 입건되었고, 정당을 등록 취소로 한 것이니까 행정처분이었던 거고.

역시 연륜이 달랐다. 박 선생도 나도 입을 다물었다.

우리야 원래 한국적 민주주의로 시작했다고 해도, 이제쯤은 한국적이란 수식어는 떼었을 만큼 그동안 흘린 피가 얼만데.

수식어가 늘 문제이긴 합니다. 자유민주주의는 자유시장경제랑 맞물린 것 아닙니까.

아는 것도 없는 내가 또 끼어들었다.

그렇소. 자유, 그 단어가 거기 가 붙으면 묘해지는 것이라. 거기 가 붙으면 자본주의가 덧칠된다 그 말인데, 어불성설이라. 자유경쟁과 민주주의란…….

선생님, 경쟁의 기회가 공평하다고 하잖아요. 물론 누구는 바퀴 달고 달리고 누구는 모래주머니 끌고 달리는 환경에서 무슨 자유경쟁일까 싶지만요.

최고의 이상적인 시스템은 아직 없네, 영원히 사상누각이요, 신기루지, 그게. 대의제 민주주의라 해도 다수대표제가 되고 보면 늘 소수는 있기 마련이니.

그렇담 개인이, 소수가, 국민 다수가 뽑은 정부에 저항할 권리가 있는가요?

나는 사제지간의 대화에서 엉뚱한 역할을 하고 있었다.

이론상으로는 대다수의 견해가 정의이니까…….

그럼 소수는 늘 죽어라 기어야 되는 겁니까?

자기 패를 다수로 만들거나 다수에 넘어가거나.

은사님이 빈정대는 투로 나오자 박 선생이 놀라는 듯했다.

그래서 말 아닌가, 오늘 소수의견이 단 한 사람이었다니. 하긴 그거라도 다행이제, 만장일치는 아니라서.

오히려 정말 암 덩어리라면 단칼에 도려내는 것이 상책일지도 모른다고, 일단 여론조사 결과는 다수가 헌재의 판결을 찬성한다고 나왔던데요.

나는 비겁한 역할을 하기로 했다.

암 덩어리라니, 그런 엄청난 말은 아무나 하면 되남요. 한 선생, 그거 표절이요, 표절! 함부로 써선 안 될 말이제라!

말꼬리가 사투리 색으로 변할 때쯤, 그날은 일찍 헤어졌다. 밥집 아주머니가 눈치를 준 때문이기도 했다. 시장은 온통 조용하고 술도 안주도 안 굴리는 서넛이 떠들고 있으니 술상이 끝나기를 노골적으로 원하는 것 같았다. 김장을 이백 폭 해서 피곤하다고도 했다. 남쪽에선 김장이 늦나 보다. 엄마가 보내준 김치는 꼬마 냉장고 안에서도 다 익어가는데.

박 선생이 은사님을 대문 앞까지 모셔다드리고 오는 동안 나는 그냥 아파트 입구에 서 있어야 했다. 가로에 가로등은 드물고 밤은 칠흑같이 어두웠다. 아무것도 보이지 않으므로 나는 아무것도 볼 수도 찾을 수도 없다. 다리 밑 여자는 어디에서건 잠이 들었을 것이다. 나는 아예 천변을 등지고 서서 꼼짝 않고 아파트 쪽만을 바라보고 있었다. 찬바람에도 등이 따가웠다. 어둠 속, 알 수 없는 뜨거운 화살촉들이 쏘아댔다.

날은 삼한사온이 맞나 보다. 아니 딱히 들어맞진 않지만 얼었다 녹았다를 반복한다. 방학 때면 무궤도의 일상을 피하기 위해서 뭔가를 하겠다 작심하지만, 작심은 작심으로 끝나곤 한다. 그러니 요일도 시간대도 애매모호한 시간들이 이어진다. 해가 나면 낮이다. 배가 고프면 식사 시간이고, 먹기 위해서는 자리에서 일어나야 한다.

샤워기 물이 시원찮아 긴 샤워가 힘들다. 그렇다고 추적추적 비누 바구니를 들고 목욕탕엘 가기는 싫다. 이렇게 대충 씻고 사는 줄 누가 알랴. 언제부터인가 내 머리는 짧아졌다.

아니, 나는 너무 자주 씻는다. 다리 밑의 여자는 씻기나 할까. 날마다 수많은 사람들이 건강을 위해 산책을 하고 운동을 하는 공간이다. 땀을 흠씬 뺀 사람들은 사우나로 찜질방으로 향한다. 아파트에 스물네 시간 따뜻한 물이 나오지만 시원찮다고 그리로 간다. 날마다 씻지 않으면 사람 축에도 못 낀다. 국내총생산 세계

13위 부자 나라에서 다리 밑 여자는 하천 물에 무김치 조각을 씻는다. 빨래도 한다. 몸은? 아무리 가난이 인격을 말살한다 해도, 그로 인해 모든 부끄러움을 잃었다 해도, 그 공공장소에서 목욕을 하지는 못하리라. 여름인들.

나는 여자가 징검다리 시작 부분에서 작은 속옷을 빨고 있는 모습을 보았던 상상에 빠진다. 앞머리를 곱게 빗어 내리고 쭈그리고 앉아서. 여자의 얼굴을 자세히는 못 보았다. 내가 피했나? 여자는 징검다리 시작 부분 꼭 그 자리에서 몸집에 비해 형편없이 작아 보이는 속옷을 하천 물에 헹구고 있다.

문자 울림 음이 난다.

잘 지내심? 저번 날 넘 늦어 미안, 박박.

박박이란 말에는 웃음이 절로 난다.

미안은. 문인들 세계 좋은 경험. 감사!

담 금욜……

그렇게 문자가 오가다 말고, 곧 벨이 울린다.

난리도 아니네요. 창원대 교수 뉴스 못 봤어요? 헌법학 교순데, 국회에다 청원서를 냈대요. 헌재 8인 탄핵소추 의결 청원.

누가, 뭐라고요?

암튼 의원 제명권은 국회에 있는데, 헌재가 월권을 했다 뭐 그런.

국회에다 직접?

개인 미니홈피에다 올렸다는데요. 어라, 문자도 전화도 죄 들통나는가?

설마 우리 같은 보통 사람들이야. 하긴 너무 많이 배웠으니 보통은 넘지, 그래봤자 수입은 88세대에도 못 미치니 그건 보통도 못 되네.

넘고 처지고, 결국 보통인가. 보통 사람도 조심합시다.

뭐요, 그럼 공포 시대? 조용히 자기 할 일만 하자고? 다들 자기 할 일만 하고 살면 쌍용 아저씨들은 누가?

효리 있잖아요.

효리가 왜 나와요?

웃자고! 오늘의 본론, 한국어실 몇 사람, 함께 저녁이나 하면서 올해를 넘기자네요.

글쎄요.

무슨 글쎄요. 미리 날짜 받는 것이니 꼭 나와요, 담 금요일. 디테일은 그때.

글쎄.

기다림다.

왜 박샘이 연락을…….

순간에 전화가 끊겼다. 기다린단 말에서 끝이었다.

사실은 반가운 연락이었다. 집중적으로 독서를 하거나 글 쓰는 일도 불가능한 뒤숭숭한 시간에 계속 혼자 있는 것은 좀 두려운 일이다. 알 수 없는 초조함으로 잔뼈들이 떨릴 지경일 때가 있으니 말이다.

쌍용자동차와 효리 이야기를 하고 웃었지만 그런 세상 때문에도, 또 내면의 부조화 때문에도 초조감이 쌓인다. 쌍용차 말이 나왔으니 말이지, 어떻게 이 겨울에 한데 고공 굴뚝에 사람을 놓아두고 살아가는지 싶다. 물론 스스로 굴뚝을 선택한 그들은 다리 밑 여자처럼 홈리스는 아니다. 노숙인은 주거가 없다는 뜻이지만, 가정이 없다는 뜻에서 홈리스가 더 애절하다. 가만, 혼자서 굴뚝 위에서 200일 – 20일이 아니다 – 넘게 항의 중인 사람이 있고, 최근에 올라간 사람들도 벌써 2주째다. 사람 무릎 꿇렸다고 비난의 화살이 삼천리강산에서 한꺼번에 쏟아지는데, 해고당하고 굴뚝에 올라갈 지경에 대해서는 삼천리강산이 외면한다. 이 매정한 오늘 속에 녹아서 작용하고 있는 과거의 조각조각들이 쑤시기 시작했다.

파리 시절, 여행에 소극적이던 내가 사를라에 간 적이 있었다. 몽파르나스 역에서 테제베를 타고 보르도의 리부른에서 갈아탔다. 와인을 좋아한다면 포도가 익어가는 여름 보르도에 내려 눈길마다 들어오는 포도밭을 즐겼을지 모르지만 오직 사를라로 향했었다.

손 잡고는 돌아다니기도 버거울 좁은 골목들, 돌벽 쌓아올려 지은 집들, 12세기에 지었다는 생마리 성당도 폐허가 다 된 채로 보존된(?) 그냥 시간이 정지해 있는 느낌의 소도시. 정말로 그곳에는 라 보에시가 탄생한 집이 보존되어 있었다. "위마니스트 – 인문주의자, 인본주의자, 인간주의자, 뭘까 – 에틴 드 라 보에시 태어나다, 근대 민주주의의 시조들 중 한 사람"이라고 박혀 있었다.

라 보에시를 알게 된 것은 루소를 통해서였다. 『누벨 엘로이즈』는 머리로만 사랑을 알던 풋풋한 젊은 시절의 나를 매료하기에 충분했었다. "오, 쥘리! 시간도 노력도 결코 지울 수 없는 영원한 인상이라는 것이 있어요. 상처는 아물어도 그 자국은 남아 있어요." 막상 파리에서 루소를 본격적으로 읽기 시작했을 때에는 소설은 물러가버렸다. 『불평등 기원론』은 말하고 있었다. 소유는 도둑질이다, 부자들은 인민의 착취자들이다, 압제자를 제거하는 것은 일종의 권리다……. 그는 인간이 생래적으로 지닌 주권과 자유는 소멸될 수 없는 권리라는 것을 알게 해준 자유의 아버지였다. 자유 – 얼마나 아름다운 개념이었나, 추상적, 아니 피상적 의미도 잘 몰랐으면서. 그런데 루소를 200년쯤 앞서 라 보에시라니! 오를레앙 법학도 시절 쓴 『자발적 노예 상태』는 사후 10년이 넘어서야 발표되었고, 실제로 잘 알려지지도 않았다.

그는 보르도의 고등재판관으로 재직 중에 서른셋에 요절했고, 그에게서 모든 것을 위임받은 친구 몽테뉴는 출판을 망설였기 때문이었다.

한참 되어서 잊었다, 내용인즉슨, 세르비튀드 – 이 단어는 종속, 예속 그런 의미이자 봉건 노예 상태를 의미하는데, 그것이 자발적인 것이 문제다. 우리는 노예 상태로 태어나 그렇게 자라고 살기 때문에 자유를, 우리가 자유임을 모른다. 독재 치하에서는 사람들은 쉽게 비굴해지고 나약해지기 때문에 더욱 그렇다. 앙탕드망 네트 – 순수한 오성, 그리고 에스프리 클레보아용 – 통찰력 있는 정신만이 우리가 자유인 것을 깨닫게 하고 자유이기를 원하게 한다. 솔직한 의지와 솔직한 소망이면 된다. 바른 행동을 위해서는 배우자! 그런 마지막 말.

몽테뉴가 영지로 은퇴한 뒤에 이 글을 발간한 것은 모나크마르키였다. 이 폭군방벌론자(?)들은 주로 박해당하는 위그노였다. 라 보에시는 요절이 그저 안타까운 인물이었다, 살아서 늙었으면 엉뚱한 변절과 운명을 맞았을지도 모르면서. 한 동양 대학생이 사를라 골목을 거닐고 라 보에시가 태어났던 집의 현판을 애정을 담아 쓰다듬고 왔다고 해서 달라질 것은 없다. 1만 단어 정도의 이 짧은 격문은 이미 500년을 넘어서 살아 있으니.

느닷없는 파리 시절에 대한 향수가 멋쩍게 느껴졌다. 자유를 향한 독서가 네게 무엇을 가져다주었느냐. 네 앞의 세상은 자유로우냐. 비겁한 넌 지금 라 보에시가 아니라 그보다 서른 해를 더 살면서 독서에 파묻혀 넉넉한 인생을 향유한 몽테뉴가 부럽지 않으냐. 『수상록』은 이 세상 얼마나 많은 서가에 꽂혀 있는가 말이다.

과거에 대한 회상이나 더러 밤에 꾸는 꿈들은 중요하지 않다. 낮꿈이 문제다. 대체 무엇을 원하고 있는지, 원하는 것이 있기나 한지. 또 오늘의 어느 조각이 혹시 있을 내일에 흘러 들어갈는지. 혹시 있을? 나는 정말로는 내일을 은근히 그리고 있나 보다.

이 몇 년간 나는 가끔씩 머리가 돌게 불안할 때가 있었다. 내게 미래가 있어도 영영 아이를 낳지 못하게 되면 어쩌나 하는 불안. 혼자서 할 수 없는 일, 아이를 갖는 일을 생각하면서 달력을 연두색으로 칠해놓기도 한다. 분홍색이면 수상해서 일부러 반대색을 집어 들었는지도 모른다. 가임 기간. 그것이 아무 소용이 없음을 나도, 칠하는 내 손도 알고 있다.

하늘을 봐야 별을 따지. 어려선 나는 그 말이 낭만적인 말인 줄로 알았다, 하늘과 별에 관련된 아름다운 이미지. 그것이 적나라한 그 행위를 이르는 표현임을 깨달은 것은 최근이었다. 문제는 어떤 낭만적인 동기도 없이, 아이는 벌써 잉태되어 있고, 곧 태어나고, 그다음 상상은 막히고 만다. 아버지가 없으면……. 다시 처음으로 돌아가 아버지부터 생각해야 한다.

혹시 아버지가 가능하다고 쳐도, 그 적나라한 순간에까지 어떻게 이르는가. 얼마의 시간이, 어떤 장소가 필요할까. 내 침대가 자연스러울까. 아니, 너무 좁다. 원룸에는 딱 이만한 침대가 붙어 있을밖에. 아니, 크기가 문제가 아니다. 사랑에도 감정이입이 필요할 터인데, 내 방은 몰취미다. 유일한 유리문 밖은 가스레인지가 있는 옹색한 부엌이다. 부엌에 붙은 창은 바람막이 천 쪼가리 하나 없이 앙상하다. 복개상가에서 천을 사서 바느질까지 맡겨놓고는 찾으러 가지를 못한다. 비겁해서, 다리 밑의 여자를 정말로 만나게 될까 봐서 못 간다. 또 천을 가린다 해서 나아질지도 의문이다. 시큼한 부엌은 일상이고, 사랑은 일상이 아니다. 나의 가능한 사랑은 시간과 장소를 잃는다. 이렇게 말하면 가난한 연인들에 대한 모독일까? 아니, 한 번 마음에 들어왔었던 – 과거형으로 말해야 하는 – 아버지들이 어느덧 천천히 사라져버리고 지금은 빈 마음 때문에 초조감이 더하다는 것을 안다.

거울을 책상에 앉힌다. 2014년 마지막 금요일, 아침에 박 선생에게서 어김없이 문자가 도착했다. 6시 반, 청솔. 알? 나도 알!이라고 답신했다. 최단 통신.

바삭바삭한 얼굴에 로션을 바른다. 립스틱을 들어본다. 아니다, 입술은 아니다. 아이섀도로 힘을 줄까 하다가 마스카라 생각에 괴롭다. 나를 '격파한' 마스카라. 후배 강사의 눈 끝에서 빛나던 그것. 전임이 되었으니 강단에서 당당하게, 여전히 깜빡거릴 때마다 부스러기가 날릴 마스카라의 눈을 떠올리려니 또다시 가슴이 미어진다. 재빨리 아이섀도를 집어 든다. 초록빛은 고양이 느낌이라 피하자. 하늘을 봐야 별을 따지, 하늘을 보려면 하늘색을 칠해야겠다. 하늘 누구를?

하늘 후보는 아예 없었다. 박 선생이 모아놓은 그룹에는 그가 청일점이다.

김, 신, 유 그리고 정원, 유민. 이 선생 둘은 구별을 위해 우리끼린 이름으로 부른다. 인문 계열에 남학생이 적으니 강사들도 여자들이 대부분이다. 그래도 하나쯤은 더 없을까, 남자가? 그러는 순간……. 나는 울고 싶어졌다. 거의 눈물이 나왔다.

아, 배 교수님, 여깁니다.

박 선생이 손을 번쩍 들고 일어서는 시선의 끝에 그가 오고 있었다, 배승한. 내 마음속에 무심코 내 아이의 아버지로 들어왔다가 소멸해버린 그가.

아, 좀 늦었어요. 미안합니다.

어머나, 배 교수님 이야긴 안 하던데요?

뭐 굳이. 첨에 둘이 볼까 하시더니, 몇 사람 함께 만나자고.

네, 우리 좀 심심하던 참이에요. 괜히 속상하고 몸은 뒤틀리고.

다들 섣달 크내기라?

누가 개밥 퍼줄 일 있어요? 개나 고양이 프렌들리?

나는 안티. 그렇다고 모피 애호가도 아니지만.

애매하네요, 동물 프렌들리는 아닌데 모피 반대자라…….

이율배반이 인간의 속성 아닙니까.

그, 배 교수는 거창하게 시작했다.

나라면 지록위마 대신 이율배반을 골랐겠어요.

너무 쉬운 말 아녜요? 교수신문은 되게 어려운 말들 좋아하던데…….

민주주의 하자고 민주주의를 흠집 낸 결과니까 이율배반이지 뭐겠소. 민주주의는 다수의 소수에 대한 이해인데, 옳다고 믿는 다수가 다른 소수를 틀렸다고 말살했으니.

모이면 또 그 소리. 머리가 아팠다. 국가 차원의 정치가 머리에 들어오지 않고, 나는 요즘 다리 밑 여자 걱정만 했다. 겨울 것을 웬만큼이라도 가졌을까. 어디서 잘까. 온전히 잘 수나 있나. 누군가가 굶주린다면, 우리가 호의호식하는 하루하루 때문이다. 물론 나는 호의호식하고는 거리가 멀다. 하지만 상대적으로, 적어도 잠자리가 있다. 그런 생각들로.

배 교수님, 독일 공산당도 해산당했다고…….

알다시피, 그러니까 서독 초창기에 위헌 판정이 났죠. 완벽한 민주주의가 쉽지 않으니.

독일은 프랑스와는 정말 다른가 봐요.

누군가의 말에 다들 나를 쳐다보았다.

예, 전후 프랑스에선 뭣보다 파쇼 청산이 시급했으니까요. 내가 겨우 답했다.

서독에서는 나치스 색출보다 공산당 방어에 급급했지요. 그가 제대로 설명하고 있었다.

서독, 그러니까 독일연방공화국 기본법, 그게 헌법이죠, 헌법에 아예 위헌정당 해산제도가 있었어요. 자유민주적 기본 질서를 침해하거나, 연방공화국의 존립을 위태롭게 하려는 정당은 위헌이고, 위헌 여부는 연방헌법재판소가 결정한다고. 그러니 규정대로 한 거죠. 공산당이 내건 프롤레타리아 혁명은 자유민주주의적 기본 질서에 합치되지 않는다는 것이 첫째 이유였지만, 구체적 기도가 없이도 이 질서에 대항하려는 의도를 보이는 것만으로도 위헌이라는 취지였으니까요.

구체적 기도 없이 의도만으로도? 우리나라랑 똑같네요!

다르죠, 우리 헌재 판결문을 보면 "실질적 해악을 끼치는 구체적인 위험성을 제거하기 위해서"라고 적시되어 있어요. 통진당은 구체적으로 위험하다는데요?

내란 음모 사건이 유죄인지 판결도 안 났는데 그걸 근거로 정당 해산을 판결하기는 좀…….

판사 나셨네!

흔히 우리나라를 미국이나 외세에 예속된 천민자본주의라거나 뭐 그렇게들 말하는데, 바로 그 점이 헌재에서 밝힌 통진당 해산 이윱니다. 조심들 해요.

조심들 하자고!

말이 자유민주주의이지, 자본가 중심의 권력이 지배한다고 보는 견해는 일반적 아닌가요? 구조적으로 불평등 사회인 것도 맞고.

통진당 강령에 은폐된 목적이 있다는 증거가 없다고, 진보적 민주주의 목적이 민주적 기본 질서에 위배되지 않는다는 소수의 견도 분명…….

다수결이 민주주의 아닌가요. 어쨌거나 헌재 판단으로는…….

말들이 핵심에 이르지는 못하고 있었다.

그런데 독일에서도 국회의원들 자격이 박탈되었나요?

그건 좀 달라요, 5년이나 걸렸으니까. 공산당이 제소되었을 때는 열댓 정도 의석을 갖고 있었지만, 곧 교섭단체권도 의안상정권도 잃었어요. 이어서 총 득표율 미달로 연방의회에 아예 입성을 못 했으니까 정작 해산 땐 연방의원이 없었지요. 하지만 판결 이후도 문제였어요. 공산당과 관련해서 10만 명 넘게 조사를 받았고, 7, 8천이 어떤 식으로든 유죄 판결을 받았으니까.

우리가 웬 독일 공산당 걱정, 것도 옛날 일을.

옆에 앉은 신 선생이 시큰둥해했다. 나랑 둘이는 벌써 싫증을 내고 있었지만, 분위기는 아직 뜨겁게 정치적이었다.

그게 역사는 여기저기서 되풀이되기 때문이지요. 이번엔 테솔도 가지고 있는 유 선생이 나섰다.

그 유명한 매카시 선풍도 딱 그 무렵이었잖아요. 국무성 안에 200명인가 공산주의자가 활동하고 있다는 억지 연설이 먹힌 게 시대 탓이지 뭐였겠어요. 중국이 공산화되었지, 한국전쟁 터졌지. 공산주의에 대한 대중의 공포를 정치권에서 이용한 거죠. 수백이 감옥에 가고 만 명 이상이 실직을 했고. 정작 정치인들마저 매카시즘 공포에 떨었으니까, 외교 노선은 경색된 반공 노선을 걸었을밖에요.

사람들은 왜 대세에 약할까요.

사람이니까. 비겁함이 살아남는 장치니까.

국가가 대외적 위신이나 지적 환경에 먹칠을 해도 사람들은 우선 대세에 손뼉을 쳐요.

대세는 있기 마련이죠, 언제 어디서나. 문제는 다수가 소수자를 존중하느냐 아니냐 그거죠.

민주주의의 본산이라는 서구에서도 그런 걸, 하물며…….

하물며 우리는 어설픈 민주주의다 그거요?

어설프기보다 아직 뿌리가 깊지 못해서…….

그런데 정말 후폭풍이 일까요?

며칠 전 창원대 교수의 헌재 8인 탄핵소추 청원도 해프닝으로 묵살해버리나?

그런 일이 다? 뉴스에 못 봤네요.

혹독한 날들이 올 겁니다. 훨씬 모진 날들이…….

훨씬 모진 날들이 온다,/이의신청에 의해 유예된 시간이/지평선에 뚜렷이 모습을 보인다……. 시구가 허공에 어른거린다.

아, 아아. 그는 「유예된 시간」을 알고 있었다. 독문과 아니던가. 내가 아는 바흐만의 시를 그가 모를 리 없다. 하지만…… 그가 '우리들의' 유예된 시간을 예감하기나 할까?

우리들? 나는 헛꿈에 잠겨 있고, 동료들은 여전히 현실에 들려 있다.

사람은 생각보다 무력한 존재요, 생명의 일회성 때문에.

화제는 잠시 일반화로 돌아가는 듯했지만 곧 심각해지고 말았다.

죽을 때를 안 사람도 있어, 단원고 교감 선생님 같은.

맞아, 구조자 명단 76번째였어, 그 교감 선생님. 얼마나 끔찍

했겠어요, 300명 넘은 학생들 데리고 출발해서 단 75명 앞세우고 나왔으니. 믿기지 않았겠죠?

누가 세월호를 입에 올려? 아, 그 지독한 슬픔, 아니 절망의 단어를 오늘 좀 잠시 잊으면 안 되남? 지통재심(至痛在心) – 지극한 아픔이 내 맘에도 있다고요.

술이 좀 들어간 박 선생이 갑자기 물러터진 소리를 해댄다.

그래요, 세상엔 어떻게 해볼 수 없는 일이 있어요.

뭘 못해요? 못하면? 둘러댄다고?

그는 태도가 돌변해서 아무에게나 공격적이 되었다. 술이 그런 것이다. 이랬다저랬다.

뭐라도, 살다 보면…….

살다 보면 좋아하시네, 얼마나 사셨다고! 정치 개입은 뭐고 선거 개입은 뭔데, 것도 선거 기간에! 아, 참 미묘하고 멋지네요!

인간사 미묘한 것 이제 아셨나!

나도 괜스레 쏘아붙였다.

그 순간 내 호르몬은 너무 사적으로 흐르고 있었다. 외적인, 그러니까 사회나 정치나 그런 화제가 정말 버거웠다. 나는 그냥 한 사람, 한 여자이고 싶었다. 아이 아빠 후보를, 후보였던 사람을, 이리 오랜만에 가까이에서 보고 있는 마당에.

어려운 문제요. 죽어서 살고 살아서 죽는다는 말은 진리 같은데.

우리 이러다 모두 병나겠어요. 어쨌거나 살아남은 오늘, 지독한 슬픔과 상실의 한 해였다 쳐도 우린 살아남았고, 살았는데 어떡하라고.

네, 그래요. 말수 적은 유민샘이 모처럼 적극적으로 끼어들었다.

어느 심리치료사가 그랬대요. 병은 다 마음에서 나는 것이라고. 일테면 위장병은 새로운 것에 대한 두려움 땜에 생긴대요. 새로운 것을 소화할 수 없어, 그런 무서움이 원인이라고.

별소리!

아니, 일리는 있는 말이야, 걱정이 위장병 된다는 건 통용된 사실 아닌가?

그래요. 건망증도 삶에 대한 두려움 땜에. 삶에서 달아나고자 그런 방어기제를 편다 그거죠.

설마.

더 재미있는 말도 있더라고요. 당뇨병은 자신의 삶에서 더 이상 달콤함이 남아 있지 않다, 그런 깊은 슬픔 땜에 온다고.

뭐? 당뇨가 쓸쓸한 슬픔 때문이라…….

웃픈가? 아니 어떻게든 웃어야 할 게 아뇨, 살려거든. 애도 낳고.

아차, 나는 무심코 애 낳는 이야기를 하고 말았다. 그가 섞인 마당에 속마음 내비치지 않으려고 술을 삼가긴 했지만 그래도 조금 풀렸나 보다.

웃프담서 거기 애는 왜 끼워 넣는데요?

속 모르는 박박은 이제 놀리는 수준으로 가고 있었다.

잠깐만. 웃프다, 애 낳자. 이게 무슨 말이냐고! 아, 유민샘! 유민 에브리씽 투 미. 어때요?

싱겁기는. 유민샘이 뾰로통했다.

다들 왁자지껄 와중에서 그, 배승한은 갑자기 말이 없었다. 나도 그만 입을 닫았다. 손이 그에게로 뻗침을 누르느라고 아파왔다. 그를 쳐다보지 않으려니 눈을 감게 되었다. 내가 그에게서 원하는 것은 아이다. 나는 아이를 원하고, 내 아이의 아버지로서 다른 선택이 별로 없어서 그를 생각한다, 생각했었다. 최소한은 몸을 섞는 일, 그게 거북살스럽지는 않을까. 생각이 그에 미치면 껄끄럽다. 하지만 정신적으로는 연결되어 있다는 착각까지 한다. 잠깐, 오늘은 아니다. 연두색 날, 아기가 준비된 날도 아니다. 날이면 또 어쩔 건데. 번갯불에 콩 볶을 일도 아니고.

한샘, 술자리서 왜 핼쑥해요, 피곤한가 보다. 피로회복제 뭐 있더라?

피로를 회복해 뭐하게요, 없애줘야죠!

그러네. 암튼 미리 도망갈 생각 말아요. 갈 때는 함께, 카풀 해야죠.

아, 박 선생 이 사람은 도통 겉만을 본다. 두어 시간 앉아 있고서도 공기를, 감을 모른다.

아니, 공기다 감이다 하는 것이 나 혼자의 착각일지도 모른다. 오늘 저녁 몇백만 한국인이 희로애락의 술잔을 부딪고 있을 흔하디흔한 송년의 밤에 무슨 공기와 감이 특별할까. 어느 해보다 강렬한 감정들, 슬픔이건 절망이건 분노건 배신감이건, 알코올에 제곱되어 언제 발화점을 건드릴지 모를 아슬아슬한 순간일 뿐.

나는 마음과 상관없는 얼굴을 하고서 마음과 상관없는 단어를 내뱉으며 마지막 금요일을 보내버린다. 나는 홈리스가 아니다. 어머니의 밥이 떡국이 그립다. 벌써부터 새해엔 양처럼 순하게 살라고 덕담들이 공중에 떠 있다. 순함, 말썽 일으키지 않음, 비겁함으로 무장하고 또 한 해를 살라고. 아무 일도 할 수 없고 하지 않을 또 한 해를 살라고. 날마다 비겁함이 자란다.

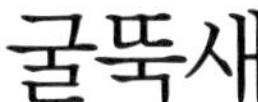

굴뚝새

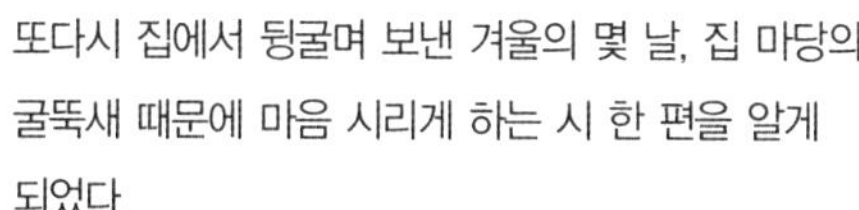

또다시 집에서 뒹굴며 보낸 겨울의 몇 날, 집 마당의 굴뚝새 때문에 마음 시리게 하는 시 한 편을 알게 되었다.

굴뚝새 굴뚝새
어머니 –
문 열어놓아주오, 들어오게
이불 안에
식전 내 – 재워주지
어머니 –
산에 가 얼어죽으면 어쩌우
박쪽에다
숯불 피워다주지

– 정지용 「굴뚝새」

집이다. 아직 연휴 마지막 시간을 느긋하게 보내는 중이었다. 일하지 않고, 통장의 잔액 생각하지 않고 지내는 며칠, 천국이 따로 없었다. 아무렇게나 뒹구는 방바닥은 너무도 편했고, 세상은 아득했다. 새 지저귀는 소리에 신선한 아침을 맞는다. 방문을 열고 나가니 아버지가 먼저 마당에 계셨다.

금실이도 들었냐? 요 조그만 놈들이 굴뚝새 아니냐?

참샌지 굴뚝샌지, 구별이 안 가는데요. 벌써 날아가버렸으니.

난 저 가지에서 종종이는 걸 얼핏 보았다. 소리가 다르지 않더냐. 길고 가느다랗지만 꽤나 적극적인 울음소리다. 그러니 굴뚝새다.

아버지, 서양에선 벌써 성 스테파노의 날이면 로빈에게 쫓겨간다던데요, 크리스마스 다음 날. 새해의 새는 로빈이라고.

뭐야. 꼬마 새들이 그런 터 바꿈을 하는가? 것도 그리 추운 겨울에? 우리나라엔 겨우내 굴뚝새가 있었나 보더라. 그러니 굴뚝새 산에 가 얼어 죽으면 어쩌나 걱정하던 시인도 있었지.

누구?

응, 정지용.

어머나, 찾아봐야겠어요.

옛날 말이지, 근년엔 굴뚝새를 보았다는 사람들도 드물더라. 아깐 분명 굴뚝새였는데.

그랬다. 옛날에는 굴뚝새가 심심찮게 있었다.

고등학교 때였던 것 같다. 새 학년이 되어 얼마 안 된 봄, 아버지가 굴뚝새 이야기를 하셨던 생각이 난다. 포항공대였던가 경북대학교였던가, 아무튼 어딘가, 그땐 교직원 출퇴근용으로 대형 버스가 다녔는데, 하필 버스 엔진 사이 어딘가에 굴뚝새가 집을 지었다는 이야기였다. 알을 여섯 개나 낳아놓은 굴뚝새 때문에 부화할 때까지 버스 운행을 중지하기로 뜻을 모았다고, 아버지는 신문에 이런 좋은 뉴스도 났구나, 그러셨다.

왜 하필 이름이 굴뚝새인데요?

굴뚝청소부처럼 더러운가요?

소쩍소쩍 울면 소쩍새, 굴뚝굴뚝 하고 울면 굴뚝샌가요?

쏟아지는 우리들의 질문에 아버지 어머니는 한참 웃으셨다.

뭐, 굴뚝굴뚝 하고 운다고?

아버지는 그냥 참새 비슷한 작은 새인데, 좀 더 검은 갈색으로 색깔이 짙고, 또 굴뚝 근처에서도 보였으니까 그리 된 것이겠지, 라고만 하셨다. 그러고서 몇 날 며칠 우리도 굴뚝새를 찾아보자고 나섰던 기억이 났다. 그런데 까맣게 잊으신 건가.

아침이 빠른 줄 알고 부녀가 밖에서 노시나?

어머니가 내다보신다.

예, 얼른 세수만 하고요. 아버지랑 먼저 시작하세요.

늦은 아침 밥상. 누군가 말문을 열기까진 조용하다.

오후엔 둥지로 내려갈 마음을 먹고 있는데, 어머니는 며칠 더 쉬다 가라는 표정으로 바라보신다. 개강이 아직 며칠 남은 걸 아신다. 나는 굴뚝새 때문에 온통 굴뚝으로 정신이 가 있다.

아버지, 고공 굴뚝에도 굴뚝새가 있을까요?

웬 굴뚝새? 어머니는 눈을 동그랗게 뜨신다.

고공 굴뚝이라니? 아버지도 의아해하시기는 매한가지다.

아뇨, 요즘엔 굴뚝들이 높잖아요. 공장 굴뚝들이…….

참 실없는 녀석이네.

아버지는 겨우 10킬로 떨어진 지근거리 고공 굴뚝에 올라가 있는 쌍용차 농성자들을 마음에 두지 않으시나 보다. 버스 속에 알을 낳았던 굴뚝새 이야기도 부러 잊으신 모양이다.

아버지, 어쨌거나 평택이네요?

평택이라니. 무슨 말이냐, 밑도 끝도 없이.

쌍용차 굴뚝 말이에요.

너도, 꼭 굴뚝 농성 이야기를 끄집어내야겠냐. 그걸 누가 무슨 수로 끝내냔 말이다.

예. 지금도 사실 누구라도 굴뚝을 마음 편하게 바라볼 수는 없는 일이죠. 요상하게 알 수 없는 일은, 아버지, 철탑이건 굴뚝이건 고공 농성이 어제 오늘 일이 아니잖아요, 그런데 상황이 더 어렵게, 무지 더 험하게 변하고 있으니 말이에요.

더 험하다고?

예. 새로운 무서운 단어들이 도입된 때문이잖아요.

무서운 단어?

손해배상, 간접강제금 - 그런 단어들은 처음에는 언뜻 이해하기가 어려웠지요. 더 옛날엔 똥물을 끼얹을지언정 - 이 말은 사실이었대죠? 서울 청계천인가 어딘가에서 방직공장 여직원들한테 말 그대로 똥물을 퍼부었다고, 건장한 남자들이 그랬다고, 신문에도 났으니까요. 또 여자들 반나체 시위를, 설마 벗은 우리를 끌어내지는 못하겠지 믿고 그랬겠죠, 그래도 짓밟고 막무가내로 끌어낸 일은 있었을지언정, 그때는 손배라는 단어는 없었잖아요? 저 아직 졸업하기 전 일이었죠, 기억나요.

그거야 그렇지. 일 안 하고 농성한다고 사람들한테 손배 매기는 일은 그때만 해도 없었던 단어다, 맞다.

그땐 자살자도 없었고.

자살은 시대병이다.

손배 압박이 죽음으로 내몰잖아요. 구타나 폭언보다, 어쩌면 성희롱보다 무서운 게 손배라죠. 똥물보다 무서운 단어. 이 참혹한 판결로 아예 노동자들이 줄줄이 목숨을 끊잖아요. 여기 쌍용만 해도 그때 100명 200명 무더기 해고 이래 스무 명도 넘게 죽어갔다죠?

넌 맘 아프게 뭣하러 그런 소릴.

어머니가 화제를 피하고 싶으신가 했더니, 웬걸, 뜻밖의 이야기를 하신다.

파탄 난 집이 한둘 아닌 걸 누가 모른다니. 거기 차장인가 아내 죽고 본인 죽고, 그런 집도 있어. 쉬쉬 하고 덮고 살지. 그래야 사니까.

어머니, 설마 아내가 먼저. 하긴 궁핍을 못 이겨 죽는 데는 차례가 있겠나요.

그 집은 복직이 된다 된다 그러는 사이 아내가 우울증 와서 그러고 말았더래. 원래 여기 사람이었대, 안중읍, 남자는 타지에서 왔고. 어쨌도 뛰어내리는 사람은 못 말리지. 뛰는 순간 끝나는 것이니까. 정 죽고 싶으면 그것이 확실하기도 하고.

당신은 애 앞에서…….

아버지, 저 애 아녜요. 잘 알아서 듣습니다.

아니, 내 말은 남은 사람에게 타격이 젤 클 것 같아서 하는 말이다. 눈곱만치의 망설임이 없었다는데, 남은 사람들이 얼마나 오싹할까 말이다. 그러니 뒤따라 죽거나.

설마 그 남편도 자살을?

아니다, 꼭 그런 건 아니라고 조사는 나왔다. 모르면 돌연사라고 하지 왜, 스트레스 때문이라고. 해도 남겨진 애들은 어쩌냐. 그때 중고등학생이던데. 벌써 몇 년 된 일이다. 정리해곤가 되고 1, 2년, 그쯤이었을 거다. 그 뒤로도 …… 너도 신문 보면 다 알겠지. 허나 관두자, 그만. 어쩌겠냐.

아버지는 오히려 피하시는 쪽이고, 어머니가 속말을 하셨다.

거기 칠원동 동광아파트엔 꽤 여럿들이 살았어. 저 위 장미아파트 살던 사람도 둘이나 그리로 갔더랬어, 그거 팔고 조금만 대부 받으면 되었으니까. 장미는 좀 좁았대, 지은 지 한 15년 되었나 그때. 새로 지은 동광아파트는 공장까지 10분이면 다니니까 다들 좋아했겠지. 잘나가던 쌍용이 사고 터질 줄 누가 알았겠니. 입주해서 한 5년 지나서 탈이 난 거지. 그러다 보니 그곳이 피해도 많고.

그럼 그 두 집도?

그게 어떻게 길이 다르더라, 글쎄. 아버지가 한숨을 쉬으셨다.

첨에는 팀장한테선가 모두한테 문자가 왔었단다. 잘 선택하라고. 그때 그 사람이, 가끔 왕래하던 박 씨 말이여, 폰을 열고 보여주더라고. 띄어쓰기도 하나 없이.

인사위원회및손
배소준비완료노
조강행에따른개
인피해최소화위
해냉정한판단부
탁드림다팀장

아버지가 빈 손바닥을 열고 보시며, 쏜살같이 읽었다. 마치 폰에 적혔던 문자를 그대로 보여주시려는 듯이.

박 씨가 노모 때문에도 많이 망설이며 내게 보여주더라고. 형도 먼저 보내고 조카들에 자기애들 올망졸망, 이래저래 박 씨가 짐이 많았어. 결국 냉정한 판단을 해서 살아남은 것 아니냐. 그때 판단이 달라서 농성장에 들어간 강 씨는 버텨내지 못했지. 몸은 약하고 맘만 강한 사람들이 더러 있더라.

그럼 병으로.

그렇지 뭐. 크게 말해서 굶어 죽은 것이지. 2천이 넘는 사람들, 공장 문 닫으면 만 명이 굶으라는 거 아니냐. 굴뚝 농성은 그때 처음부터 있었다. 점거 농성이 시작되었지. 실제로는 천 명 넘게 정리해고 통보가 나갔다고 하니까.

왜 그렇게 갑작스런 정리해고가 터지나요?

쌍용차 문제도 시작은 아이엠에프 아니겠냐. 아버지도 경제를 통 모른다만, 쌍용자동차가 그룹에서 떨어져 나와서 중국 기업에 매각된 게 나락의 시작이었겠지. 투자는 미루고 기술 이전만 노린 것이었는지, 그 속을 누가 알랴. 몇 년 하다가 타산이 안 맞다 하면서 손을 떼어버리면 그만 아니냐.

잘나가다 어느 날 갑자기…….

회사 측에서야 준비된 시나리오가 있겠지. 경영 위기를 서류상으로 증명하면 문 닫을 권리가 생긴다는데. 사람 내쫓는 것도 권리라니, 세상이 그렇다. 아버지가 가르친 수학의 숫자하고 사업판에서의 숫자는 생판 다른 형제들이더구나. 직원들 입장에선 청천벽력이지. 두 달 넘게도 파업이 흩어지지 않아서 오죽하면 옥쇄 파업이란 말도 생겨났을까. 그 현장을 지켰던 사람들, 500명도 넘었는데 상당수가, 한 100명이 해고된 사람들이 아니라 '산 자'였다더라. 그것이 동지애 아니냐.

'산 자'라뇨? 그럼 해고된 사람은 '죽은 자'?

그렇게들 불렀어. 입이 방정이라고, 곧 진짜 죽은 자가 나오기 시작했지. 그해 여름 벌써 농성장에서 투신자살 사건이 났지. 그 노조 간부 부인이.

아버지, 스트레스로 정말 죽음이 닥칠까요?

그렇다지. 스트레스 호르몬이 독이 되는 거라 하지 않던.

벌써 몇 년째네요. 지난겨울 다시 굴뚝으로 올라간 두 사람은 어찌 될까요. 법원이 회사가 낸 퇴거단행가처분신청을 손들어주고는, 농성을 풀지 않음 한 명당 하루 50만 원씩의 간접강제금을 내라고 판결했다니, 그걸 어쩐대요. 또 '손잡고'에서 이들의 벌과

금을 모금해야 하는지.

손잡고, 그게 뭐라니?

어머니는 모르셨나 보다.

'손잡고'란 단체예요. 장발장 범죄 있잖아요, 배고파서 빵 훔치는 그런 경범죄. 그런 걸로 벌금형을 받은 사람들을 위해서 '장발장 은행'을 만들었대요. 벌금형이란 원래 징역을 면케 해주려는 것인데, 100만 원 벌금 못 내면 20일 감옥 가야죠. 남은 사람들 살 길도 막막해지고. 그런 극빈층에게 돈을 빌려주는데, 물론 이자 없이요.

그런 은행도 있구나. 그런데, 이 엄만 뭘 잘 몰라도 쌍용차 굴뚝에 돈이 과한 것은 분명하다 싶다. 안 내려온다고 하루 벌금 50만 원은 누가 정했다니. 감옥 품도 5만 원이라면서. 저 두 사람이 하루 100만 원씩을 날로 날려가면서…….

어머니는 거의 한숨을 쉬셨다.

어머니, 사람들이, 그냥 보통 사람들이 4만 7천 얼마씩 모으는 운동도 있었어요. 왜 어떤 주부가 앞장서서, 작년에.

엄마도 내볼까 했는데, 쑥스러워서 어정거리다 보니 늦었더라.

어머나, 엄마가요? 그럼 저 주세요, 제가 했는데 엄마 몫으로 할게요. 그 노란 봉투 캠페인에 4만 7천 명 넘게 참가해서 11억 이상을 모았대요. 300가구엔가 긴급 생계비며 의료비를 지원했다잖아요.

늦게사?

한 사람당 수십억 원 손배가 처분되면 무슨 수로…….

아버지는 혼잣말로 머리를 내저으셨다. 너무 큰 숫자는 상상도 안 간다만, 개개인 앞에 몇천 몇억 그러면 그냥 머리가 아프구나.

어쩌면 이간질도 동원하고요.

이간질이라니.

노조를 탈퇴하면 손배를 철회해준다 뭐 그런 비슷한 거, 처음부터 그랬겠죠.

파업은 결국 불법 낙인을 찍히는구나.

죄송해요, 굴뚝 이야기 꺼내서.

허허, 그게 다 굴뚝새 때문이었잖냐.

식은 커피 잔을 들고 내 방으로 건너와 앉았다. 아침에 맑던 하늘에서 어느새 비가 흩뿌리자 눅눅한 공기에 주눅이 든다. 습기에 무너지기 쉬운 몸 따라 맘도 우울해진다.

얼마나 절망하면 뛰어내리는가. 남편이 실직하면, 복직 가망이 없으면, 생활비를 충당할 수 없으면, 최소한의 생계 유지가 안 되면, 인간적 품위를 운운할 수 없게 되면…….

나는 실직은 아니지만 말 그대로 비정규직. 생활비를 충당할 수 있나, 최소한의 생계 유지가 되나, 인간적 품위를 운운할 수 있나…….

아버지가 뒤따라 들어오실 것이다. 내가 짐을 챙기는 날이면, 학기 시작을 앞두고 짐을 싸는 날이면 아버지는 가만히 용돈을 주신다. 마흔이 된 박사 딸에게. 함께 살지 않으니 맛있는 것 함께 먹지 못해서 주는 용돈이라고 하시면서. 식욕이 생의 의욕이다! 맛있는 것 사 먹으라고 용돈을 주신다. 내가 내 수입으로 맛있는 것을 사 먹을 형편이 안 되는 것을 아시는 거다. 4월 5일이 되어 첫달 3월분 강의료를 받기까지가 가장 힘든 날들이라는 것을 아신다. 학기 초에는 늘 돈이 모자라는 것을 아신다. 어머니도 부식을 양껏 싸주실 것이다. 불혹의 딸한테 부모님이 내심 밥 걱정을 하신다니.

금실이 공부하니?

아버지가 아니라 어머니가 들어오신다.

오늘은 날도 궂은데 내려가려는 것 아니지?

예. 주말 피해서 갈게요.

그래, 그럼 천천히 준비해도 되겠구나.

뭘 또 하시려고요. 설 음식들 많이 하셨는데 대충 가져갈게요.

그런 건 길게 밑반찬이 안 되는 것들이지. 너 보낸다고 마른 반찬들 해놓으면 네 아버지도 옛날 옛날 도시락 생각나시는지 좋아하신다. 가끔은 챙겨 드시기도 해. 엄마가 정해놓고 나가는 날도 있다, 요새는.

어머나, 다행이세요. 뭘 배우세요, 아님?

배우는 것 맞는데, 아직은 말 안 할래. 네 아버지한테도 뭐라고는 말 안 했다.

문자 울림 소리가 난다.

뭐 오는구나. 그래, 좀 쉬어. 어머니는 자리를 뜨신다.

아직 평택? 쌍차 아저씨들 굴뚝 내려오긴 힘드네. 어쩌나?

국문과 박 선생 문자다.

무슨 흰소리!

지난번 장난 말 맘 걸려서. 아래 꽃집 왔는데, 집에 없다 느낌 확 오네요. 썰렁한 게.

돗자리 까세요! 아직 평택, 박샘 꽃 사는 것 무관. 끝.

티볼리 잘 되는데, 효리 씬 쇼 벌이나?

끝이라는 말도 무시하고 계속 문자를 보내는 그에게 보낼 정답은 무답일 뿐이다. 하지만 그에게 돗자리 깔라고 한 것은 진심이었다. 굴뚝새 소리로 아침을 깬 하루가 굴뚝으로 우울하던 참이었으니, 박 선생이 신 내린 것은 사실이다. 티볼리 운운하면서 굴뚝 농성 이야기를 건드렸으니 말이다. 사실 지난 연말에 우연히 두 번 거푸 자리를 함께했을 뿐, 막역하게 지내는 사이는 아니었다. 그것이 그를 내가 사는 원룸 옆 꽃집에서 만난 일에서 비롯되었다 해도, 그가 꽃집에 또 나타난 것이 나하고는 상관없을 터였다. 그것보다 정말 맘에 걸렸던 게 있었나 보다. 헌재 판결 다음 날엔가, 그가 불쑥 우리 이 '두려운' 시대에 몸 엎드리고 살자고 이죽거리는 통에 내가 퍼뜩 그럼 쌍용 아저씨들은 어쩌냐고 쏘았고, 그는 효리가 있지 않냐고 장난스레 답해서 썰렁했던 일말이다. 그렇다고 내게 계속 미안해할 필요까진 없는데. 내 말은 그가 나의 판단을 중요시할 필요가 없다는 말이다.

그렇게 저렇게 긴 명절 휴가가 끝났다. 책 몇 권은 주문해서 내 숙소로 배송해놓았다. 어머니가 싸주신 음식들만으로도 어깨가 휠 만큼이다. 이것들로 한참은 불행감을 모르고 살 것이다. 먹을거리가 많아서? 그보다는 혼자를 위해 먹을거리를 준비하는 낭비적이고 한심한 시간을 절약할 수 있어서다. 몸을 돌보는 시간을 더 아깝다고 생각하는 한 나는 아직 허영기에 들려 있음이 분명하다. 동물에게는 음식이 최우선 과제인 걸 부정하려는 동안은. 자신의 몸을 돌보는 것이 삶에 대한 예의임을 받아들이지 못하는 한은.

봄 학기. 어김없는 시작이다. 학교는 행복하지 않은 청춘들로 우울하다가 봄이면 관성으로 활기를 되찾는다. 멋모르는 새내기들 덕이다. 나로서는 운 좋게도 전공 강의를 얻었다. 불문과며 몇몇 학과는 퇴임하는 교수가 있어도 새 교수 인원 보충이 없는 지 오래다. 국립대학이라서 그나마 명맥을 유지하는 것이다. 세 강좌를 맡았던 교수가 떠난 자리, 전공필수는 다른 교수가 가져갔고, '프랑스 혁명과 문학'과 '사실주의 소설'이 남겨져 있었다. 루소 전공이라는 구실로 그런대로 시대가 맞아 내게 떨어진 강의들이니, 충실해야 할 과제가 생겼다. 집중해야 한다. 거의 하늘로부터의 선물 아닌가.

그렇지만 요 몇 년간의 관심사가 프랑스에서 멀어지고 있었음도 사실이다. 사실 내가 불문학도의 멋진 꿈을 가지고 대학에 다니던 시절, 곧 이어 화려한 금의환향을 꿈꾸면서 파리의 유학 시절을 보내는 동안 까맣게 몰랐던 현실 사회의 단어들, 그것들을 여기 지방대까지 밀린 이후에야 뒤늦게 접하게 되었다. 그것은 새로운 충격이었다. 서울에서 대학을 다녔다고는 하나, 원래 시골내기가 파리에 뚝 떨어져서 받았던 충격과는 다른 방향이지만, 이 좁은 나라 안에서도 이만큼의 다발성 충격이 가능할 수 있다니.

쌍둥이 – 갑자기 엉뚱한 쌍둥이 형제의 이미지가 떠오른다.

몸은 일란성이라서 꼭 닮은, 정신은 분열된 둘. 파리에 있을 때, 독일어에서 프랑스어로 번역된 단편, 쿠젠베르크이던가, 아주 짧은 단편들을 읽었던 기억이 난다. 「분할된 지식」이 제목이었던 것 같다.

쌍둥이 형제의 아버지는 무한한 지식욕으로 아들들에게 대백과사전을 암기시키기로 계획을 세웠다. 페터에게는 알파벳 '에이'에서 시작하여 '엘'까지를, 파울에게는 '케이'에서 '제트'까지를 통달하게 하였다. 결과는 완벽했고, 쌍둥이 형제는 어떤 상황에서도 두 사람의 지식을 보충하여 완벽한 답을 내놓을 수 있었다. 문제는 이 쌍둥이들이 서로 소통해야 할 경우였다. 그들은 '케이'에서 '엘' 사이만을 공유하였기 때문이다. 비록 그 작은 영역이 그들의 천국이 될 수 있었을망정, 파울은 '에이'로 시작하는 사과도 몰랐고, 페터는 '피'로 시작하는 복숭아를 몰랐다고. 그들은 서로 아무 말도 할 수 없었다. 뭐 그런 내용이었다. 작가는 동서 진영의 대립을 풍자하여 자본주의와 공산주의 이데올로기의 불통을 말하려 했겠다. 아니면 첨예하게 다른 목적을 가진 듯한 인문학과 자연과학의 불통을. 오늘날이라면 부자와 빈자의 불통에 해당되겠다.

어쩌면 세상은 두 개의 줄기로 꼬여 있다. 노동 문제를 의식과 무의식에서 겪으면서 살아가는 한 줄기, 노동의 '노' 자도 모르면서 성공 가도에 가볍게 안착한 다른 한 줄기. 두 줄기는 죽어라 공부했지만 소통을 모르는 쌍둥이 형제들처럼 무섭게 다른 머리와 가슴으로 하나의 세대를 형성하고 있다. 한 줄기는 가늘지만 무적의 강철로, 다른 한 줄기는 엄청 두껍지만 푸석한 지푸라기로 서로 감겨 있다. 강철 줄기가 버텨 서 있으니 지푸라기 줄기도 서 있는 모양새를 낸다. 선진 대한민국의 현재는 강철 줄기로 하여 서 있다.

속으로는 강철과 지푸라기는 붙지 않고 따로 돈다. 그렇다. 너무도 그렇다. 청춘 자체를 포기해야 하는 젊은이들 곁에, 선진 대열에 들었다는 산업사회의 휘황찬란함을 누리는 동시대 젊은이들이 존재한다, 소수일망정. 부유함 또는 가난함이라는 이름의 청년은 주연과 조연의 대비가 아니라, 아예 배우와 배경의 갈림이다. 단 한 번도 배우가 될 수 없는, 하찮은 조연도 될 수 없는 존재. 나무나 기둥 또는 벽면, 아예 무대 바닥이라는 이름의 존재. 어떻게 배울 만큼 배우고 노력할 만큼 노력하는데 '인생'이라는 제목의 연극에서 조연도 될 수 없는가.

전공 강의, 다시 전공을 강의하게 된 기쁨은 첫 시간을 앞두고 며칠을 뒤숭숭하게 했다. 강의계획서를 이미 내놓았는데도 그랬다.

그중에서도 '프랑스 사실주의 소설'은 애매한 강의다. 랑송을 따르자면, 1830년대의 『고리오 영감』이나 『적과 흑』을 건너 1880

년대의 『제르미날』도 사실주의라고 하는 용어 없이 설명된다. 다만 발자크가 여전히 대단한 낭만적 과장 속에서도 보통 사람의 비속한 영혼, 부르주아나 서민의 풍속, 물질적이고 감각적인 현실들을 묘사하는 데 있어 사실주의를 열었다고 평가한 점에서 『고리오 영감』부터 시작하기로 했다. 물론 대미는 졸라의 『제르미날』이 되어야 한다. 영화로도 보일 계획이다. 플랑드르 탄광촌, 그 일상과 노동운동의 진실은 어떤 의미로든 충격을 줄 것이다.

수강생들은 열 명을 겨우 넘겼다, 출석부상으로 그렇다는 말이다. 열은 또는 스물은 얼마나 무서운 숫자인지, 폐강을 경험해 보지 않은 강의자는 모른다. 전공은 열 명, 교양과목은 스물이면 강의 개설 최소 조건을 채운다. 이것도 아마 국립대학이라서 누리는 호사일 거라 생각한다. 지금 모교를 떠나온 지 한참 지나서 사정은 잘 모르지만, 거기서는 열 명을 두고 강의 개설을 허가하지는 않을 것이다. 인문학 비인기 학과들 죽이기에 본격적으로 돌입한 대학들도 버젓이 신입생들을 맞고 있으니까.

첫 시간. 학생들은 깨끗한 책상 앞에 빈손으로, 아니 책상 아래 놓인 손에 휴대전화만 들고 앉아 있다. 강의계획서를 인터넷으로 미리 보고 왔거나 프린트해서 왔을 가능성이 적다.

프랑스에, 파리에 배낭여행을 떠나고 싶은 것 맞죠? 기회가 된다면 무엇부터 보고 싶나요? 퐁네프? 에펠탑? 노트르담? 오르세 미술관에 가거든 근처의 로댕 정원을 가보세요! 그 유명한 〈생각하는 사람〉을 올려다보면, 다시 한 번 의아해지죠. 오른팔 팔꿈치를 왜 왼쪽 무릎에 대고 앉았을까 하고. 그것 말고도 20년 걸려 만들었어도 미완성으로 남은 〈지옥의 문〉 등 여러 조각품들 다 유명하지만, 거기 〈발자크 상〉을 봐야 해요. 발자크 사후 40년쯤 지나 프랑스문인협회가 로댕에게 발자크의 조각상을 주문했어요. 에밀 졸라가 발의했지요. 거대한 비뚤어진 몸으로 서 있는……. 사실 발자크의 작가로서의 노동을 우리는 기억해야 합니다. 생활비를 벌기 위해서였다면 생계형 작가인 셈이죠. 그러나 적당히 대충이 아니었죠. 하루 평균 열두 시간씩 글쓰기 노동을 했답니다. 시간외수당요? 물론 자영업이니 그런 것은 없었을 것이고, 하루에 커피를 60잔까지 마신 적도 있었다고, 믿거나 말거나 그런 기록도 있답니다. 결과로서 91편의 총서 『인간 희극』이 가능했을 것입니다.

반응이 없다. 한 인간이 91편의 소설을 썼다고 해도.

등장인물이 몇 명이나 될 거라 생각하나요? 가장 비슷하게 맞히는 학생에게 평소 점수 플러스 2점 줄까요?

낚시를 던져도 무응답이다.

2천 명이라고는 상상을 못 하죠, 2,472명! 그럼 혹시 우리가 마지막에 읽을 『제르미날』은 들어봤죠? 영화도 아주 유명하니까. 광산촌 노동자들의 현실과 꿈을 담은 수작이죠! 지식인의 눈으로 본 부정의와…… 노동운동의 의식이 싹터 나오는…….

입을 닫기로 맹세들을 하고 온 모양이다. 학생들의 대응을 끌어내기에 아직은 어떤 매력도 마력도 통하지 않는다. 아직은, 이라고 어금니를 꽉 물고 계속한다. 한 시간 못 버티랴, 밤새 준비한 게 얼만데.

암튼 이번 학기 사실주의 소설 작품은 『르 페르 고리오』 읽기에서 시작하겠습니다. '페르'는 아버지이지만 '고리오 영감'으로 번역되었죠. 먼저 번역본을 숙독하고 주말까지, 그러니까 1주일 뒤 오늘 시간 전까지, 고리오 영감과 대학생 라스티냐크라는 두 인물에 대한 분석부터, 첨부파일로 작성해서 이메일 하세요. 반드시 첨부파일로.

얼마나요? 길이는요?

첫 반응이다.

처음이니까 할 수 있는 만큼 해보세요. 하나 더, 선생님은 인터넷 검색의 명숩니다. 잊지 마세요!

마지막 말은 위협이었다. 자신의 글을 써 오라는, 베껴 오는 글들을 다 잡아낼 능력이 있다는 허풍이었다. 진실을 외면하고 돈으로 사랑을 사려는 비뚤어진 부성애의 근원에서 리어 왕을 발견할지, 야심만만한 젊은이가 상류사회를 대하는 전략 등을 분석하면서 다음에 등장할 쥘리엥 소렐의 선구를 볼지, 그건 주말에 쌓일 리포트들에서 찾아볼 일이다.

후문을 막 나서면 좋은 식당이 있다. 어쩌다 구내식당을 피하고 싶을 때, 돈가스, 웨지감자, 스파게티 등을 기분 좋은 값에 푸짐한 양으로 주는 곳인데, 커피가 없어서 더욱 좋다. 무심코 시켜 먹다가는 커피값이 밥값에 육박하기 때문이다. 커피는 봉지만 있음 강사실의 온수로 해결될 것을.

오늘 바깥을 택한 것은 한국어실 이유민 선생이랑 신 선생, 그렇게 셋이서 볼 생각이었다. 이번 학기 인문대 강의를 하게 되었으니 인사 비슷하게, 아무튼 일부러 보려는 것이다.

한샘, 잠깐만. 유민샘들이랑 만나기로 했다면서요. 나도 좀 끼죠!

인문대 앞에서 막 내려가는 길로 들어서려는데 어찌 알고 박 선생이 쫓아왔다. 강의 시간대가 같은지, 동선이 비슷하다 보니 자주 마주친다.

어찌 알고?

유민샘 점심 먹자 전화했다가. 나만 쏙 빼고 그럴 거요?

우리도 개강하고 처음인데.

후문까지 걸으면 10분은 족히 걸린다.

그러니까 쌍차 공장이 평택에 있지요!

그는 아직 쌍용차에 머리를 박고 있다.

그래요, 우리 집은 더 시골 팽성. 그게 뭐요?

설 휴가 때 혹시 굴뚝에 가보았나 해서, 근처니까. 쌍차 공장 버스 정류장에 '함께 살자' 구호가 정말 붙어 있는지 궁금해서.

뭘 가서 뭘 봐요! 뭘 해도 가능해 보이는 것이 없는데. 그저 외면이죠. 단식도 굴뚝 농성도 땅바닥을 기는 삼보일배도 무슨 소용. 힘 있는 누구의 마음도 움직이지 못하잖아요. 괜스레 사람 불편하게 압박하는 그런 극한 시위, 원칙적으로 싫어요. 힘없는 우리가 뭐, 어쭙잖은 연민이 무슨 소용인데. 겨우 등 돌리는 것이 다죠. 더 이상 절망이나 피하자고.

한샘 씩씩하게 봤는데…….

잠시 조용하던 그가 말했다.

삼성 현대 엘지 에스케이 네 재벌이 버는 돈이 지디피 60퍼센트라면 믿겨요?

경제학자도 아니면서 웬 통계?

성장률도 거의 답보 상태고. 80년대 8퍼센트가 90년대는 6퍼센트, 2000년대엔 4퍼센트로 떨어지다가 지금은 2퍼센트대잖아요. 신문 안 봐요?

이실직고, 경제면은 잘 못 봐요, 잘 못 읽어요. 안 읽히걸랑. 입력도 안 되고 소화도 안 되고. 지엔피 지디피 그렇게 말하면 난 여전히 헷갈리는데?

큰일 날 사람. 그러고 글을 써요? 그러고 강의도?

박샘은 국문과에서 경제 강의를 해요? '의의'를 '의의' 또는 '의이'라고 발음할 수 있어도 '으이'는 안 됩니다. 그런 것 가르치는 것 아녜요?

나 참. 물론 국어학 충실히 해야지만, 언어는 사회적 산물. 경제 관념 없이 사회를 어떻게 이해하는데? 인문학을 고매한 철학 비슷하게 이해하는 건 위험천만이지. 인문학은 사회학에 바탕을 두죠, 사회 속의 인간에 대한 학문 아냐!

새삼스레 인문학?

그래요, 인문학. 인간을 내용으로 하는 학문. 인간의 가치 탐구를 대상으로. 거기서 사회 속 인간이 나올밖에.

와, 예에.

비웃지 말아요. 참, 내가 한샘 만나면 뭔 얘기를 하려…… 아, 글이 농숙한 젊은 작가 이야기.

해보세요.

뭐요, 그 심드렁은. 난 제법 놀라운 구절을 읊을 판인데. "어쩌면 문학이란 유서의 수많은 변형태 가운데 하나에 불과할지도 모른다." 뭐 그런 말을 했더라고!

아, 손 아무개, 글 잘 쓰죠, 성공이지 그만하면. 그래도 뭐 색다른 말은 아님네. 모든 이야기는 끝까지 가면 죽음으로 끝난다고,

헤밍웨이가 벌써 그렇게 말했는데.

그런가? 나야 뭐 소설가가 아니니까. 난 그냥, 죽는 대신 유서처럼 글을 쓰고, 그러니까 죽지 않고, 그러는 게 위로가 될 수 있나 그런 생각으로.

그렇지 않다는 것 알면서. 어느 것도 강심장, 아니 철심장이 된 우릴 움직일 수 있는 게 없지. 여전히 춥고 바람 우는 밤, 굴뚝 위엔 누가 '박쪽에 숯불' 피워다 주나? 대체 겨우내, 대체 어떻게 게서 사람이 살고 있느냐고!

스타케미컬은 더 심해, 혼자 굴뚝 생활 300일 될걸. 거긴 해고자가 소수이다 보니 포커스를 덜 받으니까. 구미라 수도권에서 멀기도 하고. 희망버스는 두 번인가 갔지만.

박샘, 다시 봐야겠어요. 뭐 존경이라고는…….

꽈당, 그렇게까지는 아니나 정말 놀랐다.

잔디밭 틈새에서 큰길로 튀어나온 녀석이 내 코앞 10센티미터에 멈춰 섰다. 뒤따라 나온 녀석으로 미루어 뒤를 돌아보면서 뛴 모양이었다. 절인지 뭔지 꾸벅 하는가 싶더니 저만치 튄다. 공에 다름없다. 신입생이 분명하다. 그러지 않고서야 저리 신이 날 이유가 없을 테니까. 기껏 한 해 위 선배들이 격려하는 말에 한껏 들떠 있는 것은 그들뿐이다. 대학이라는 황금기에 들어온 여러분, 이 시기가 아니면 결코 누릴 수 없는 엄청난 가능성이 기다리고 있습니다. 자유가 여러분의 오늘입니다…… 따위에 고무되어. 2, 3년도 채 지나기 전에 자신은 바둑판 위의 돌은커녕 아예 굴러떨어져버린 돌이 아닐까 움츠러들 운명인 것을.

난 비틀거리며 멈춰 섰다. 놀라서이기도 했지만, 마음이 무거우니 발걸음이 떼어지지 않았다.

한샘, 왜 그래. 애들이 그러지 뭐.

그러게, 애들이.

일찍 사랑을 알았더라면, 어쩌면 아들이 되는 애들이다. 내게도 열리지 않은 미래가 내 아들들일 이 애들에게는 어떠할까. 이들이 나이 마흔이 되는 날엔……. 나는 하얗게 센 머리로 여전히 강의를 할까, 강의라도 할까. 살아는 있을까? 여전히 굴뚝에 오르는 사람들을 봐야 할까? 어두운 생각이 부푸는 동안 몸은 움직여지지를 않았다. 봄 하늘도 빛이 바랜다.

한샘, 학기 초에 벌써 이럼 어쩌려고. 힘내죠!

그래야죠. 눈에 먼지가 들어간 것 같네, 뭐.

황사? 미세먼지?

그냥 껄끄러운 건지. 생각보다 머네, 후문이. 오늘따라.

그렇게 어물거리며 교정을 빠져나왔다. 건널목에는 구름 떼처럼 아이들이 몰려 있다. 풋풋한 살 내음이 일렁인다. 하늘은 뿌열 뿐 구름 한 점 없다. 문득 새 한 마리 그립다.

철탑에는 철새라도, 굴뚝에는 굴뚝새라도 날아 올라가다오. 날아 올라가 대신 속삭여다오, 세상 마음들이 아직은 서러움을 나누고 있다고. 썩 적절한 행동까진 못 하면서도 적어도 마음만이라도 아파한다고 전하렴. 작은 몸으로 지저귀면 위로가 되지 않겠냐. 그래도 몸 다치며 그러지 말고 내려오라고. 사람은 날개가 없지 않으냐고.

삼천리강산에 새봄이

부업까지는 아니지만
이런저런 잡문을 쓸 일감이 더러 생긴다.
한 도예가를 만나보러 갔던 길에서
일은 진척되지 않고 오히려 무엇인가에
얻어맞은 느낌으로 돌아왔다.
"만약 우리가 부유함에 너무 애착한다면,
우리는 자유롭지 않습니다.
우리는 노예입니다."라던
프란치스코 교황의 가르침이 떠올랐다.

삼천리강산에 새봄이 왔구나~.

이상한 노랫가락도 뭣도 아닌 웅얼거리는 소리가 들려오는 곳은 한데 정자형 경로당이었다. 노래를 했을 것 같지 않은 할머니 한 사람만 몸을 웅크린 채 천천히 어딘가를 두리번거리고 있었다. 근들근들 세운 무릎이 턱에 닿았다. 아직 철은 이르지만 사람들은 다 들로 나간 모양이다.

정자를 반쯤 덮고 있는 아름드리 느티나무는 동네의 역사를 말해주는 것 같다. 얼마나 긴 세월을 여기서 사람들을 보듬었을까. 살아 있는 생물이라고 느낄 수 없으리만치 마르고 갈라터진 몸통 사이사이에 얼마나 많은 사연들을 간직하고 있을까. 그러고서도 연초록 새순을 내면 새날이 새봄이 온다. 늘 보아도 경이롭다.

3월 어느 주말, 벌써 겨울에 있었던 약속으로 옛 도자기 마을을 찾게 되었다. 거기서 만나기로 한 가마 주인은 도자기 굽는 일뿐 아니라 여러 장르의 예술적 작업을 하는 분이라 했다. 정작 본인은 평범한 주부의 취미 생활이라고 한다는데, 그 여러 작품들을 생활과 곁들인 서사와 함께 도록으로 내고자 하는 일 때문이었다.

전화로 일러준 대로 정자 옆에는 몇 발짝 안 가서 비스듬히 놓인 한뎃가마가 보인다. 울퉁불퉁 붙어 있는 누룩두레는 몇백 년 되었을 나이를 말해준다. 그 건너 큰대문집에 묶인 덩치 큰 개는 멀리서도 눈을 맞춘다. 둘러보아도 사람이라고는 정자에 웅크려 앉은 노인뿐이다.

안녕하세요, 어르신? 이 동네 민아무개 선생님 댁 저기가 맞나요?

어르신……. 누구 어르신 말이여?

아, 할머니 안녕하시냐고요. 그리고 도자기 굽는 민 선생님 댁이…….

선상님이 누굴까. 긍께, 그럭 굽는 데믄 사모님 댁? 쩌어그, 누랭이 매진 디 거그. 근디 사모님 왔는강 몰러. 오늘은 못 봤잉께. 글고, 누랭인 등치만 크제 소양없어.

노인은 혼잣말로 중얼거리다 만다. 고개로만 저리저리 가르쳐주고 나서는 입을 꽉 닫고 먼 데 하늘을 본다.

큰 대문 쪽으로 다가가자 컹컹 개 짖는 소리가 동천한다. 그런데 웬걸 곧 멎는다. 정자의 노인 말이 맞다. 순하다.

계셔요?

문을 흔들어본다. 대꾸가 없다. 빙 둘러보아도 초인종 같은 것은 없다. 대문이 가만히 열린다. 그렇다고 무작정 들어갈 수는 없다. 문틈으로 빼곡히 보이는 건물까지는 한참 멀어서 낭패스럽다. 기차역에 내릴 때부터 시도했지만 전화 연락이 닿지 않았다. 시간 약속을 한 것은 아니나, 와도 좋다고 한 것이 분명 오늘인데.

오른 걸음을 다시 내려온다.

저기요, 여기 민 선생님 댁 문은 열렸는데 안에 아무도 안 계시네요.

글씨, 거까장은 모리고. 근디 오늘이 메칠이다우?

예?

메칠이냥께. 경칩이 지났능가. 엊그저끄 찰밥 묵었는디 그새 경칩은 아니겄제라.

그건 잘 모르겠는데요. 여기 민 선생님 어디 가셨을까요?

거까장은 모린당께. 일단지간 여 앉아서 지둘려. 거자 날마다 오긴 오는디. 정심은 우리랑 묵을 때가 많어라.

예, 그럼.

이리 올라오랑께.

나 지금 누구랑 야그하고 있었냐믄…….

할머니가 엉뚱한 소리를 했다.

아니, 아까부터 혼자 계셨잖아요? 누구랑 이야길 하세요?

긍께, 남순이, 내 동생허고.

아, 동생분 생각을 하셨다고요?

그래 말여, 내 동생 남순이. 남순이가 정순이 따라, 우리 육촌 가시나 말이여, 갸는 시방도 잘살어. 우리 남순이가 금메, 웬선 놈의 돈 땜시 정순일 따라 서울을 갔어. 가차이 광주까장만 갔더라믄 되얐을 것을.

……?

우리 방골 사람들은 돗자리를 짜서 묵었어. 학교는 문턱만 째까 디레다보다 말었제, 너나 할 것 없이 다들 그랬시라. 그래도 울 아부진 우덜 돗자리 짜는 절엔 못 오게 혔어라. 여자아그들 볼 거시 못 돼야, 허심서. 짠 돗자리를 무지게 큰 둥치로 지고 집을 나서믄 한동안썩 소식도 없었제만, 우덜한테 가시나그 소리 한번 안 허셨어라.

우덜끼리, 참 삼남매 사연도 많았제. 엄니 없이 큰께로 너메 동네 외할매가 더러 오심사 우덜 생일이나 진배없었제만. 그도 복이라고 얼마 못 사싰제. 글다가 아부지가 한번은 먼 아짐을 데꼬 왔어라, 새엄니 자리였제. 새엄니랑 항꾸네 온 짐 속에는, 기도 안 차제, 틀이 있더라고. 방골 사람들 생전 첨 보는 틀이라. 솜씨꺼정 좋은디, 틀바느질로 혀갖고 명을 날렸제. 드르륵 박아내믄

순식간에 치매도 되고 내리닫이도 되얐응께. 방골 사람 너나 할 것 없이 등지기 한나썩은 다 얻어 입었을 것이고만. 긍께 사람들은 안 입는 한복덜 어쩌고 해달라고 새엄니한테 내다중께, 새엄니 방엔 니 구퉁이 모다 헌옷들로 한 짐이었제.

아, 근디 남순이가 말여, 내 손아래 동생 말여, 만날 새엄니 방을 기웃거림시롱 말대꾸랑도 잘 허고 멋이든 맨지작거림시롱 틀질에 귀를 세우더라고.

어메, 드르륵, 진짜 신기혀, 성아.

갸는 외약팔을 쩌리 오린팔을 요리 댐시롱 천을 잡고 밀고 숭내를 내믄서 지랄이여, 좋아서. 나는이라 틀에서 나는 소리도 싫도만. 덜덜 들들, 몸까장 떨리도만 그거시 멋이 좋다고. 나야 그냥 광주까장만 가믄 로케트 회사에 가넌 거시 소원이었제. 마을서 얼굴도 반반허고 몸도 튼실헌 성들 둘이가 나가 살믄서 모다 부러와 했제. 로케트 회사 모링가?

느닷없는 큰 소리에 눈을 들었더니 노인은 한참 신나게 이야기를 하고 있었다.

무슨 말씀이세요?

어메, 로케트 회사도 모린당가.

아득한 옛날을 떠올리며 그 시간에 젖은 노인은 내게 엉뚱한 타박을 하며 소상히 뭔가를 설명하는 품새였다.

제가 민 선생님을 만나려고…….

아, 온다니께. 날마다 오긴 와여. 긍께 여그서 지둘고 있으믄.

제가 전화 좀 한 번 더 해보고요.

털고 일어나서 주위를 거닐며 통화 시도를 해도 잘 안 된다. 신호는 가는데 도통 대꾸가 없다.

남순아, 아야, 멋흐냐. 이리 오랑께.

좌우를 두리번거려도 아무도 없는데, 노인은 이제 나를 동생으로 아는지 이름을 불러댄다.

아야, 성이랑 같이 로케트로 가장께, 사람 새로 뽑을 때 우리 데꼬간다 안 허드냐. 멋흐게 혼자 나스냐. 기언치 봉젠가 먼가로 할라고.

얼결에 나는 다시 정자로 올라갔다. 내가 올라가지 않으면 노인이 맨발로라도 내려올 기세였다.

노인의 이야기를 다 옮길 수는 없다. 첨엔 연락이 안 되는 민 선생님을 언제 또 만나러 오기도 마뜩찮고 해서 좀 기다리려던 것이 요상한 이야기를 듣지 않을 수 없게 되었다. 내용은 독특한 말법 때문에 알아듣기가 어려울 지경이었다. 시간상으로도 왔다 갔다 해서 더욱 어지러웠다. 하도 진지한 그 표정 때문에 자리를 털고 나올 수도 없었다. 딱히 민 선생님을 기다릴 만한 다른 장소도 없고.

하이튱간 정순이가 설레발을 쳤제. 당숙네가 젤 안 잘살었냐, 정순이 덕에. 식우곤로가 다 뭐시였냐, 그 집이 젤로 몬자 디레놨제, 대리미도 라지오도 거가 젤 앞섰제. 아야, 멋보담 그 사탕가리 말은 국수 말여, 그 집 말고 어디서 그런 달코롬헌 것을 맘대로 묵었다냐. 어째 딸 많은 집이 더 잘되얐이야 잉, 남순아.

내게 동생 대하듯 부르는 통에 기분이 묘해졌는데, 또 이내 내가 아무도 아닌 줄 아는 듯했다.

금메 그렇게 남순이가 정순이 따라 서울을 갔어도 첨엔 멋이먼지 몰랐제. 갸가 고향 땅도 제대로 못 볿음서 돈을 벌긴 벌었어. 남동생 하나 있는 것, 우리 순길이 말여, 갸는 남순이 덕 봤제. 국민학교 졸업허고 쫌 놀았어도 낭중에라도 중학하고 다 간 거시 남순이 덕이었제. 나는 큰누나가 되야갖고도 못 허는 것을 남순이가 했응께. 그나 울 아부지는 왜 신식 새엄니랑 오래 못 살었는지. 멋이 부족혀서 고렇게 가시부렀는지. 새엄니 탓들도 허더고만이, 동네 으른들이. 초승에 과부 되면 또 과부 된다는디, 새엄니가 그랬디야. 원래도 곰방 과부 되얐다더라고. 남자 없는 팔자 지닌 여잘 만나믄 남자가 가분다고. 암튼지간에 아부지 저세상 가시고넌 새엄니랑 우리랑은 뜨제, 쌩 놈 아녀. 오래 같이 산 세월도 없응께. 글고 누가 어쯔고 중학을 보냈겄어, 방촌에서. 그저 돗자리나 짜묵넌 마을인디. 그랑께 남순이 덕에 동생은 성공했제. 쨰깐혀도 테레비도 우리집이 영 일찍 디레놨당께.

그러게 나도 정순이 성을 따라갔지, 성.

이거시 잘된 거여? 너 첨에 광주서 시장서 오천 원 육천 원 받고 틀질혔을 때도 보신이다 뭐다 밸겻 밸겻 다 맨들었담성. 그리혔음 되얐을 것을, 멋허러 욕심은 내갖고.

성, 그래도 서울 가서는 댑방에 만 원부텀 시작했으니께 어딘가. 나도 할 만큼은 했지.

그 고생을 혀갖고 종래는 뭐시여. 니가 낭중엔 그놈의 만오천 원 소리에 넘어갔담성. 정순이 년 땜시.

정순이 성 탓 말어. 이왕지사 고생함서 한 푼이라도 더 준다믄 다들 옮겨갔지. 모다 그랬다고.

웬선놈의 돈이랑께.

그 대목에서 나는 너무도 놀랐다. 사투리지만 뭔가 좀 다르게, 목소리까지 달라지면서 두 말을 하고 있음을 알아챈 것은 두어 마디가 지나서였다. 갑자기 무서움증이 들었다.

헐만큼 헌 거이 그거여? 몇 년 뼈꼴 빠지게 허고는 먼 병신이 돼서 왔는디. 외약손 이리 내놔봐. 시상에, 얼매나 아펐을겨.

노인은 내 왼손을 잡아끌려고 했다. 그 순간 다행스레 사람들이 나타났다. 구세주나 다름없었다.

누군디, 먼 일로 여그를 오싯다요?

오매, 이 할매 좀 아픈디, 어쯔고 상대허고 있다요!

불현듯 나타난 아주머니 둘 덕에 나는 앙상한 할머니에게서 풀려났다. 서울 사모님은, 여기 사람들은 가마 주인을 그렇게 불렀다, 차가 세워져 있으니 틀림없이 동네 안에 있을 거라고, 조금만 더 기다려보든지, 아예 집 안에 한번 들어가보든지 하라고.

동네가 대문도 열어놓고, 좀 멍한 사람도 혼자 놓아두고, 편하다면 편하고 느슨하다면 느슨한 모양이었다. 그래도 대문 안으로 불쑥 들어갈 수는 없지 않나 싶어 망설이고 있다. 그런데 아까 지나간 아주머니 한 분이 그쪽 대문 앞에서 큰 소리로 부르며 손짓을 한다.

쩌그 안에 기시네. 이리 오시쇼. 쩌 안마당이나 웃채에 있으먼 누가 와도 몰라라. 근디 들어가보도 않고 어쯔고 알것소이.

정자의 할머니가 누렁이라 하던 커다란 개가 몸도 가볍게 팔랑거리며 뛰는 모습과 주인이 문을 열면서 나타나는 것이 거의 동시였다. 전화로만 인사를 나눈 민 선생님인가 보다.

나는 일어나서 그쪽으로 가야 했지만 그러지 못했다. 정자의 노인이 내 옷자락을 쥐면서 쉬지 않고 말했기 때문이었다.

피는 정말 무서웠어라. 남순이랑 둘이서 두 손을 꽉 잡고 뒤안으로 나가 울었지라. 남순아, 남순아……. 울 엄니럴 어짠다냐. 울 엄니한테서 생각나는 거이라곤 피뿐이랑께.

노인은 지금 피를 보는 양 울먹였다.

엄니가 원래도 빼빳한 몸이 점점 말라가도 누구나 그런갑다, 엄니덜은 밥을 잘 안 묵응께, 엄니덜이 다 그랬응께, 매일 지쳐 빠진 모양을 봄서도 엄닝께 그런갑다 했어라. 그란디 내중에는 피까장 토허더니 얼메 못 갔지라. 그란디 남순이가 거그서 서울서 피를 보고는 기냥…….

동순 씨, 오늘 말 잘 하네. 첨 만난 선생님하고.

민 선생님은 정자에 당도하여 내겐 눈인사만 하고는 노인에게 말을 건넨다.

누가 선상이여, 여가?

동순 씨, 아무랑도 이렇게 말 잘 해야 써, 그래야 다들 동순 씨 좋아해요.

으응, 그려. 근디 암도 없어.

봄비가 해갈은 안 되었어도 땅이 촉촉하니까 다들 바쁘지. 종자를 심어야 거두제!

어즈께 그놈만치 비가 왔어도 안적 해결이 안 되았다고?

그래, 해결되려면 좀 더 와야 한대요.

이상한 대화에 내가 나도 모르게 눈을 동그랗게 떴는지 민 선생님이 배시시 웃는다.

동순 씨, 쉬고 있어요, 응? 곧 있다가 무궁화배추 절이지 한다니까 점심 먹게. 나는 여기 선생님이랑 이야기 좀 해야 하니까.

동순 씨라 불리는 노인을 달래 떼어놓고서야 민 선생님이 인사를 한다.

어쩌나, 한 선생님, 너무 미안하게 되었어요. 오늘 내가 휴대폰을 안 가져온 모양이네요. 위채에서 뭐 좀 찾느라고 대문 소리도 못 들었네요. 바쁘실 텐데 미안해서 어쩌나요.

아뇨, 좀 전에 왔는걸요. 동네가…….

아, 동순 씨한테 붙들려 놀랐겠지요. 아무한테나 동생 이야기죠. 말도 이상하죠? 여기는 그냥 그렇게 하는 게 좋아요. 비가 와서 해갈되나, 잘되었으니 해결되나, 결국 마찬가지 아녜요? 지난 설에는 원래목사님한테 너도 나도 집에서 낳은 계란을 선물한다고 해서, 누굴까 했어요. 누구는 원래부터 목사이고 누구는 신부님 하다가 목사가 된 건지 하고. 내가 교회 안 다니니까 모르기도 하고요. 그랬더니 글쎄, 면에 교회에 두 분 목사가 있는데 원로목사를 원래목사라 그런 거예요. 표준어다 맞춤법이다 하는 것들은 말 그대로 산지기 집 거문고예요, 여기선. 그래서 나는 설 쇠고 나서 원래목사님 집에 계란 훔치러 가야지…… 하면서 따라 웃고 말았지요.

아, 원래목사님……. 그럼 무궁화배추는 무공해배추?

그래요, 한 선생님은 얼른 알아들으시네. 무공핸들 알겠어요? 그러니 무궁화배추라면서, 저이가 유난히 봄동 겉절이를 좋아하더라고요. 안됐죠 뭐. 여기가 원 고향은 아니지만 명색이 시집온 셈이라고, 좀 시원찮은 여동생이랑 데리고. 그러다 동생 죽고는 저 사람이 조금 멍하죠. 한참 되었어요. 여기 사람들 고생 안 한 사람 없더라고요. 그렇게까지 고생하는 사람들이 있었는지, 강남에 계속 살았더라면 모르고 죽었을 것, 여기 와서 많이 알게 되었어요. 환경이 참 중요해요, 사람은.

그럼 저 할머니는 무슨 사고라도, 피는 또 무슨 말이에요?

그게 이야기가 길죠. 사연 없는 사람 없겠지만. 궁금하세요?

민 선생님은 오늘의 본론을 미뤄두고 정자의 노인 이야기를 한다.

동순, 남순과 순길 삼남매 이야기도 그 시절 모두가 궁핍한 채 살아가던 이야기와 비슷할 터였다. 돗자리 만들어 파는 마을에서 어머니를 여의고 새어머니를 본 삼남매는 학교는 의무교육까지도 다니는 둥 마는 둥 어려웠다. 새어머니는 재봉틀을 가지고 들어와서 제법 신식 살림을 차리는가 싶었는데, 아버지가 곧 돌아가시고 덜렁 삼남매만 남자 한 해를 못 버티고 다시 떠났다. 남순에게 재봉틀에 대한 바람만 넣어주고 떠난 셈이다.

남순은 기어코 광주에 있는 시장 뒷전의 영세 봉제공장에서 견습공이 되어 틀질을 배웠다. 돈 5천 원 받고 버선, 속옷 할 것 없이 닥치는 대로 틀질을 했다. 그런 어느 명절에 서울에서 일하던 친척 언니를 만났고, 서울 소식에 혹해서 따라가더니 청계천 봉제공장에 취직이 되었는데……. 그때까지는 상승 곡선이었다. 곧 만 원을 받았으니 횡재나 다름없었다. 하지만 듣도 보도 못했던 철야 작업은 한창 피어나는 젊음도 삼켜버릴 기세였다. 두어 달 지나니까 코피는 일상이 되었고, 시간도 없고 돈도 아끼자고 사 먹는 풀빵으로 끼니를 때우다 보면 현기증은 다반사였다. 남순은 어쨌거나 서울 사람이 되어 고향으로 돈을 보냈고, 남동생 순길이는 제 할 일답게 공부를 계속했고 또 잘 해냈다. 맏이 동순은 건전지 공장에 나갈 꿈도 접고 살림을 도맡았다. 순길에게 누나들은 어머니요 아버지였다.

그렇게 서울 생활 4, 5년이 계속되면서 남순은 지쳐가기 시작했다. 꿈은 점점 멀어지는 무지개 같았다. 타이밍이란 약까지 먹어가는 동안 젊다 못해 어린 몸은 파괴되어갔다. 그들이 졸지 못하게 한겨울에도 찬바람 들어오게 문을 열어놓다가, 그래도 안 되면 나누어주고 먹이는 약이었다. 첨엔 모르고 먹었고, 나중에는 청해서 먹었다. 졸음 쫓는 귀신. 하지만 약을 먹는 편이 나았을지도 모른다는 생각을 하지 않을 수 없는 사건이 일어났다. 졸다가 왼손 엄지와 검지 사이가 틀 속에 깊이 끼어 들어가버렸다. 상처가 낫고도 엄지는 병신 모양으로 남았다. 두 가지 출구가 어른거렸다. 쉽게 살기 위해서라면 중랑천 뚝방으로 '언니들'의 그림자를 따라 섞이는 길, 아니면 아예 모두 다 포기해버리는 것이다. 뚝방길로 나서자니 그들도 짙은 화장을 하고도 허무해 보이기는 매한가지였고, 죽자니 내려 보내는 월급이 필요한 동생이 걸렸다.

가끔 야학 교사들의 한마디가 이들의 삶을 지탱시켜주기도 했다. 못 배우고 가난한 '우리'가 역사의 주인이다, 라고 가르치시던 ㅅ선생님. 광릉 숲에 희귀새 한 마리가 죽으면 떠들어대는 신문들이 우리들 노동자 손가락 잘려나가도 행여 굶어 죽어도 한 줄도 보도 안 한다, 신문들 믿지 맙시다, 서로를 믿읍시다, 라던 목사님. 차츰 어깨동무가 되는 친구들이 생겼다. 거기서 ㄷ방직에서 노조 어쩌고 시작도 못해보고 똥물 사건 뒤 면목동으로 옮겨온 친구도 만났다. 그 가발 공장은 바느질만 잘하면 대우가 훨씬 낫다는 소문에 남순도 그리로 옮겼다. ○○무역주식회사 사원증을 받게 된 기쁨이 오래가지는 못했지만 든든한 유대가 좋았다. 남순 자신보다 더한 역경에서 대의원까지 올라간 언니도 돋보였다. 초등 졸업도 하기 전부터 진면에서, 누에고치를 삶아서 뽑아낸 솜에서, 실을 뽑아내는 일을 했다는 언니였다. 고향도 가까운 곳이었다.

어느 날 갑자기 – 어느 날 갑자기라는 표현 외에는 다른 말이 없다. 면목동 공장을 충청북도로 옮긴다는 공고가 떴다. 그리고 따라갈 수 없는 몇백 명이 사표를 썼다. 설마 하는 심정이었다. 그러다 정말 폐업 공고가 나붙고, 기숙사에 물도 끊고 전기도 끊자 심각성을 알게 되었다. '우리의 결의'를 하자, 그러자……. "우리는 거리에 내쫓겨 올 데 갈 데가 없다. 정상화가 아니면 죽음을 달라……." 그러는 사이 누군가 혈서를 쓴다고 했다. 무서웠다. 무조건 무서웠다. 피는 무섭다. 어머니의 피……. 피로 무슨 글자인가를 썼겠지만, 남순은 한일자가 채 그려지기도 전에 그

장소를 빠져나왔다. 한일자는 ㄷ자의 첫 획이었고, 나중에 알려진 대로 글자는 '단결투쟁'이었다. 그것을 다 쓴 언니, 타이밍 같은 것은 내뱉어버리고 삼키지 말라던 언니는 그날 본 것이 마지막 모습이 되었다. 새벽에, 아니 깊은 밤중에 쳐들어온 사람들은 – 쳐들어온 것이 맞다고, 남순이 그리 말했다고 – 300명 여공들을 팔다리 하나씩 들어서 끌어냈고, 그중에 그 언니는……없었다. 나중에야 들것에 실려 나왔지만 더 이상 숨을 쉬지 않았다.

듣고 있는 나도 숨을 쉴 수가 없었다. 지난 번 평택에 집에 갔을 때, 그러니까 설 연휴에 굴뚝 농성 걱정하던 틈에 나왔던 똥물 이야기가 바로 여기에 있었다. 세월이 흘러도 옅어지지 않은 그 상흔을 눈앞에서 보게 되다니.

귀가 아프게 들은 대로 이야그 해줄끄나?

민 선생님이 갑자기 정자의 노인과 똑같은 사투리로 말한다.

웬선놈에 돈 땜시. 그라고는 야도 내려왔제라. 서울은 통 무섭다고. 그때는 이상시레 날마다 헛소리만 했응께로.

그 언닌 절대 자살 아녀. 그 언니도 남동생 뒷바라지하고 있었는데 왜 죽어. 엄니도 있었는데 왜 죽냔 말여. 그 언니한텐 엄니가 있었다니까. 글고 꼭 고향 내려와 산다고 했어. 사람이 고향을 잊아뿔믄 못쓴다고. 시집을 가도 고향 사람 만나고 잡다고 했어. 시집 꿈도 꾸던 사람이 왜 절로 죽겄어. 절대로 아녀, 아니라고.

울 엄니라도 있었으믄 야가 맘을 잘 다스렸겄제. 그래도 고향 내려왔응께 우리 둘이 살어남았제. 둘 다 박복했던 거시, 남순이는 다시는 틀질을 안 허기로 작정헌 듯 방에만 틀어배겼고, 그런 남순이 놔두고 내가 멋을 혔겄소. 젊은 날 나도 날벼락이었제. 쪼깨 알고 지내던 사람이 있었제만, 우리 사정이 그러코롬 됭께 다 틀려부렀제. 그 사람이 거그서 살림을 차링께 한동네 살기도 하잔코. 그라다 이 동네 나 먹은 남자 따라왔는디, 야랑 거둬준당께. 그라도 복이라고 죽어붕께. 그락저락 세월은 가드라고, 눈 깝짝에 가분당께.

우리 순길이 말이라? 순길이는 거장 다 배왔고, 남지기는 지가 알아서 혔고, 그라도 살어남었는디. 요짐엔 고향도 모린다네. 그 거시 흠이라믄 흠이제만, 고향 모리는 사람 어디 한둘이여야제. 고향에 엄니가 있나 아부지가 있나. 고향도 고향이 아니겄제. 남순이 살았을 적엔, 그때까장은 더러 여글 댕겨가곤 했는디. 인자 멋허러 여글 오겄어라. 나는 지 갈친 누님도 아닌디.

새삼스레 도자기 굽고 염색하고 바느질한다는 이분이 돋보였다. 대체 어떤 사람일까. 여기 사투리를 그대로 흉내내면서 그들의 이야기를 들려주는데, 얼굴은 영 아니다.

사투리가 너무 자연스러우신데 얼굴은 영 아니시네요.

숭악한 사투리 말예요? 여기 산 세월이 얼만데요. 나 여기 사람 다 되었죠. 강남 집 팔고 내려올 때 말리는 사람들이 많았어요. 전세 놔놓고 가지 그러냐고! 돈으로 말하자면 그 말이 옳았지요. 가만히 있기만 했어도 지금은 수십억은 족히 되는 아파트를 그때 시세대로 훌쩍 내놓고 왔으니. 이젠 강남 복판에 재입성은 글렀다고 생각하는 사람들은 우리가 왕창 손해 봤다고만 생각하니까.

그래 이제 여기 완전히 정착하신 거로군요.

정착이고 뭐고, 사는 곳이 집이고 고향이겠죠. 여기 내려와서 배운 것이 얼만데.

배워요?

일테면 외지 사람, 그러니까 도시 사람들이 와서 감탄하는 잔디밭이 얼마나 수고로움의 대가인지 예전엔 미처 몰랐지요. 하루 세 번, 새벽 한낮 초저녁에 10분씩 자동으로 스프링클러를 조정해놓으면 그저 자라는 것이 잔디밭인 줄 알았죠. 게다리같이 퍼진 바랭이풀도, 그냥 보면 예쁜 민들레도 잔디밭에선 불청객이죠. 어찌 보면 사랑스런 강아지풀도 고맙지 않죠. 클로버는 어떻고요, 소녀 시절엔 행여 네잎클로버라도 찾아볼까 반기는 것 아니었어요? 그런 잡초들, 손으로 하나하나 골라내야 잔디밭이 유지되지요. 아무려나 담장 대신 둘러선 나무들이 얼마나 대단한 꽃들이며 향기를 뿜어주는지. 대문 바로 곁이 조팝나무죠. 오늘 여기 이러다 말겠네요. 다음엔 4월 돼서 오세요. 산야에서 자라는 나무들이 내 정원에 와 있지, 그 윤기 나는 밤색 가느다란 줄기에 다닥다닥 붙어 피는 하얀 꽃잎들. 바람만 우수수 불어도 죄 저버리지만 한동안 얼마나 아름다운데. 이런 걸 서울 복판 살면서 알았겠어요?

조팝나무, 상상이 안 가는데요?

이건 그냥 사치스런 말이라 할지도 모르겠네요. 강남에서라면 절대로 몰랐을 것들로, 그래서 풍요롭다면 좀 거하고, 폭이 넓어진 셈이죠. 물론 감탄할 일만 있는 건 아녜요. 실은 쓸쓸한 일이 더 많아요.

쓸쓸한데도 이곳이 더……?

쓸쓸하죠, 사는 것이, 다. 저이야 정신이 온전치 못하니 그렇다 치고요. 멀쩡한 할아버지 한 분도 벌건 대낮에 혼자 정자에 앉아 있어보았자 나무둥치 신세가 되죠. 바로 저 아래 길가 어느 집 나락 말려놓은 걸 웬 젊은이가 트럭 대놓고 착착 거두어가더래요. 아, 저 집은 아들인가 조칸가 일이랑 도와주려고 오니 좋겠다, 그랬다는데요. 그거 온통 실어가버린 날강도였죠. 여기 살면 인심이 어디까지 내려가는가, 우리가 어떤 세상에 사는가, 바닥을 보는 것 같을 때도 많아요.

아무래도 가난 때문에…….

가난이 처음 문제겠죠. 그러다 가난 말고도 가정 문제들이 심상찮게 생겨요. 여기 바로 이 아랫집도 지금 비었지요. 아저씨가 후두암으로 세상 떴어요, 자식도 없이. 아들 딸 데려온 여자랑 늦장가 식으로 합쳐 살았다는데, 여자가 좀 함부로랄까, 자격지심이랄까. 동네에서 시끄러운 소리가 났다 하면 그쪽이더라고요. 아무튼 아저씬 일해서, 노동일이죠, 돈 모이면 그동안 각시 몰래 나한테 조금씩 맡겨서 저축을 했어요. 동생이 특히 주의를 주곤 했더래요, 형한테. 여자 좋은 일 말고 조카한테 뭐라도 남겨줘야 죽어서 찬물이라도 얻어먹을 것 아니냐고 채근이고. 여자는 여자대로 자기가 임자라고 그러고. 그 얄팍한 살림에도 쪽박 깨지는 소리가 나서 보기 안됐더라고요. 몇 년 그렇게 앓았는데, 결국 세상 뜨자 대충 초상 치르고는 여자가 동넬 뜨더군요. 동생 예감이 맞았죠. 데려온 애들은 벌써 결혼해 나갔고, 단 둘이 살다가 그냥 가버리더라고요. 이장한테 전화해서 헐값에 집 내놓으란 소리만 했다는군요. 그런 소리 듣고는 내가 갖고 있던 통장을 조카를 줘서 제사라도 지내게 해야 할지, 참 어려운 상황이 되더라고요. 그 여자, 가만 있었음 집값 다 되는 저축 돈을 받을 뻔했었는데, 집은 그냥 살고.

그러니까 가난이……. 우리가 부유함에 너무 애착하면 부의 노예라 하지만, 교황님 말씀이죠, 결국 가난이 모든 것을 망치는 거죠. 그러니 부유함에 돈에 집착할밖에요. 축적된 돈은 계속 돈을 낳고, 돈은 계속 돈 쪽으로 몰리고. 쇳가루가 지남철에 쏠릴밖에요.

그래요, 가난이 일상이 되면 뭐가 뭔지 아예 모르는 것 같아요.

보조금만으로 연명하는 사람들, 뭐라는지 아세요? 나는 요로코롬 나라에서 믹인게로 먼 걱정잉가. 정부다 군청이다 면사무소다 그런 개념은 별로 통하지 않죠, 불필요해요. 가끔 봉사 단체에서 연탄이나 반찬들 보내주죠. 몸 그런대로 움직이니까 들판에서 이런저런 일 거들면서 함께 먹고 푸중가리도 얻고.

푸중가리요?

아, 푸성귀. 푸성귀를 그리 말해요. 우리 한 선생님은 서울분이겠지요?

서울은 아니고, 평택요.

평택이면 서울이지요, 경기도 살면 다 서울 사는 거죠. 전남 어디 살아도 서울 가면 광주 사람이라는데요, 뭐.

아, 그렇구나. '나라에서 믹인게로' 우리나라 좋은 나라 투표가 나오는 것이구나. 가난은 의식마저 죽인다. 적선으로 의식을 죽인다. 그나마 월급쟁이한테서 세금 걷어 밑바닥에 적선함으로써. 부자는 부를 애착하기를 멈출 리 없고, 기꺼이 부의 노예임을 즐긴다. 돈이 많을수록 행복지수가 높단다. 절대적 가난은 절대적 불행이다. 적선은 가난을 영구히 고착시키는 도구다. 그런 생각에 가슴이 먹먹한데 노인이 꼼지락거린다.

울 남순이넌 왜 안 온당가?

자신들의 이야기를 하는지도 모르고 넋 놓고 있던 노인이 엉뚱한 소리를 한다.

어쩜 좋아. 할매, 남순이 서울 도로 갔다고 했잖아. 남순이는 서울이 좋다잖아.

아니여, 나랑 끝까장 여그 산다고 그랬는디.

남순이가 좀 아파서 거기 서울 병원에 있다니까 그러네. 뭣보다 동네 사람들하고 잘 살라고, 그러고 갔다니까 그래. 맨날 남순이만 찾으면 동순 씨도 병원 보내버릴까 보다, 거긴 맨날 주사를 맞아야 하는데? 하긴 무릎 아파서 잘 못 걸으니 정말 병원에 가야 할지 몰라. 보건소 선생 불러줄까?

싫여, 나 암시랑토 안흔디. 집에 갈껴.

금방 여기서들 밥 차릴 건데. 무궁화배추 무친다니까. 집엔 해름에 가셔.

무궁화배추 만난디. 삼천리강산에~.

그러고는 노인은 페트병에 물을 채운 베개를 모로 베고 저쪽으로 드러눕는다.

해가 지는 모습이 어떤 것일지.

나는 삼천리강산에~ 그것이 뭔가 묻고 싶었는데, 민 선생님이 불쑥 해 지는 이야기를 했다. 연초록 잎들을 뚫고 비치는 여린 해가 중천에 이르지도 않았는데 뜬금없다.

해가 꼴깍 산 너머로 넘어가기까지는 어떻게 살았다고 말할 수가 없는 거죠, 그렇죠?

해 지는 이야기는 왜 새삼스럽게요?

이 사람을 좀 봐요. 더 심해지면 이장도 어쩌지 못하고 요양원 보낼 거라 그러고 있고. 저기 저 목련, 백목련 피길 누구나 기다리죠. 놀랍게도 큰 꽃잎이 피면 누구라도 압도당하죠. 그러다 봄비라도 주르륵 내리면 절반은 시들어 붙어 있지요. 조금씩 조금씩 죽는 거예요. 바닥에 나뒹굴어서도 얼른 죽지 않죠, 두툼한 살 때문에 그렇죠. 차라리 우수수 지는 꽃들이 더 예뻐요, 후두둑 지는 동백이 서럽다 해도 차라리. 눈물처럼 후두둑 지는 꽃이랬나요, 송창식 노랜 잘 모르죠, 아마?

참다가 참다가 참을 수 없어서 뚝 떨어지는 꽃이 동백이라 했던가, 시인 김용택의 말은. 동백이건 목련이건 한때가 있지 않았나. 그냥 풀꽃, 풀꽃처럼도 피어보지 못한 삶도 있는데. 동순 할머니가 아직 회갑도 안 된 나이라니, 정말 가슴이 아팠다. 민 선생님이 왜 말을 좀 편하게 놓나 했더니 실제로 더 젊다는 말이다. 훨씬 늙은 몰골을 하고서. 무엇이 이렇게 피어보지도 못하고 지는 삶을 점지하는가.

봐라, 부유함에 집착하는 노예들은 당당하게 삶을 즐긴다. 평생 부유함 근처는커녕 그림자도 못 밟고 스러질 생은 뭔가. 동순 할머니의 경우 여동생의 트라우마에서 전염된 간접 피해치고는 결과가 참담하다. 물론 그 YH사건 현장에 있던 여성 노동자들이 전부 다 후유증으로 폐인이 된 건 아니다. 사건 당시에 임신 중이던 몸으로 활동했고 그 신념으로 일생을 살아 지금은 국회의원이 된 경우도 있다고, 어떤 기사를 본 적이 있다. 국회의원이 되어서 성공했다는 말이 아니라, 어떻게든 대다수는 다잡고 살아남았지 않은가 말이다. 직접은 아니라도 그 여세를 몰아 유신정국을 흔들었고, 억울한 죽음도 늦게라도 인정받고 동료들과 시민들의 추모를 받고. 튼실하게 살아남지 못한 책임은 당사자의 신체적 정신적 나약함에도 있을 테니 말이다. 나약함은 죄인가. 모르겠다. 가난은 죄인가. 모르겠다.

무슨 생각을 그리 하세요? 괜히 맘 아픈 이야길 했나 보네요.

내가 멍하니 있었던지 민 선생님이 물었다.

아, 아뇨. 저도 알 만큼은 알죠. 그런데 여긴 굴뚝새는 없나요?

웬 굴뚝새요? 요즘엔 겨울에도 잘 안 보이던데요. 여긴 소쩍새다 쑥국새다 그런 얘기가 많죠. 솥이 적어 굶어 죽었느니…….

시어매 무서워 쑥국도 못 먹고 죽었느니, 그런 거죠? 옛날엔 참 서러운 상상이었어요!

나는 얼결에 튀어나온 굴뚝새 이야기를 감추려고 말을 돌렸다.

그러는 사이 저 아래서 사람들이 하나둘 올라오는 모습이 보인다. 벌써 이른 점심시간인가 보다.

나 좀 봐. 여긴 새벽밥 먹고들 들에 나가니까 점심이 일러요. 내가 오늘 작품 이야기는커녕 집 안 구경도 못 시켜드렸네요. 그런데 점심 같이 하고 가실래요? 점심 후엔 나도 읍내 나가야 해서.

아뇨, 오늘은 자료만 주셔도.

그래요, 그럼. 저기 차 안에 있어요. 검토해보시고 나서 한번 만나게요. 난 책 내고 그러는 것 별뜻이 없는데, 남편이 자꾸 권해서. 담엔 차분히 작품들 보시면서…….

검토라뇨, 잘 감상해보겠습니다.

몇 걸음 아래로 함께 걸어 내려오는데 다시 노랫소리가 들린다.

삼천리강산에 새봄이 왔구나
농부는 밭은 갈고 씨를 뿌린다~

모로 누운 채 말도 안 되는 노랫가락을 흥얼거리는 사람, 여기 어느 한적한 마을, 아직은 추운 기운이 남아 있는 이른 봄, 마을 정자에서 넋을 놓고 있는 저 사람은 왜 저렇게 되었나. 먼저 떠난 동생의 무서운 기억이 전염되었을까. 무서움이 얼마나 무서우면 전염이 될까.

조팝나무 꽃 필 때 오세요.

연락하세요, 저는 토요일이 좋은데요.

손에는 가벼운 유에스비를 받아들고 맘에는 모로 누운 앙상한 그림자를 무겁게 안고 발걸음을 옮긴다. 삼천리강산에 새봄이 왔구나~. 벌써 들리지 않을 거리만큼 멀리 떨어져 왔는데도 귓가에 그 요상한 멜로디가 아스라이 따라온다. 새봄은 누구에게나 오는 것일까, 정말 누구에게나.

산의 소리

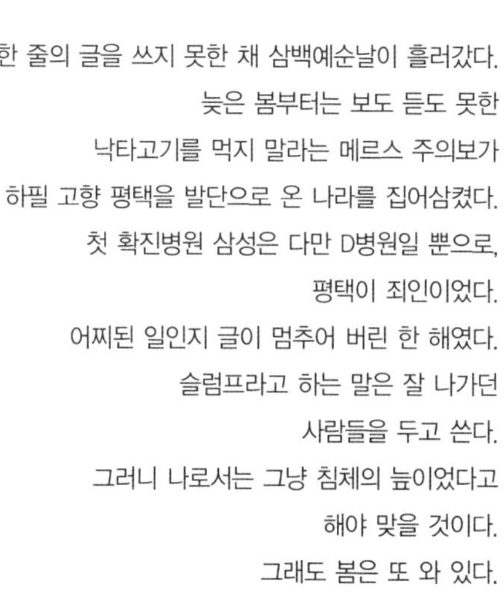

한 줄의 글을 쓰지 못한 채 삼백예순날이 흘러갔다.
늦은 봄부터는 보도 듣도 못한
낙타고기를 먹지 말라는 메르스 주의보가
하필 고향 평택을 발단으로 온 나라를 집어삼켰다.
첫 확진병원 삼성은 다만 D병원일 뿐으로,
평택이 죄인이었다.
어찌된 일인지 글이 멈추어 버린 한 해였다.
슬럼프라고 하는 말은 잘 나가던
사람들을 두고 쓴다.
그러니 나로서는 그냥 침체의 늪이었다고
해야 맞을 것이다.
그래도 봄은 또 와 있다.

봄날이었다. 온도 차가 요동을 부리는 사이, 따뜻한, 봄날 같은 봄날에 대한 기대가 일렁였다. 대학의 봄은 구성원들 따라 다르게 온다. 새내기의 봄과 고학년의 봄이 다르듯이, 정규와 비정규는 칼로 에듯 다른 모양으로 봄을 맞는다. 학기가 모양새를 잡아가기도 전에 뒤숭숭한 소식들이 쏟아졌다. 주로 이메일을 통해서 밀려오는 걱정들이다. 그것들은 문자로 왔지만, 우리는 눈만 마주치면 그것들을 재연하느라 귀가 아렸다.

전국강사투본 입장으론 연구강의교수 제도가 오히려 비정규 트랙 강화라고 단언하네요.

그도 재계약이 보장되는 것도 아니고.

그래요, 김○○ 남○○ 선생이 우리의 내일이지 뭐.

15년 강의 잘 하다가 대우교수인데도 잘리고는 15년 투쟁 중이고, 10년 넘게 강의하면서 우수강의에 몇 차례씩 뽑혀도 어느 날 순간에 해고되고, 것도 이메일로요.

이메일로 해고 통보를 받았다는 남○○ 선생 이야기가 나오면 난 더욱 기가 죽었다. 같은 프랑스어과에, 또 비슷하게도 여자대학교다. 프랑스에서 13년이나 공부를 했다는 학구파로, 나보다 훨씬 선배이지만 같은 시기에 대학 강단에 섰다는 공통점이 있다. 난 상황에 밀려서 스스로 자리를 뺀 경우였고, 그 선배는 우수강의상을 받으면서 여전히 희망을 보고 있다가 느닷없이 해고당했단다. 나도 계속 모교에 얼쩡거리고 있었더라면 게서도 잘렸을까. 온몸의 피부가 얼음인지 마그마인지 모를 강렬한 자극으로 움츠러들곤 했다.

지난 한 해는 시쳇말로 멍 때린 나날이었다. 설 며칠을 맘 편하게 지내지 못한 데서 시작되었을지. 보퉁이보퉁이 먹을 것을 챙겨 싸주신 어머니, 3월 살 일 걱정하시며 미리 가만히 용돈을 넣어주신 아버지 생각을 떨칠 수 없어 무거운 나날이었다. 어머니나 아버지나 모처럼 집에 와서 일 없이 쌍용차 굴뚝 농성을 걱정하는 딸이 더 걱정되었을 것이지만, 딸은 어머니 아버지의 딸 걱정을 모르지 않으니 누구의 가슴이 더 무거울까.

연인들이 사랑보다 사탕을 나누는 화이트데이가 찾아왔지만 모두에게는 아니었다. 그날 평택 공장 정문에 몇백 명 사람들이 모여들어 철조망에 자물쇠를 거는 행사를 가졌다는 보도가 쪼그맣게 실렸다. 사탕 같은 빨간 하트 파란 하트, 각양각색의 자물쇠는 더 이상 상징적일 수 없었다. '힘내세요', '이긴다', '전원 복직' 글귀와 함께 자신들의 이름을 써서 연대의 의미를 새기는 사람들, ㅎ중공업 사람들, ㅁ송전탑 반대 할매들도 모였다고. 살을 에는 추위 속에서 70미터 높이의 굴뚝에서 외로운 농성을 택했던 두 사람 중 한 사람은 땅을 밟았지만, 아직 한 사람이 남아 있는 때였다.

그러다가 '말이 씨가 된다고', 오히려 굴뚝 농성 관련해서 이야기 나누다가 아버지가 꺼내셨던 70년대 '똥물 사건'의 먼 후유증을 두 눈으로 목격하게 될 줄이야. 어떤 도록에 서사와 편집 일감을 소개받아 찾아간 시골 마을에서였다. 마을 가운데 정자에 덩그러니 혼자 앉은 앙상한 몰골의 노인네가 몸으로 말하고 있었다. 외약손 이리 내놔봐. 시상에, 얼매나 아펐을겨. 나를 어느 순간 '사건'의 후유증을 앓다가 죽은 여동생으로 알았는지, 재봉틀 속에 딸려가서 병신 된 손을 내놓으라고 달래던 할머니. 나는 이 순간에도 왼손이 저려오는 것은 느낀다. 졸음 사이로 엄지와 검지 사이로 재봉틀의 바늘이 달려와 꽂힌다. 타이밍, 아아, 약 먹는 것을 잊었구나. 으아악!

지난해, 그렇게 봄이 왔다가 갔다. 여름가을겨울도 왔다가 갔다. 여름방학엔 메르스로 놀란 평택 집에서는 아예 귀향을 금하셨다. 이곳은 청정 지역이라는 이름으로 세계 대회도 치르고 아시아 단위 문화전당도 개점하는 기염을 토했다. 나는 이 도시의 생기(?)를 따라가지 못했다. 원룸에 박힌 날들이 더 늘었다. 강의 없는 겨울에도 세배만 겨우 하고 내려왔다. 서로 대화를 피했다는 것이 맞다. 삼백예순날 무엇을 어떻게 살았는지 기억도 없다.

올해도 어김없이 봄날이 다시 왔다. 이번엔 쌍용 굴뚝이 조용했다. 마지막 굴뚝새마저 굴뚝을 내려와서 투항한 지 오래고, 변화는 사전 속에 죽어 널브러진 단어에 불과했다. 총선이라는 칼바람마저 불어댔으니, 봄날 같은 따뜻한 봄날에 대한 기대는 사치였다. 학기가 시작되어 모여든 이들은 뒤숭숭하다 못해 외계어 같은 소리들을 쏟아냈다. 뭐가 뭔지 모를 '정견'에 고개가 갸웃거려지기도 했다. 이메일을 통해서는 언제나처럼 우리 비정규의 단결을 촉구하는 소식들이 밀려왔다. 그것들은 늘 문자로 왔지만, 우리는 눈만 마주치면 그 소식들을 곱씹느라 입과 귀가 아팠다.

대학교육협의회 농간 좀 봐요, 오히려 강사법을 폐기해서 교원 신분 회복을 없던 일로…….

어떻게 임상 강사만 인정하고 일반 강사는 교원 지위 건에서 제외시키려 하니.

1년 계약과 4대 보험 덧붙여 퇴직금까지만 보증해줘도 언감생심…….

평생을 강사로 늙어가기도 어렵게 된…….

그러게, 부산 ○○대 대선배님 말이요, 그 정도로 인정받는 학자가 그리 되실 줄이야.

훔볼트대학 근대 서양철학 전공이셨대죠, 아마.

나름 유명했지요, '성과 사랑'이라거나 '차별과 차이'는 학내 최고 인기 과목이었고.

지상파 방송에서도 일반 대중 상대로 '인간학', 뭐, '행복의 조건', 그런 강의로 호응 좋았대요.

무슨 소용.

자살이라니, 자살. 아무리 자살률 높은 나라라고 하지만, 참.

작년엔가 1년이면 1만 4천 명에 이른다는 통계가 있던걸. 하루 거의 40명이라고요.

거야, 한국 사람들이 유독 우울증 치료를 꺼려서 그렇다고도 하고.

그 말은 안 맞아요. 우울증은 여성이 취약하다는데, 자살은 남자가 여자 두 배 더 넘으니. 사회적 원인이 더 큰 거네, 뭐.

인정받는 학자 생활 만년에 빈곤으로 자살이라니.

빈곤, 그래요. 여기 서○○ 샘, 그 왜, 논문 54편 대필했다고 유서 남기고 간 사람, 본인이 스트레스성 자살이라고 규정했었다지만, 빈곤 역시…….

그런데도 문제의 지도교수는 잘도 정년퇴임까지 갔다는 걸 보면, 참.

그 교수가 자신이 안 썼다고 실토를 했는데도, 대학 조사위에선 그걸 공동 연구니 관행이니 그랬다면서요. 그러니 경찰도 검찰도 법원도, 아니, 사회 전체가 그냥 용인하는 겁니다요.

공동 연구란 애초에 불가능에 가까운 것 아닌감? 다분히 창의적인 해석을 전제로 하는 인문학에서는.

아, 우리 이번 주말 무등산에나 가봅시다려!

견디다 못한 누군가가 엉뚱한 소리로 숨통을 텄다.

그랬다. 우리 모두는 살고 죽는 소리 아닌 다른 평이한 소리들을 그리워했다.

털고 싶다. 다 털고 싶다. 사람의 소리들을 털고 싶다. 그래, 무등산 팀에 슬쩍 끼어보자. 몸도 맘도 가볍게 원룸의 계단을 내려간다.

1187번 버스를 타면 되거든! 신안사거리에서 광주역 방향으로, 방향 틀리면 안 되고!

나를 인도하는 것은 여전히 사람의 소리다. 나를 외지인 취급하는 신 선생의 말투를 떠올리며, 내가 광주 사람은 아님을 실감한다. 이 시대 보통 사람들이 느끼는 분노의 방향을 아는지 모르는지, 내 생각으로는 번지수가 사뭇 틀린 분개한 목소리들을 이해할 수가 없는 것도 그렇다. 민주의 성지에서 제 당을 버리고 나간 인사들을 옹호하다니! 난 물론 정치적 감각은 꽝이니까.

어디서 돌아오는지 모르겠지만, 신안사거리에서 탈 때도 버스엔 거의 빈 좌석이 없었다. 버스의 흔들림에 몸을 맡기며, 창밖으로 나는 벌써 보이지 않는 산을 보고 있다. 누군가는 자연이라고 하면 대지를 흙을 말할지 모르지만 내게는 산이 자연이다. 높은 산은 그대로 거대한 자연의 품일 것 같은 상상으로 자랐다. 고향 팽성에는 산이라고야 100미터 남짓 되는 것들뿐, 동네에 걸어서 10분도 안 걸리는 부용산은 정말 나지막한 언덕에 불과하다. 평택 이름이 그렇지, 조선 초기 어느 문신이 지은 시에 "물은 천천히 흐르고 산은 낮으며, 옥야는 평평한데 주민들은 골골마다 밭갈이를 일삼노라" 했다는 곳 아닌가. 그래서인지 산은 내게는 꿈의 장소였다.

파리 생활 첫해에 여행이랍시고 국경을 넘은 곳이 다보스였다. 토마스 만의 『마의 산』을 읽으면서 동경하던 산, 마의 산이 그곳이었으니까. 베르니나 특급 등 접근성도 좋지만, 누가 스위스에 갈 기회에 다보스를 놓칠 수 있을까. 끝없이 이어지는 천 년 묵은 전나무들…… 오래 묵는 사람들은 스키를 즐기기도 하겠지만, 잠시 방문한 여행자들에겐 산 자체가 온 정신을 빼앗아버려 아무것도 하고 싶지 않게 하는 그곳. 그저 산만을 바라보고 산을 숨 쉬라고 말한다. 소설에 등장하는 폐결핵 요양소, 병약한 유럽 시민 계층의 집합소인 그곳으로 사촌을 방문한 주인공 또한 병이 들어서……. 병과 죽음이 여전히 정신적일 수 있다고 믿는 세상이었다, 그때는. 정신이 육신의 우위에 있다고 믿었던 시대였으니까.

한 세기가 지난 지금은 다르다. 몸과 맘의 길항 작용은 효력을 잃었다. 미국에서는 휘트먼쯤부터는 알았다. "영혼은 몸보다 더한 것이 아니고, 몸은 영혼보다 더한 것이 아니다. 그리고 신도 그 어떤 것도 누군가의 영혼보다 더한 것은 아니다."라고. 몸과 맘은 하나다. 그만큼 확실한 사실이 산은 인간보다 거대하다는 것이다. 오늘 산에 이르면 잠시라도 산의 소리에 취하고 싶었다, 눈을 감고, 인간의 소리를 잊으며.

버스는 시내 길을 한 30분 가더니 산길을 한참 돌아 종점 원효사에 도착한다. 버스 실시간 정보를 볼 생각도 않고 집을 나선 탓에 정류장에서 기다린 시간까지 하면 한 시간 남짓 걸렸다. 기분은 시쳇말로 째지게 좋았다. 얼마 만인가. 산의 정상은 아니라 해도 정상 같은 느낌을 받는 그런 곳이었다. 이런 높은 곳에도 절이 있고, 또 이 엄청난 사람들이 운집하는 곳이라니. 버스도 둘이나 정류소에 쉬고 있었다. 바로 아래 너른 주차장도 차들로 거의 빈 데가 없었다. 그러니 얼마나 많은 사람들이 벌써 이 산 속으로 흡입되었을지, 새삼 놀랍기도 하고, 그중의 일원이 되었다는 뿌듯함도 든다.

여기야, 한샘, 빨리 오네! 벤치에서 일어나며 손을 흔드는 쪽에서 나는 소리다.

산에서 나를 반기는 것도 우선 사람의 소리다.

아, 신샘, 더 빨리 왔네! 난 잘 모르니까 미리 온다고 온 건데.

누가 늦었대나!

우리는 저절로 편하게 말을 하고 있었다. 자연에서 만나면야 어중간한 상표 떼고 친구다 싶다. 중요한 건 3월이 가기 전에, 그러니까 더운 기운 나기 전에 무등산을 만나는 일이다. 아니 이미 만났다. 첫 모습은 버스 정류장의 형태로서. 벤치 주변에는 깡통이나 휴지들이 뒹굴고 있어 조금은 실망스러운 모습으로.

절이 참 높은 곳에 있네.

그래, 원효사, 엄청 유서 깊은 절이야. 6세기엔가 지었대. 지증왕인가 법흥왕 때라고 하니까.

우와, 그런데 웬 지증 법흥이야? 그때 설마 여기가 신라의 땅이었나?

절의 역사란 것이, 아니 역사란 것이 원래 우물쭈물 아닌가.

뭐야, 큰일 날 소리. 역사를 우물쭈물 써도 된다는 말로 들리네. 암튼 이렇게 높은 곳에 있는 절이라면 역사 속의 전화들은 피했겠네.

웬걸. 임진왜란 땐가 정유재란 땐가 다 탔고, 동란 때도 또 탔다던데. 그 후 제대로 지은 것이 지금 모습이래.

이 높은 산 위도 피해갈 수 없는 것이 전쟁인가. 그래도 짓고 또 짓고…….

어, 유민샘이네.

어, 박샘이랑 같이 오네.

어, 두 사람 썸 타?

글쎄, 두고 볼 일. 후훗.

절로 가는 길 – 재미있는 이름의 찻집인지 밥집인지가 웅장한 일주문 옆에 있었고, 우리는 절로 가는 길을 따라 절로 갔다. 곧 나타나는 건 작은 성벽처럼 늘어선 축대 위에 한 칸짜리 사모지붕의 범종각이다. 내가 정말 오랜만에 이런 풍경들을 보는지, 이어지는 한 줄 여섯 개 기둥의 회암루 대청마루에서만 한나절 쉬어가도 좋겠다 싶어졌다. 그래도 숙제처럼 절 마당에서 서 있는 보살상과 금강역사상을 돌아, 너무 인공적이다 싶은 감로정이라는 이름의 작은 샘, 바위틈에서 졸졸 흘러나오는 약수 한 쪽박 마시고……. 원효대사의 진영을 모신 개산조당, 말끔한 느낌의 굽은 담장 너머에는 무등선원이라는 수행의 집도 얼핏 건너다보고서야 절을 나왔다. 절의 소리, 불경 소리는 내가 고대하는 산의 소리는 아닐 터.

곧 등산객 수를 수집하는 계산기 앞을 통과하고 나니 비로소 산길이 나온다. 나는 공식적인 숫자가 되어 산에 발을 들여놓았고, 산은 나를 하나의 숫자로 기억할 모양이었다. 어딜 가나 겨우 숫자로서 존재한다는 공포심이 잠시 되살아났다. 세계 인구, 한국인, 여자, 미혼, 비정규…….

산행이 시작되었지만 이상하게도 여전히 아스팔트 길이다. 하지만 좌우가 숲이니까, 숲의 나무들이 엄청 높아서 산길이 맞나 보다. 산길은 놀랍게도 나뭇가지 끝에 어른거리는 연보랏빛으로 사람을 맞는다. 상식적으로 연둣빛을 기대하던 내 눈에 불그스레한 보랏빛은 의아했다.

어, 웬 보랏빛이네. 분홍빛. 이게 무슨 나무들이야, 꽃부터 피는 나문가?

에이, 한샘 꽝이네. 이파리들이 움트는 자리지. 이파리를 틔워내는 껍질들, 그게 나중에 갈색으로 붙어 있을 받침들이지.

난 또.

유민샘의 직답에 시원하면서도 머쓱해졌다.

보랏빛이든 연둣빛이든 빛의 변화, 그게 봄 색깔 아냐? 그리 생각하려다가 문득, *봄빛은 나뭇가지의 목을 분지른다*, 라던 소리가 귀를 때린다.

그 긴 겨울을 견뎌낸 나뭇가지들은

봄빛이 닿는 곳마다 기다렸다는 듯 목을 분지르며 떨어진다.

……그러나 부러지지 않고 죽어 있는 날렵한 가지들은 추악하다

내게는 이해하기 어려운 시들이었다, 그 시인의 시는. 시란 본디 어려운 글이다. 다른 사람들은 잘 이해할까. 나뭇가지들이 봄빛에 닿아서 분질러지는가, 정말로. 버거운 양의 눈도 버텨내고 있다가 하필이면 봄빛에 닿아서 분질러질까. 툭 끊어져 죽어버리지 않고 되살아나려는 이 늙은 가지들에 피어나는 여린 숨이 추악하다고? 가지들을 올려다보는 내 목이 먼저 분질러질 참이다.

뭐해, 한샘, 벌써 지치는 거야?

저만치 앞서던 신 선생이 뒤를 돌아 소리친다.

으응.

으응, 뭐?

간다고!

그런데 이게 무슨 소린가. 아주머니 둘을 앞질렀더니 계속 소리가 따라온다.

딸년이 아니라 빨대지, 완전 빨대.

빨대라니. 댑다 뭔 말이래?

정금이 말이여, 딸년이 아조 대놓고 지가 엄마 빨대라 그란다네. 절에서 봐도 그래. 즈그 엄마한테 빨대질 맞더라고. 직장 조까 댕긴다고 저 치장허고 나갈라, 꼬맹이덜 학교다 어린이집이다 보낼라, 신랑 밥도 못 해준다고 아예 꼭두새벽부터 엄말 불러댄다더라고.

요새 아덜이 죄 그라제 뭐. 그라도 시집이라도 갔응게 낫제. 다 큰 아덜 틀어 안고 사는 집 어디 한 둘이당가.

맞어, 아예 처녀 총각 귀신나게 생겨서는, 돈 벌로 안 나가는 아덜도 쌔았다고 하데 뭐. 참, 명숙이 아들은 미국서 졸업장 땄어도 도로 왔다잖은가. 거그도 취직이 안 된갑제.

미국이라고 대졸이라고 다 취업이 되겄어. 세상이 취업 전쟁턴가 벼. 인구가 많어 그러겄제. 묵을 입은 많고 일자린 없고. 자동환가 뭔가 기계가 사람보다 낫으니까 사람 들어갈 자리가 줄제. 알파곤가 멋인가 좀 보소. 한 판은 어쩌고 이겼다 해도……

사람 암것도 아녀 참. 기계가 사람 일 다 해중께 편한 세상 왔다고 했는디, 그럼 인자 더 좋은 세상은 없겄네. 참, 세탁기 첨 나왔을 때 얼마나 좋았는가잉. 나넌 유난시레 손등이 까지고 그랬는디…….

좋은 일도 다 도가 있는 거여. 달도 차면 기웅께.

두 사람의 끈질긴 넋두리는 그칠 줄을 모른다. 하필 보속이 비슷한지 소리는 계속 뒤를 따라온다.

그란디 희자 있잖어, 에지간히 희희낙락거리더만은.

먼 말?

아들 고시 합격했을 때도 그랬제만 연수원 졸업허기도 전에 재벌 집 사우 돼 갔잖어. 금방 또 판사로 발령 났고. 그땐 쪼까 뻐겼제. 근디 당아도 즈그 사는 집에 어메 아밸 오락 허덜 않은다잖어. 잘나도 병 아녀.

잘나믄 내 아덜 아녀, 나라 것이고 장모 것이제.

그나 무장 부모 자석 간에도 잇속인지, 멋이나 써먹해지니께…….

못 살겠다. 일정하게 뒤따라오는 푸념들은 머리를 돌게 했다. 더러 옳은 소리도, 그 나름대로 의미도 있겠지만, 그것은 내 귀에는 다만 소음이었다. 목청들은 또 왜 그리 큰지. 툭 터진 공간에 나오니까 소리가 흩어지리라는 본능이 소리를 더 크게 내지르게 하는지도 몰랐다. 두 번이나 뒤를 돌아보며 예사롭지 않게 주시했지만 소용없었다. 좀 시끄럽소, 라는 내 눈짓에 영향 받을 사람들도 정황도 아니었다. 순간 그들에게는 세상에 친한 둘만 있었다. 아무래도 미리 보내주어야 할 것 같아서 벤치로 피했다. 이만허면, 머시 어짜고…… 다행히 그런대로 소리가 앞서며 먼저 길을 오른다.

저들은 얼핏 보아도 울 어머니 또래다. 어머니도 친구랑 산 나들이라도 하실까. 가만, 팽성엔 산다운 산이 없지. 안성의 고성산도 300미터도 안 된다. 산책이라도 가실까. 어디로 가실까. 평택대학교 캠퍼스로 벚꽃 구경이라도 가실까. 나들이 길에 친구하고 우리들 이야기를 하실까. 큰애는 프랑스서 박사 해 와서도 교수 되긴 어렵나 봐, 시집도 안 가고 큰일이다. 막내는 미국 보냈더니 – 옥실은 일찍 미국에 정착한 큰아버지의 양녀가 되었다 – 미국 사람하고 결혼해서 미국서 살아버리네. 조금 덜 쌩쌩한 둘째 하나가 결혼해 애들 낳고 가까이 살 뿐인데……. 아들이 없어 한탄이라도 하실까.

아서라, 일 떠나 집 떠나 산에 왔으니 집 생각일랑 집에 두자. 정말 산의 소리가 그리워 숲 속으로 귀를 기울였다. 새소리 벌레 소리 하나 없다. 당연히 바람 소리도 없다. 갑자기 아버지가 돌발성 난청으로 고생하셨던 생각이 났다. 아버지가 그런 상황을 맞닥뜨렸을 때는 오히려 파도 소리 비슷한 소리들이 들리셨다지. 그러니 이런 무음은 난청은 아냐. 이 조용함은…….

눈을 슬며시 감고 크게 숨을 들이쉬며 산의 공기라도 느끼고자 했다. 공기 속에 황사 섞이듯 소리 가루 같은 것이 섞이지 않을까? 순간 엄청난 노래방이 통째로 다가오는 착각에 빠졌다. 쿵짝쿵짝 반주에 맞춰 대형 마이크를 통해 울려나오는 소음이었다. 그것이 하필 바로 코앞에서 울려댄다. 아뿔싸. 반사적으로 눈을 뜨며 일어서니, 노란 통실한 배낭과 노란 통실한 사람이 옆 벤치에 한데 멎어 있고, 소음은 거기서 뿜어져 나오고 있었다.

미친놈.

깜짝 놀랐다. 내 입술 밖으로 소리가 새어나와버렸다. 소리가 작았는지, 상대가 천둥 같은 기계음 소리에 휩싸여 못 들었는지, 칼부림은 나지 않았다.

못 말리는 인간이네.

내가 어처구니없어서 벤치에서 물러서려는 사이에 신 선생이 다가와 속삭인다.

그러게, 앞뒤가 안 맞는 인간이야. 자연사랑 산악회 노란 리본을 펄럭이지 말든지 공해 물질을 유발하지 말든지.

저렇게 노래 크게 들으려면 산엘 왜 와.

우리가 된통 큰 소리로 두런거려도 노래방 인간은 못 듣는 모양새였다.

와 여 섰노. 퍼뜩 가자.

다른 노란 리본이 노란 노래방을 채근하며 지나간다.

가만 있어 보래이.

신 선생이 거기다 비꼬아 뭐라 큰 소리를 내질러보아야 어림없다. 그저 서둘러 기계의 소음에서 도망칠밖에. 휴우, 숨을 몰아

쉬며 빨리 자리에서 멀어져야 했다. 이럴 땐 다행으로 오르막인데도 경사가 거의 없다. 오른쪽으로 한 번 굽는 삼거리에 쉼터가 나온다. 늦재라더니 만치정이라 쓰여 있다. 원효가 팔경으로 헤아렸다는 이곳 나무 벤치에 앉아 만치초적을 상상해본다. 해질 무렵 나무꾼들이 부는 풀피리 소리, 문득 그 소리가 그리워진다. 무엇이든 발전하는데, 있었던 것은 왜 사라지나. 발전이란 확장이 아니고 대체련가. 풀피리 소리는커녕 무리지어 떠들어대는 사람들 소리에 떠밀려 일어선다.

가자고, 더 쉴 것 없어. 계속 이 높이야.

산길이 아니네, 정말, 여기 무등산 이름은 이렇게 평평하고 가파르지 않는 산이란 뜻이라지?

아, 그건 아니고. 광주의 원래 이름 무진과 무등이 같은 어원이라는 설.

어떻게?

'무진(武珍)'이 원래 한자어가 아니라 차자 표기니까. 그 '진' 자의 한자 새김이 '들'에 가깝고. 그래, 실은 '무들'이나 '물들'에 가까운 소리라고. 물이 많은 들판. 무등도 무들에 가깝잖아, 그래 물이 많은 들판에 있는 산, 뭐 그런 것.

물이 많은 들판이면, 예부터 농사는 잘되었겠네.

그렇지. 마한 고분군이 나주에서 발견된 걸로 보아서는 저 아래 나주평야만은 못했겠지만. 하긴 그보다는 무등산 이름이 깨달음과 관련이 있다는 설도 있걸랑.

놀리지 마. 무등산은 이름 그대로 계급이 없음을 상징한다고, 광주 사람 아닌 나도 아는데. 광주 오기 전부터도 '아아, 광주여 무등산이여' 그런 시 정도는 아는데 왜.

맞아, 슬픈 현대사와 맞물려 보통은 계급이 없다는 식으로 평등을 지향하는 정치 구호쯤으로 알려져 있지. 헌데 원래는, 그니까 예전에는 오히려 등급이 없는 최선, 절대선의 의미였다고 하거든. 불교가 전래된 담에, 부처란 세상 모든 중생과 견줄 수 없이 우뚝하다는 존칭으로 무등산이라 불렀다는 이론이야. 고려 때는 여기 300개가 넘는 암자가 있었을 만큼 속세보다는 종교적 색채가 강했다고 하거든.

어, 그런가.

가자고.

거기서 바람재까지는 완전한 평지였다. 제대로 갖춰 입은 등산복이며 장비들이 무안하리만치 그냥 평범한 길이다. 왼쪽 언덕으로 건물들 대신 산철쭉이 다를 뿐.

갑자기 새소리가 들렸다. 첫 번째 산의 소리다. 참새보다는 꼬리도 길고 큰 새, 날씨로 보아 굴뚝새는 아닌, 별로 예쁘지는 않은 새 한 마리가 앞장서듯 날아간다. 어디선가 보았던 새였나? 바람재 470미터라 쓰인 표석을 안고 인증 사진 한 장. 원효사가 해발 450미터였으니까 높이로는 겨우 20미터를 오른 것이다. 새는 건너편 가지에 앉아 있다. 더는 울지 않는다.

새소리를 기억하고자 했다. 재생이 안 된다. 기호화되지 않아서 기억도 재생도 안 되는가? 뭐야, 그럼 그리운 산의 소리라는 것을 결국은 담아 가지 못하는가? 기호를 모르니 표기할 수 없고, 표기할 수 없으니 저장이 될 리 없다. 언어라는 것, 인간의 언어로 표기하지 못하는 것들은 저장되지 않는다니. 기호화되지 않은 소리는 소리에 불과하다. 아름답게 느꼈더라도 그저 아름다운 소리에 불과하다. 정체를 기록할 수 없다. 정체를 모른다. 정체가 없다.

여기선 밥을 못 먹어.

밥 소리가 유의미하게 들린다. 밥이라는 소리가 무엇인지 너무나도 잘 알기 때문이다.

왜?

사람들이 워낙 드나들어. 저쪽으로 조금만 가면 한적한 곳이 있는데. 저쪽 중머리재 쪽으로.

너무 멀지!

아니 게까진 아니고, 조금 가면 토끼등, 게서 조금만 가면. 살짝 가파르긴 해도 조금만 가면 된다고.

아까 철쭉쉼터 덕산정으로 돌아가지.

인생에 되돌이는 없어. 험지라도 그냥 앞으로 내닫는 거지.

산에 올라서도 철학 하시네, 휴우.

설왕설래 중에 어디가 어디인지 모르는 나는 큰 숨만 내쉴밖에. 결국 여전히 평평한 길을 따라 소리정에 이른다. 정자마다 이름이 있지만 소리정이라니. 흩어지는 일행을 불러 모으기엔 참 좋겠다 싶다. 자신의 위치를 알고 있어서 나쁠 것도 없고. 그런데 웬 소릴까. 여기에선 정말 산의 소리를 들을까. 그건 아니었다. 저 아래 쪽에서 뭉클뭉클 사람들이 쑥쑥 올라왔다.

아, 그쪽이 증심사에서 올라오는 길이라서 그래. 그냥 이리로 와!

갑자기 가파른 울퉁불퉁 길이 나타난다. 잠시 헉헉대는데 백운암처라는 작은 정자가 나온다. 크기는 작아도 이곳 오기가 힘들어서인지 빈 나무 탁자들이 남아 있다. 시간도 점심시간이 조금 지난 편이다.

그런데 아까 저 아래는 왜 소리정? 거기만 소리가 특별할까? 다를까?

거참, 우선 밥 먹읍시다요. 어, 배고파.

이것저것 어울릴 리 없이 아무렇게나 꺼내놓은 밥들은 보기보다 훨씬 꿀맛이었다. 그러다가…….

밥맛 좋으요. 다 이리 먹고살자고 하는 일인데…….

대체 얼마나 힘들었으면 스트레스성 자살이란 유언을 남긴다냐.

그러게. 고등교육법에서는 교원이 아니고, 근로기준법에도 지위가 없으니, 우리는 유령이란 말이지.

일용직 노동자지 뭐.

일용직도 사람이다 그 말요.

우리는 밥만 먹으면 그 문자들 그 소리들에서 벗어날 수가 없음을 재삼 확인해야 했다. 물론 우리의 현재와 미래를 외면한다는 것은 어불성설이다. 냉철히 생각하고 대처해야 한다. 뭔가 유의미한 행동을 해야만 한다. 아님 누구라도 먼저 힘이 약해지면 그만 움켜쥔 손을 스르르 놓고 말 것이다. 54편의 논문을 쓸 수 있기도 전에 손을 놓아버릴 것이다. 책상에 쌓아놓고 온 벙어리 문자들이 천 톤의 무게로 짓눌러왔다. 산 위의 나를 아래로 아래로 끌어당겼다.

누가 먼저랄 것도 없이 우리는 내려오는 길로 접어들었다. 해발 500미터에도 이르지 못했으니 반도 못 올라왔지만, 오르는 일에 매력이 있을 리 없다. 생이 내리막인데. 이리 젊어서 벌써 내리막인데.

모든 내리막처럼 내려오는 길은 수월하다. 박 선생은 성큼성큼 뛰어 내려가더니 언제부터 흔적도 없다. 일행을 따르자니 나무를 올려볼 틈이 없다. 상수리나무들은 겨울이 되어도 바싹 마른 잎들이 더러 매달려 있다더라, 봄엔 어떨까. 눈에 보이는 건 땅에 떨어져 깔려 있는 침엽수 이파리들이다. 앞서 내려가던 사람들이 낮은 바위 아무 데나 앉아 기다리고 있다. 할 말들이 없어져서 입을 꽉 다물고들 앉아 있다. 곁에 주저앉으면서야 침엽이 떨어져온 가지들을 올려다보게 되었다.

부러지지 않고 죽어 있는 날렵한 가지들은 추악하다.

죽은 가지들은 부러져 떨어져버려야 추악하지 않다니. 낙오자가 되었으니 툭 부러져 떨어져버려라? 추하게 생에 매달리지 말고? 모르겠다. 식물학적으로는 그 시인의 말이 맞을지 모르겠다. 식물학적으로 '죽어 있는 가지들은' 새순을 내지 못하겠지.

서른도 안 되어 죽어버릴 거면서 하필 「노인들」을 읊은 그 젊은 시인은 죽은 가지 툭툭 부러지는 봄 소리를 들었구나. 그래도 죽어 보이는 그런 앙상한 가지에서 연초록 새순들이 나오지 않는가. 나무들의 생존 전략에 박수라도 보내고 싶다. 말라비틀어져도, 더 말라 거의 죽어 있어 보여도, 마지막 숨을 놓지 않았다가 새순을 내는 너희들. 한껏 소리를 질렀더냐?

그래, 나무의 생존 전략은 그런 것이다. 어떤 동물들보다 오랜 억겁의 진화를 거치는 동안 생성된 식물의 생존 방식이다. 생존 방식이란 그것이 어떻다 해도 추악할 리 없다. 생명은 생명으로 아름다울 권리를 가져 마땅하다.

문제는 이 우월한 지구상에서 살 수 없음을 절감하는 저열한 사람들이다. 우리들 또한 벌써 아름다움을 잃었다. 다른 사람의 넋두리는커녕 시마저 못 읽어낸다. 코앞의 생존에 매달려 다른 사람에게 귀 기울일 틈이 없다. 겨우 끼리끼리 말한다, 우리들끼리, 비정규끼리. 급하면 서로도 외면한다. 모교에서의 뼈아픈 기억을 되새긴다. 은사님이 정년하시면 당연히 내 차례려니 믿어왔던 시간들이 물거품이 된 건 순간이었다. 추월에는 예고가 없었다. 결과는 지방시 신세다, 지방대학 시간강사.

그래, 출세가 대수냐. 내가 공부한 대로라면 루소는 그렇게 말했었다. 작가란 출세에 연연해서는 안 된다고. 생계를 위해 사고하는 사람이 고상한 생각을 하기는 힘든 법이라고. 나는 그런 위대한 작가와는 다른 차원을 살고 있다. 그저 공부를 더 하면서 작은 글을 쓸 수 있을 만큼의 생필품이 필요한 왜소한 존재일 뿐이다. "누구나 다른 사람의 밖에 있다." 잊었나 싶으면 떠오르는 말이다. 정신적으로는 사르트르 계열, 전후 독일의 하인리히 뵐이었다. '어릿광대' 비슷한 제목의 소설에서 '다른 사람의 밖'은 실존철학적 의미로, 지금처럼 생존을 위한 필사적인 전쟁터를 의미하지는 않았다.

잠깐, 웬 거장들 타령이냐. 전설이 된 그들은 이곳 산이 아니라 책상에 붙어서 날 노려보고 있음만으로 족하다. 그들은 나의, 내 생활의 대상일 뿐이다. 나는 혼자임을 애석해하지 않으니 그들의 조언이 불필요하다. 혼자임은 생물체의 근본 속성이다. 타인이 딱히 필요하지도 않다. 나의 정서를 위해서, 오늘은 오직 산의 소리가 간절히 필요했을 뿐이다. 여기 어딘가에 분명 산의 소리가 있을 것이다. 내가 표기할 수 있건 말건 소리는 있어야 한다. 있어 마땅하다. 생각을 접고 감각을 집중해서, 산 냄새를 느끼고 산의 소리를 듣고 싶었다. 산에 침입한 인간들 아닌, 어떤 본래적 산의 존재가 토로해내는 소리를. 하지만 걱정의 소리들을 가득 품고 산에 들면서 산에서 온전히 산의 소리만을 탐한다면 그것은 욕심인지도 모를 일이다. 내가 들어섬으로 인해 이미 손상된 산은 제 소리를 내지 않는다. 아니, 산은 소리를 내고 있지만, 소리를 기호화해서 듣고 기억하는 인간이 듣지 못하는지도 모른다. 죽은 나뭇가지 분질러지는 소리, 마른 가지 껍질을 뚫고 움이 트는 소리를……. 아니, 나는 다만 내 울음소리만을 듣느라, 산의 소리를 듣지 못한다. 산은 산 높이가 아니라 별자리까지 가닿을 머나먼 거리로 내게서 떨어져 있다.

밥 먹다 말고 집단 우울증에 빠져서 서둘러 내려가는 이 길에서 싱겁게 산 나들이가 저무는 모양이다. 그저 고통스러운 문자들의 아우성을 잠시 피했다는 안도감은 원룸의 방문을 여는 순간 사라질 것이다. 이제 다시 시작이다, 농아들의 전쟁이여…….

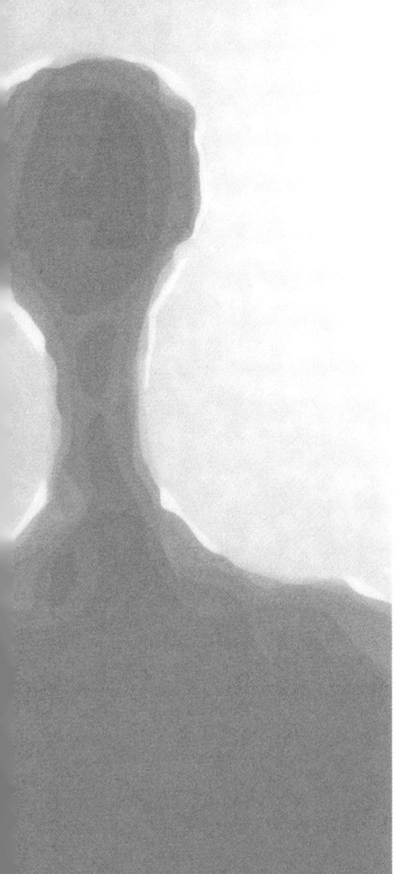

다른 사람의 죽음

– 페트라 켈리를 기억하기 위해서

언젠가 꿈속에서 아무런 맥락이 없이 나타났던
옛 동창생을 실제로 만나게 되는 기분은 어떤 것일까.
정말 그런 일이 일어났다.
경화는 나에게 완전히 생경한 다른 세상의 놀라운
이야기를 묻혀왔다.
페트라 켈리 – 나와는 어떤 연결고리도 없었던
한 여자의 열정적 삶의 궤적이다.

연효주 전 의원 자택에서 숨진 채 발견.

뉴스 속보가 방송마다 떴다. 3월 중순, 20대 총선을 앞두고 공천이라는 화두가 온 나라를 삼키고 있던 때였다. 날마다 사건 사고이지만 그래도 큰 건에 속했나 보다. 온 나라는 잠시 연효주라는 이름 석 자를 불쏘시개로 하여 뜨거운 가마솥 같은 열기와 연기에 휩싸였다.

혼자서? – 그럼 혼자서지, 독신인데.

아무도 없었을라고. 케미라도! – 아무도 없었대.

그래도 죽을 이유가 없으……. 아서.

그러나 그것도 잠시였다. 4월 들어 본격적으로 선거가 다가오면서는 선거 증후군치고도 상상을 절한, 시쳇말로 멘붕의 회오리가 몰아쳤다. 날마다 더 지독한 단어들이 황사와 미세먼지에 섞여서 뱃속으로 침투되고 있었다. 엉뚱한 문자가 날아들었다.

한금실, 갑작스
레 미안한데 부
탁이 있어. 통화
하자. 여고, 손경
화. 우리 의원님
이었어, 그 비보.

늦은 밤이었다. 깨어 있어서 바로 들여다보았다. 밑도 끝도 없이 우리 의원님이라니? 이름을 쓰고 나서 덧대어 쓴 것으로 보아 의미심장한 내용 같았다. 가만, 의원님이라면…… 설마 저 뉴스에 나왔던?

손경화를 생각해보았다. 상냥한 데다 예쁘기까지 한 경화는 아나운서가 되겠다며 신방과를 지원했던 것으로 기억된다. 같은 반이었지만, 서로 다른 대학으로 진학한 이후로는 만난 적이 없었다. 그런 경화가 웬일로 나를?

아니, 언젠가 꿈에서 내가 국회의원 보좌관일 때, 그것도 남자일 때, 딱 한 번 경화를 만났다. 나는 우습게도 급한 연설문 때문에 곤욕을 치르고 있었는데, 늘 큰 가방을 들고 다니는 옆방의 보좌관이 날 불러 세웠다. 소리가 난 쪽으로 얼굴을 돌리고 보니 그 애가 바로 경화였다. 실제로 보좌관이 된 것은 나중에야 알았다. 특별히 정치적 야심 때문이 아니라 집안의 배려로 의원실에 발탁되었다고들 했다. 느닷없이 꿈속에서 '금실아' 하고 나타나더니, 또 느닷없이 현실에서 문자를?

어처구니없다. 경화가 내려오겠다고 했다. 우리 대학의 김경래 교수를 만나러 오는데, 나더러 함께 가자는 부탁이었다. 고등학교 때의 연약했던 본성이 나오는가, 국회의원 보좌관이라고는 믿어지지 않을 행보이지만 약속을 했다. 전달할 물건이 있는데……. 경화의 말이었다.

김경래 교수는 현직이 아닌 명예교수였다. 과실에서 알려준 번호로 전화를 걸었다. 그는 느닷없는 내 전화에도 놀라거나 하지 않았다. "연효주 의원님 돕던 제 친구가 교수님을 찾아뵙고 전할 것이……."라고 할 때도 크게 동하지 않았다. 다만 약속 당일에 시간이 임박해서 전화가 왔다. 서울에서 오는 사람을 만나지 않는 것이 낫겠다고 분명하게 말했다. 나더러 이왕 다리가 되었으니 전할 물건만 받아두라고, 다음에 연락하겠다고만 했다. 난감했다. 고개가 갸웃거려졌다.

경화가 들고 온 것은 연 의원의 아이패드였다. 김 교수님 앞으로 남겨진 아이패드. 그것을 가져온 경화는 어쩔 줄 몰라 했다. 놓고 가는 일이 중요했다. 유품 보관소도 아닌 내 좁은 원룸에서 헝겊 가방에 덮인 그 아이패드는 죽은 듯 며칠을 그러고 있었다.

과실 강사용 우편함에 한금실 선생 앞이라고 쓰인, 작고 두꺼운 샛노란 봉투에 비뚤한 부피감이 있는 우편물이 있었다. 봉투를 열자 학교 사진이 들어 있는 옛날 그림엽서가 나왔다.

최근의 현실을 맞닥뜨리기에는 뇌도 마음도 상했소. 이 또한 그 물건과 함께 있어야 할 것이라서 보냅니다. 비겁하게 도망친 나를 찾는 대신 모두를 열어보아도 좋소. 그다음은 알아서 하시오.

유에스비가 함께 있었다. 모르는 사람으로부터 이런 물건을 받다니. 해골이 흔들릴 일이다. 조만간 그에게 전해져야 할 물건을 내가 가지고 있는데, 그에게서 내게 무엇이 오다니. 생판 남의 일로, 기가 찰 노릇이었다. 그래도 해와 달은 운행을 쉬지 않았고, 어김없이 선거일이 닥쳤다. 필연도 이변도 뒤범벅으로 새 판이 짜였다. 사람들이 어찌 되건 한국이 어찌 되건, 지구는 아픔의 고통을 모르는 듯했다. 아이패드와 유에스비가 나란히 놓인 책상 한쪽에 신경이 쓰여서 요새는 강의 준비에도 집중력이 흩어졌다. 치워놓을까 생각도 해봤지만 마땅히 분류해서 치울 카테고리가 없다. 연효주를 검색해보았더니, 어디나 벌써 1964~2016이라고 고인 취급이다. 사인은 자살로 추정된다고만 간단히 실려 있다. 김경래 교수도 찾아보았다. 1943년 생, 미국 워싱턴대학 박사학위, 그 뒤 굴곡지긴 했지만 경제학과 교수로 정년까지 한 것으로 나와 있다. 어찌 된 것일까? 두 사람은 지인이기보다는 부녀 쪽에 더 가까울 정도로 다른 세대에 속했다. 어떤 자석의 힘이 두 물건을 이 책상으로 끌어당겼을까. 호기심이 인간의 저열한 특성인 것을 모르진 않지만, 나로서는 이 문제를 해결하는 방식이 우선 하나라도 열어보는 일이었다. 간단한 유에스비가 먼저였다.

무의식적으로 예상했던 대로 그는 자신의 이야기를 풀어놓고 있었다. 거의 연대기 형식이었다. 내가 이해한 대로 요약을 하면서 정리를 하기로 했다. 정독을 해야 그다음 행동이 가능할 것도 같았다.

김경래는 태평양전쟁의 와중에 태어나 해방 후 유년기를 거쳤다. 받아 마땅한 애정을 받을 길 없이 자라기는 동년배들과 다를 바 없었다. 해방 후 뒤숭숭한 정치와 한국전쟁을 다 몸으로 부대끼면서 통과했고, 게다가 그때는 드물지 않았던 소아마비를 앓아 가볍게 다리를 전다. 운동성이 떨어지는 사람들이 그러듯 책을 가까이했고, 성적은 늘 우수했다. 장학제도는 인색했지만 최소한의 영재들에게는 기회가 있었고, 대학을 졸업하기까지 학비 걱정은 없었다. 집안도 극빈한 상황은 아니라서 몸이 불편한 사람치고는 훌륭하게 자랐다. 물론 장애는 늘 장애였지만, 인간지사 새옹지마라고 그가 혐오하는 군대를 면케 해주는 깜짝 귀여운 역할을 해냈다. 그가 군대를 혐오하게 된 것은 부실한 몸 때문이라고 생각해서는 아니 된다. 공부를 제대로 하다 보면 사람은 반전주의자가 되기 십상인 모양이다.

대학을 졸업한 그는 장학금으로 워싱턴에 입성했다. 세상은 책 속의 간접 경험으로는 상상도 못할 만큼 넓고 다양했다. 1966년은 학생의 해였다. 페트라 켈리를 만났다. 입학도 전에 벌써 「우리 세대는 달라」라는 시를 써서 유명해져 있었다. "이번 세기 숱한 전쟁을 일으킨 모든 세력들/그러나 아무리 극성스런 악의 세력도/사랑의 힘만은 꺾을 수 없어/그 놀라운 힘 우리 안에서/66학번 우리 친구들의 힘이 되어/세상 밝히는 빛이 되리라."

글짓기나 웅변대회를 휩쓸 정도였다는 이 유명한 여자는 놀랍게도 미국 태생이 아니었다. 전후 독일에서 태어난 페트라는 어머니의 재혼으로 독일에 주둔하던 미군 아버지를 만났다. 그가 본국으로 전근되었을 때, 페트라는 열 살 남짓 나이에 모국어를 떠나 영어로 살게 되었다.

외롭게 느끼면 더욱 열심히 하게 되는 거야……. 그는 자신의 이야기인지 그녀의 이야기인지 구분 없이 혼자 중얼거렸다.

김경래가 유학 시절에 받은 가장 큰 충격은 행동하는 세대들의 태동을 몸으로 목격한 것이었다. "우리 흑인이 자유를 갈망한다고 해서 증오의 잔으로 자유를 마실 수는 없다."고 했던 킹 목사를 두 눈으로 보았다. 그가 노벨평화상을 타는가 했더니 곧이어 암살당했고, 애도가 폭동으로 변질될 지경인 것을 가까이서 체감했다.

기독교 신앙이란 무엇일까? 몇 번씩 투옥되고 집은 불타고 또 불타고…… 그런 박해를 겪고도 말하다니. "주님을 믿을 때 고통은 오히려 창조적인 능력으로 변한다는 것을 여러 번 체험했습니다. 내 개인적인 불행은 나 자신을 변화시키며 다른 사람들을 고쳐줄 수 있는 기회입니다." 킹 목사가 암살되기 2주 전 집회에서 했던 말을 그는 지금도 기억한다. "지금 우리의 투쟁은 진짜 평등을, 그러니까 경제적 평등을 위한 것입니다. 점심을 통합된 식당에서 먹을 수 있는 것으로는 부족함을 우리는 알고 있습니다. 햄버거를 살 돈이 충분하지 않은데 통합된 식당에서 먹을 수 있다는 것이 무슨 득이 됩니까?"

그래, 진짜 평등은 경제적 평등이야. 그는 주위를 둘러본다. 아무도 없다. 누구에게 하는 말일까.

금의환향의 시절, 그는 실은 귀국 예정에서 조금 뒤처졌다. 국내에서 받아서 나갔던 장학금은 끊겼지만, 미국은 잘 비비면 비빌 구석이 있었다. 그 당시 남한은 약체 신생국으로 간주되어서 보호의 대상이라는 분위기였다. 친절과 동정 사이 애매한 관심을 받는 미미한 나라의 미미한 학생은 조용히 공부에 매진했다. 페트라 같은 엄청난 에너지에 감격했지만, 어찌 보면 페트라를 잘 알고 있었다는 말은 맞지 않다. 그녀는 국제정치학, 그는 경제학으로 전공도 달랐다. 다만 '사회적' 시장경제에 대한 관심은 미국에 간 뒤에야 터득했는데, 그것이 그녀의 영향이었는지, 공부의 지향점과 맞아떨어졌는지는 잘 모르겠다. 그러다가 두 사람 다 비슷한 시기에 미국을 떠났고, 그러고는 실은 그녀를 잊었다.

페트라 켈리가 그의 뇌리에 되살아난 것은 1980년 초였다. 독일 녹색당이 창당되고 대변인으로 우뚝 선 페트라가 뉴스의 중심에 섰다. 그렇구나, 여자가 독하게 일어서는구나……. 그때부터 그는 자신도 모르게 독일의 녹색당과 페트라 켈리를 뉴스의 우선 순위에 두게 되었다.

그해 한국은 봄부터 사북 탄광 노동자들의 시위로 시작하더니, 5월 광주의 엄청난 민중항쟁의 소용돌이 속에서 격변의 세월을 겪어야 했다. 항쟁은 피로 좌절되었고, 민주화운동이라는 이름을 얻기까진 하세월이 걸렸다. 여름이 되면서 연좌제는 폐지한다면서 삼청교육대라는 새로운 공포가 몰려왔다. 김대중 내란음모사건 재판이 시작되는 것과 거의 맞물려 대통령은 5월 항쟁 등의 책임을(?) 지고 하야했다. 숨도 쉴 틈 없이 새로운 대통령이 등극했다. 그제야 100일 넘게 문을 닫았던 대학의 휴교령이 막을 내렸다. 그러고 보면 대학이 문을 닫은 동안 엄청난 일들이 있었다. 그 세월을 우리는 그저 가만히 살고 있었다.

가만히, 다들 가만히 살았다.

광주 5월 비극의 그해 8월 초, 주한미군사령관은 한국의 사태에 대해 뒷북치는 입장을 밝혔다. 누구라도 한국 국민의 광범위한 지지를 받고 한국의 안보가 유지된다면 이를 한국 국민의 뜻으로 받아들여 그를 지지할 것이라고. 특히 "한국인은 들쥐와 같은 민족이어서 누가 지도자가 되든지 복종할 것이다."라고 단언했다. 한국에는 민주주의가 적합하지 않다는 진단까지 내렸다. 그의 말에 분노했지만, 그 진단이 틀리지 않았다. 한국에는 민주주의가 뜬구름이었다. 장군이 군복을 벗더니만 대통령이 되는 나라였다. 80년 5월 17일의 계엄령은 8월 27일에 새 대통령을 낳는 웅대한 막으로 대단원을 장식했다. 석 달 열흘이면 세상이 평정된다. 어쩌면 순진한 광주가 어딘가 타깃이 필요한 작전에 스스로 타깃이 되었을지도 모른다는 회의도 없는 채로. 그렇게 통곡하는 광주는 도처에서 다시 통증으로 되살아나고 있었다.

김 교수의 말로 정리를 해야겠다, 내가 왜곡하느니.

1983년 그때 연효주는 새내기 대학생이었다. 내가 지도교수를 맡은 학생인데, 한 학기를 채 마치지 않고서 돌연 자퇴를 상담하러 왔던 그녀를 기억한다. 경영대는 자신과는 너무 맞지 않다고,

경제면의 기사들을 읽어도 읽어도 이해가 안 되는 마인드로 어떻게 전공 책을 읽느냐고.

무슨 책을 못 읽는다고……?

『경영학적 ○○의 틀』, 교수님이 기본 필독서라 하셨잖아요.

김교수로서는 자신보다 한발 앞서 도미해서 유펜에서 학위를 한 S대 O교수의 책을 신입생들에게 추천했다. 당시 미국은 가히 경영의 시대라는 화두가 각광이었다. 변호사나 정부관리가 유망 직종이었다가 70년대를 거쳐 기업 경영의 시대가 되면서 경영학 석사과정이 최고의 주류를 이루었다. 미국 따라쟁이 우리 유학생들도 그런 분위기였다. O교수도 원래 독문학 전공이었다. 그렇게 다른 전공에서 경영학 쪽으로 쇄도하고 있었다. 그래도 한국에서는 경영학과에 여학생들은 여전히 적었다. 그런데 똘똘해 보이던 여학생 하나가 시작서부터 이제 그만두겠단다.

그 여학생이 재수 끝에 서울 소재 모 대학에 합격했다고 인사를 왔다.

하필 독문학을?

예. 독문학에서 출발해서 경영학자로 대성하신 분이 있으면, 경영학 시도하다가 독문학하는 사람도 있을 법하죠.

참 청개구리 심보네요.

그런 것만은 아녜요. 교수님은 우리가 입학하자마자 왜 독일 녹색당의 페트라 켈리 이야기를 해주셨나요? 그 봄, 지지율 겨우

5.5%로 독일 연방의회에 의석 27석을 확보해낸 젊은 여성이, 유학 시절에 워싱턴에서 만났던 여학생이 독일 사회를 흔들어놓고 있다고. 이런 비슷한 말 기억하세요? 저는 다 외우는데요! 귀농을 꿈꾸는 자연주의자, 반체제 철학자, 젊은 무정부주의자, 고집스런 동물애호가, 마당을 잘 가꾸는 할머니로 구성돼 있는 오합지졸 국회의원들 이야기를.

그랬었나요, 내가?

그런 다음에도 연은 – 성만 불러야겠다 – 계속 연락을 해왔다. 방학에 고향에 내려오면 연구실에 자주 들렀다. 이곳이 고향은 아니지만, 연의 고향 사람들은 북대보다는 이쪽으로 진학을 많이 했다. 그래서 처음에 우리 대학에 진학했었던 것이고. 페트라 켈리의 근황에 대해서도 묻곤 했다. 연이 독일을 기억하는 코드는 오직 페트라 켈리였다. 동독의 수반 에리히 호네커가 그들을 대화에 초청한 내막이며, 녹색당은 나토의 결정에도 반대할 수 있는 정당이라고도. 의회 내 중점 사업은 평화정책, 인권 그리고 소수민족에 관한 것들이라고도 말해줬다. 돌이켜보면 나는 결국 연의 대화에 이끌려가고 있었다는 느낌이 든다.

그녀 역시 역사의 한 부분을 제 몸으로 느끼게 되었다. 1985년이었다. 5월만 되면 대학생들은 광주의 5월을 실감했다. 그때는 '삼민투'가 결성된 직후였다. '민추위' 산하 '민주화투쟁위원회'

계열과 '주도세력' 계열의 절충으로서 반쯤은 공개적인 투쟁 조직이었다. 그들의 주도로 서울에서 70여 명의 학생들이 미국문화원을 점거하고 농성을 벌였다. 광주에서는 80년 당시에 이미, 그러니까 그해 마지막 가는 12월에 벌써 미국문화원 방화 사건이 있었고, 이태 뒤 부산에서는 사망 사고까지 부른 방화 사건이 크게 터졌었다. 무고한 한 학생이 연기 질식으로 사망했고, 주동자들이 사형 선고까지 받았으니 엄청난 사건임에 틀림없었다.

그때 다섯 개 대학 삼민투 위원장 중에 연의 고향 동기가 있었다. 고향 동기는 금서가 된 독일어 책 부분 복사물을 들고 그녀를 찾곤 했다. 독일어를 아는 건 당시 '금서'를 읽는 데 큰 장점이었다. 다른 대학의 삼민투 위원장들도 만나게 되었다. 미국문화원 농성 사건 뒤 체포된 73명 중 몇몇 사람은 연에게 친숙한 사람들이었다. 그들을 건너서 언뜻 스치거나 했던 존경스런 인물 중에는 앞선 방화 사건으로 이미 사형 선고를 받아 복역 중인 놀라운 선배들도 있었다. 막연히 그녀의 가슴속에 살기 시작한 누군가도 거기 있었단다.

연이 한 번도 이름을 밝히지 않았던 '그 누군가'는 타 대학의 삼민투 위원장이었고, 당연히 구속되었다. 구속자 가족이 이루어낸 민가협에서 활동하는 그의 부친을 먼발치에서 본 적이 있더란다. 대개는 어머니들인 단체에서 혼자만 아버지여서 혹시 어머니가 안 계신가 그런 생각도 했었다고. 물론 생각뿐이었지만.

이런 이야기들을 간헐적으로 내게 쏟아내는 연에게는 더는 가까운 사람이 없었을까. 젊은 그녀에게 설마 했지만 그래 보였다. 연은 미국문화원 안에 들어간 73명 속에도, 후에 수배당하거나 구속된 이들 속에도 들지 않았다. 그러나 상당한 지근거리에서 삼민투의 투쟁 방식을 지켜보았다. 민족통일, 민주쟁취, 민중해방 – 그 어느 것도 아름다운 이름이지만 통한의 아픔과 함께한다는 것을 알았다.

세월이 흘렀다. 연은 졸업을 하자마자 유학길에 올랐다. 막상 독일에서는 독문학 전공 이외에 정치학을 부전공으로 택했다 해서 조금은 놀랐다. 이메일이 가능해진 때였고, 가끔씩 소식들이 왔다. 이번에는 그녀가 페트라의 소식을 먼저 알려주었다.

근년에는 티베트 문제에 개입해서, 독일 의회에서 티베트 문제가 언급되도록 했더군요.

그동안 아직 태어나지 않은 인간들의 생명 보호에까지 관심을 가졌더라고요.

녹색당 선거 구호 들어보실래요? "아직 태어나지 않은 생명 또한 보호할 가치가 있음을 우리는 인식한다……." 어쩌고.

이번엔 '사회적 보호연맹'이란 것을 만들어 창립 의장이 되었는데, 어째 녹색당과는 오히려 삐걱거린다네요. 현저히 영향력도 상실하고.

〈12시 5분 전〉이라는 환경 보호 시리즈를 낼 것이라고 하네요.

맙소사, 비보예요, 들으셨지요? 이 가을 시신으로 발견된 페트라 켈리, 게다가 추정하건대 사후 2, 3주 후에야 발견되었다니요!

그랬다. 페트라 켈리가 '돌연' 죽은 채로 발견되었다. 1992년 가을이었다. 독일 신문 방송에서도 열띤 보도들이 있었다. 총성에 얽힌 추측성 기사들도 난무했다. 자살, 타살과 자살, 타살…… 음모론까지 잠시 혼선이었다.

연은 자초지종 기사를 요약해서, 더러는 미국에서 유럽으로 돌아온 이후 페트라의 일생 전체를 요약해서 알려왔다. 보고 싶지 않다는 말은 못 하고 내버려뒀다.

워싱턴의 미국 사람 – 그때는 그랬다 – 페트라는 우선 암스테르담으로 갔다. 유럽학과 대학원에 진학해서. 언젠가는 고향으로 돌아가기 위해서. 1972년부터 10여 년간 브뤼셀의 유럽공동체에서 일했다. 유럽공동체 경제사회위원회 행정사무관. 그러면서 독일 사민당 당원이었다. 1979년에는 사민당 슈미트 총리에게 공개 서한을 쓰고 탈퇴했다니 거창했다. '다른 형식의 정치적 대표'를 모색하겠노라고, 생의 보호와 평화만이 우선이 아니라 남녀평등권의 원칙이 중요한 그런 단체를.

유럽공동체 본부가 있는 베를레몽 건물에서 그녀가 느낀 것은 세상은 남성의 것이라는 편견뿐이었다. '사적인 것이 정치적인 것'이라던 여성해방운동의 기치를 뼈저리게 느끼고 실천하려

했던 일벌레의 눈은 만족하지 못했다. 성공한 여성은 남성의 배려(?)의 결과일 뿐, 양념처럼 빛나는 존재일 뿐, 핵심은 남성들의 것이었다.

너무 재미있어, 하인리히 뵐 등이 함께했다는 유럽의회 진출을 모색하던 당시 그 이름 말이다. '여타 정치연합 녹색' 그게 뭔가. 그녀가 의미하는 '정당 반대당' 바로 그것이었다니. 그녀 자신 앞으로 가지게 될 정치적 영향력을 상상도 하지 않았고, 그저 자신은 시비꾼, 잘해야 시민운동가쯤이라고 느꼈다는 그녀.

하지만 주변에서 볼 때는 처음부터 스타 이미지를 가졌다. 요제프 보이스나, 대학생 운동 지도자 루디 두치케 등 눈부신 인물들과 나란히. 27명의 '여타 정치연합'으로서 출발했던 녹색당의 결과물은 다시 말해도 찬란한 성과였다. 생태주의와 사회적 책임, 풀뿌리 민주주의와 비폭력에 관심을 집중한 녹색당은 시민운동의 결과물이었다. 원자력발전소 건립 반대에 그녀가 그토록 열심이었던 것은 어린 여동생의 암 발병과 죽음의 원인을 거기서 봤다는 개인적 경험도 크게 작용했었다. 여동생의 아버지인 미군 장교는 일본의 원폭 투하 때 일본에 주둔했었다고.

연은 잔뜩 써 보냈다.

소설 같은 사생활도 기사화되어요. 보세요!

1947년, 전후 독일의 절대 빈곤기에 태어난 페트라 카린 레만의 '새 생활'은 곤곤했다. 아버지 레만은 동독 출신 나치 병사로 바이에른에서 연합군의 포로가 되었다가 그곳에 정착했지만 일찍 집을 떠났다. 어머니와 함께 새아버지 미군 중령 존 E. 켈리를 따라 1960년에 미국으로 갔다. 그래서 켈리다.

워싱턴 대학 재학 시절엔 교수님도 만났다 하셨잖아요. 교수님 말씀과 똑같아요. 페트라 켈리도 마틴 루터 킹 목사의 마지막 활동들, 그리고 죽음, 그의 비폭력 원칙에 깊은 감화를 받았다고요. 독일의 현대사와 전쟁의 잔혹함을 깊게 인식하는 계기도 되었고. 여기까진 교수님이 가끔 말씀해주셨던 이야기죠. 그리고는 교수님이 말해주지 않은 많은 이야기들이 있어요.

아예 사생활. 유럽공동체의 행정사무관으로 일할 때 위원장이었던 그는 페트라로서는 '세 번째 아버지' 같은 연인이었다고. 그와는 석 달 열흘을 못 간 것이, 마흔 살 가까운 나이 차이보다 사고의 낙차가 컸을 것이라고. 비효율적 농민을 이농하도록 권유한 '농업 1980'을 기획해낸 장본이었으니까. '네 번째 아버지' 같았다는 연인인 20세 연상의 운송노조 위원장에게서는 아이를 갖는 특별한 경험을 했지만 헛일이었다. 가톨릭 교도이자 아일랜드인인 그로서 이혼은 상상 불가였고, 설상가상으로 페트라의 건강도 심각했다. 의사는 중절을 권고했고, '매우 고통스러웠던' 그 일로 모든 것은 끝났다.

마지막 동반자이자 '마지막 아버지'였다고 하는 G장군과의 10여 년은 그녀의 일생 전부였다. 24년간 서독 연방군에 복무한 기갑사단 사령관이었던 그는 1979년 나토의 퍼싱II 유럽 배치 계획과 관련하여 180도 방향을 바꾸어 재무장 반대로 돌아섰다. 1980년에는 재무장 반대와 평화를 요청하는 크레스펠트 선언문을 기초했고, 1년 뒤 200만의 서명을 이끌어냈다. 모스크바의 돈을 받았다거나 동독의 사주를 받았다고, 그렇게 간주되거나 모함받았다. 몇 번의 연좌 데모 때마다 벌금형도 받았다. 전향한 장군과 생래적인 이상주의자의 결합은 스물네 살의 나이 차이를 뛰어넘어 눈부시게 출발했다. 때늦게 정치에 뛰어든 노장군에게 페트라는 '반은 수호천사요 반은 맹도견'이라 불렸다. 그렇게 무기 없는 평화를 외쳐대는 그들이 1983년에는 연방의회에 진출했다.

상상이 간다. 연방의회 중에 뜨개질하고 있는 녹색당 의원 사진이 뉴스에 나왔었지. 구겨진 바지로 자전거 출근은 기본, 후훗. 녹색당 초창기엔 퇴역 장군의 정치적 무게도 컸고 켈리의 녹색당 창립자로서의 이미지도 대단했지. 왜 노선 투쟁에서 영향력을 상실해갔을지. 하긴, 이상주의자가 이해하는 녹색당은 사상을 내놓더라도 권력을 가지지 않는 것이라, 여전히 원외 야당의 성격을 고수하고 있었으니 정치에선 안 통했겠지. 녹색당은 정당이 되어갔고, 켈리는 녹색 이상으로 남은 거야.

티베트까지 걱정, 아니 세상 전체를 개혁하려고 사방에 부딪혀갔지요. 산더미 같은 일 속에 살아가니까 주위의 걱정을 들었나 봐요.

"사람들의 곤경과 자신 사이에 선을 그을 필터가 결여되었지요."

"병참술도 없이 세계 정치를 했지요."

이상하죠, 통일의 열매는 사민당이 아닌 기민당의 것이네요, 참.

통일 이후 총선에서는 녹색당이 오히려 참패했어요.

페트라 켈리는 지고한 요청과 엄격한 도덕으로, 체르노빌, 소아암…… 끝없는 테마에 매진했네요. 세상은 그들을 잊어가기 시작하는데.

그러다가요, 갑자기. 갑자기 그렇게.

다음 다음해 연이 돌아왔다.

돌아온 그녀는 담담하게 페트라 켈리를 일축했다. 모교에서 강의를 얻는 것이 순서이겠지만 한참을 빈둥대고 있었다. 내게 와서 하는 말로 미루어, 옛 동아리 사람들을 기웃거리는 것 같았다.

그런데 누구 하나 막상 정치 일선에…….

그들 중 마음을 보냈었다고 나중에 살짝 흘린, '그 누군가'를 여전히 멍하니 보는 느낌이었다.

일단 조치원 캠퍼스에 강의는 얻었어요. 학위 하고 온 사람들 줄줄이 밀려 있어서 겨우…….

90년대 중반은 폭죽처럼 불어나는 박사들 정체가 심해지는 때였고, 인문학 특히 문학은 학생 정원의 축소로 신규 전임에 임용되는 기회가 극히 줄고 있었다. 결혼은 충격적으로 멈칫하고 나더니 잊은 듯 했다. 해라, 안 한다, 그 일로 어머니와 심각한 지경에 갔었다 했다. 오히려 15대, 16대 총선을 치르는 동안 직접은 아니나 '그 누군가'를 지원하고 있다는 느낌을 받았다. 서울에서, 그다음엔 고향에서 무소속을 고집하던 '그 누군가'는 계속 고배를 마시는 모양이었다. 상대는 여당에서 고위직을 지낸 노장이었으니 고배를 마실밖에. 정당까지 바꾸어가면서 계속 당선되는 상대를 어쩌랴.

교수님, 이건 좀 너무 심한 경우 아녜요? 이 당에서 장관 하고 국회의원 하고, 대통령 바뀌니까 또 당 바꾸어서 국회의원 하고.

정치 현실에 '너무'라는 게 어디 있기나 하던가?

세월은 또 흘렀다. 세기가 바뀌었다.

연은 10년이 넘어도 '시간' 꼬리를 떼지 못했다. 어느 날이었다.

어머니가 비례대표에 넣으시겠다고요!

뭐, 비례대표라?

예, 저를 18대에. 아버지가 이루지 못하신 꿈이고, 다른 형제가 없으니까. 또 어머니가 아프세요. 가업은 사촌 오빠에게 일임했고요. 제 미래를 보장해놓고 나서야 편히……. 결혼하는 걸 기다리느니 그것이 더 빠르겠다고! 마침 정치학도 부전공으로 했으니 무리는 아니라고!

그렇게 그녀는 의원이 되었다. 마흔다섯이었다. 상향 공천을 시도하는 정당이라고 했지만 예외란 늘 있는 법이고, 그녀의 어머니는 조금 무리수였을 외동딸 의원 만들기에 성공하시고는 눈을 감았다. 그녀는 말 그대로 혼자가 되었다. 그때도 그녀의 '그 사람'은 국회 입성에 실패했다. 아니, 지방자치단체장 선거에서까지 낙선한 후유증으로 아예 총선을 도모하지도 않았다 했다.

나와 급격히 가까워진 시기는 바로 그 무렵이었다. 대화 상대가 그만큼 더 절실할 때였는가 보다. 물론 젊은 시절 소위 운동권에서 만났던 선후배들과도 다시 국회에서 또는 외부에서 접촉이 잦아졌겠지. 이상하게 통증을 호소하곤 했다. 삼민투 투쟁 선봉의 몇 사람이 전향하는 과정에서 연은 많이 놀라워했다. 서울 미국문화원 농성 사건뿐 아니라 부산 문화원 방화 사건 주동자들 중에서도 180도에 가까운 전향을 보일 때, 연은 많이 혼란스러워했다. 그녀가 존경스럽다고 여겼던 사람들, 제 몸을 던져 이웃과 민족을 위해 변화에 목숨 걸었던 사람들이 변할 때의 어리둥절함을 또래들에게는 토로할 수 없었기 때문이었을지도 모른다.

선생님, 아시잖아요. 그 선배는 '민족을 학살하고 그 피 위에 선 정권이 어떻게 통일을 이야기할 수 있냐'고 항변하며 사형 선고를 받았죠. 어떻게 아무리 세월이 흘렀다지만 그 신문을 대변하는 양 기사를 써요? 심지어 그 대통령 후보를 지지할 수가 있는 거예요?

사형 선고까지 당해봤기 때문일 수도 있겠지요, 연 의원. 대한민국이 자유국가임을 명증하는 또 다른 사건이기도 하고. 사람은 누구나 의식을 바꿀 수도 있고 그것으로 부끄러워하지 않아도 된다? 그런 좋은 나라.

연 의원은 예상과 다르게 국방위원회에 들어갔다. '그 누군가'를 대신하는 심정인지도 몰랐다. 알고 보니 모두가 기피하는 곳이라고도 했다. 다음 지역구 출마와 연계가 멀어서 그렇다고도 했다. 환경이 사람을 만드는가. 연 의원은 군 복무 가산점 제도를 들고서 내게 열변을 토한 적이 있었다. 남성이든 여성이든 군 복무를 마친 사람에게 복무 연수만큼 혜택이든 가산점을 주는 게 너무도 마땅하다는 것이다. 그래야 겨우 동등한 조건이 된다는 것이다. 여대 졸업생들과 장애 남성의 헌법소원으로 위헌 판결이 나왔지만, 현실을 보라는 것이었다. 누구는 말 그대로 청춘을 나라를 위해 저당 잡혔는데, 몸과 맘을 위험스레. 누구는 부자 모두가 병역 기피를 하고도 떳떳한 나라 꼴이라뇨. '신의 아들', '장군의 아들'에 이어 '사람의 아들' 그리고 '어둠의 자식들'

로 나뉜 팔자 타령이 몇십 년이 가도 그대로인 거예요.

그러던 연이 돌연 번아웃증후군을 앓고 있었다. 번아웃 – 일을 집착적으로 잘 하던 사람이 갑자기 다 타버린 연료처럼 무기력해지는 일이라니!

연이 의원이 적성에 맞았을까? 그건 아닐지도 모르지만, 일단 맡은 일이면 그 일과 삶에 보람을 느끼고 충실감에 젖어 있는 편이었다. 사람이 어떤 이유에서 그리도 그 보람을 잃고 돌연히 슬럼프에 빠지게 되는 것인지. 육체적 정신적으로 피로가 극도로 쌓였겠다. 국회 안에서 밖의 '그 사람'을 기다리는 일이라니.

2012년이 되었다. 연 의원은 의원실을 비울 준비를 했다. 지역구 경쟁은 처음부터 관심 없어 보였다. 오히려 '그 사람의' 지역구에만 눈을 돌리고 있었다. 그예 당을 선택해보려던 그가 고등학교 한참 후배에게 밀렸을 때의 심정을 나도 알 것 같았다. 연은 입을 다물었다.

대학으로 돌아가려고?

강사 자리는 여전히 밀려들어오는 박사들로 넘치고 있죠.

그럼 무슨 연구소 내고?

아니에요. 우선 쉬고요. 참, 우리나라에도 녹색당이 태동이 될 것 같아요.

무슨 소리, 소속 당을 대표하던 의원님이 엉뚱한 이야기를.

교수님이 거기 동참하시는 건 어때요?

내가 무슨. 무슨 정치를.

페트라 켈리를 제 머릿속에 심으신 게 누군데요. 독일을, 독일의 녹색당을, 녹색의 가치를 심으신 게.

연은 녹색당에 합류하지는 않았다. 녹색당은 당명부터 어려움을 겪고 있었다. 뭘 하고 지낼까. 잠시 소통에서 잠적했지만, 어쩜 환영할 일인 것도 같았다. 그 나름 새로운 출발이 필요한 시점이니 분주할 터였다.

해가 바뀌더니 한두 마디 코멘트를 해왔다. 살아나는 모양이었다.

방글라데시가 그 정도일까요? 건물이 무너져 3천 명이 죽어요?

어머, 싱가포르에도 폭동이라는 단어가 있나 보네요. 44년 만이라네요! 하긴 외국인 노동자들의 분노니까, 내국인은 여전히 얌전한 나라. 얌전한 게 뭐죠?

해가 또 바뀌었다.

쾌거예요. 드디어 녹색당이 이름을 찾았어요, 녹색당. 아직도 망설이세요?

이 시대에도 합병이 이루어지다니요, 러시아와 크림 공화국 말이에요.

새정치민주연합 탄생이라, 민주당은 역사 속으로 묻히는가요?

군부대 내 구타 사망 사건이 터졌네요. 곪은 게 터진 거죠!

그것이 2014년 4월 초였다. 곧이어 더 끔찍한 비극이 우리를 통째로 잠식해버린 이래…… 돌이켜보니 우린 거의 소통이 없었다. 그러다가…….

무소속을 고집하는 묘한 그 사람을, 선거마다 낙선하는 그 사람을 외부에서 해바라기하는 일이란 어떤 것이었을까. 또 한 번의 낙선을 더는 지켜볼 수 없는 심장은 미리 저절로 터져버리는 것일까. 내가 아는 한 연의 '그 누군가'는 이번에도 고전을 했다. 현역 의원의 벽을 넘지 못했다. 끝내 그 이름을 밝히지 않고 연은 떠났다. 아이패드에는 남겼을지도 모른다.

나는 내게 보낸 어느 것도 열지 않을 것이다. 아무것도 확인하고 싶지 않다. 가장 큰 배신은 죽어서 존재하지 않는 것이다. 연은 누구였을까.

기록은 거기에서 돌연 멎어 있었다. 이게 다 무슨 이야기인가. 나머지 하나, 미지의 아이패드를 열어야 할지 그저 멍한 심정이 된다. 나는 아이패드의 주인 너머로 뜬금없이 다른 사람의 죽음을 보고 있다. 주검이 아니라 죽음이다.

일흔 살 남자와 마흔다섯 살의 여자가 몇 분 간격으로 죽는다. 사는 집에서. 조그만 테라스가 있는 막다른 골목집에서 두 발의

총성이 울린다. 여자는 타살된다. 남자는…….

아니, 다시.

그들은 베를린에서 본으로, 본 시내에서 북서쪽 타넨부쉬의 후미진 골목집으로 돌아온다. 자정이 가까운 시간에 도착하여 잠자리에 든다. 이튿날 아침 남자가 일찍 일어난다. 나이 든 사람 특히 장군의 이력으로 봐서 일찍 일어나는 것은 상례다. 타이프라이터에 앉은 그는 뮌헨의 아내에게 일상적인 편지를 쓴다. 두 번째 편지지를 타이프라이터에 끼운다. 주어 다음 동사 '해야 한다'의 철자 중간에 일어선다. 타자기 전원은 켜져 있다. 침실에서 잠들어 있는 젊은 연인은 자타가 공인하는 동반자, 녹색의 아이돌. 장군 출신답지 않게 퍼싱II 서독 배치 정책에 반대하며 돌아선 그의 이력은 녹색당에서 이 아이돌과 함께 빛났다, 빛났었다. 선제공격을 염두에 둔 미사일 배치는 유럽 내 군사 균형을 깨뜨린다 – 라고 사직서를 썼던 그 손으로, 조금 전에 편지를 쓰던 그 손으로 피스톨을 든다. 자신을 쏘기 전에, 잠들어 있는 연인을 쏜다. 불가능해 보이는 일들을 우리가 행하지 않고 놔두면, 우리는 생각도 못했던 일을 맞닥뜨리게 될 것입니다 – 라고 말했던 연인의 입은 영원히 닫힌다. 희망을 위해 투쟁 – 이라고도 썼던 그녀의 손은 썩기 시작한다.

안개

누군가 가슴에 있는 것도 같다.
알 수 없는 목마름을 알 것도 같지만,
아무것도 하지 않게 되는 것을 보면 아닌 것도 같다.
일자리가 가까우면 마음자리는 더 안개 속이다.

안개 속입니다, 이곳도.

그가 그곳에 갔을 때 이메일로 전해온 한마디다. 한 줄도 채 안 되는 이 한두 마디를 위해 이메일을 열고 써서 보낸다. 그뿐이었다. 휴대전화를 쓰는 걸 본 적이 없다. 모를 일이다. 일거수일투족을 아는 사이도 아니니까.

거기에서도 안개 속이라고? 한여름 내내? 헤세의 「안개 속에서」를 의미하는 것일지도 몰랐다. "숲도 바위도 고독하다. 어떤 나무도 다른 나무를 보고 있지 않다. 누구든 혼자다. 삶은 고독함. 누구도 다른 사람을 알지 못한다. 누구든 혼자다." 그 비슷한 시. 그는 이 시를 독일어로 알겠지.

여름방학 내내 일어난 일이라곤 없었다. 이메일 한 줄 받은 것, 경화를 만나러 부산에 간 것, 그것이 특별한 일의 전부였다. 마침 부산에 갈 일이 있는데 게서 만나자는 경화의 말을 거절하지 못했다. 아이패드를 돌려주는 일이 뜻밖의 여행이 되었다. 그러나 그건 그냥 일이었다. 마린시티며 옛 동창들과의 조우는 낯설었지만, 시원한 소나기를 기대하다가 만난 폭우랄까. 아니, 판타지 영화 같은 느낌이었다. 극장 밖은 그저 무미한 일상이었다.

아무런 일이 없는 여름 내내 유럽을 생각하고 있었다. 그리 혹독하게 덥지도 춥지도 않은 유럽의 한복판. 그가 안개라고 부르는 곳. 설마 여름에도 짙은 안개가? 그 안개며 헤세를 따라가는 마음이 하도 우스워졌다. 뭔가 억울하기도 했다. 차라리 내 젊은 몇 년이 먼지처럼 묻어 있을 파리를, 프랑스어를 기억해야 옳았다. 그래, 「가을의 노래」를 불러낸다. "머지 않아 우리는 차가운 어둠 속에 잠기리. 잘 가라, 너무 짧았던 우리 여름의 찬란한 빛이여! 내겐 벌써 들린다, 음산한 소리 울리며 안마당 돌바닥 위에 떨어지는 장작들." 베를렌이 아니라 보들레르다. 잘 가라, 짧은 여름날의 햇살아. 햇살 같은 것이 무엇이 있었을까. 텅텅 빈 공갈빵마냥, 시간이 젊음이 커갔다가 멀어지는 동안 텅텅 비어 간 마음. 보잘것없는 겉모양 외에는 아무것도 채워 지닌 것 없는 내 청춘. 잘 가란 인사말도 어울리지 않는 나날들. 안개 속에 품은 무엇이 있으니 좋겠다, 너는. 내가 나를 잊은 느낌은 오랫동안 나를 괴롭혔다.

가을 학기가 시작되었다. 로봇처럼 아침에 눈을 뜬다. 그리 반갑지 않은 공기가 코를 간질인다. 눈을 비비려다 다시 감기로 한다. 반쯤은 덮인다. 아주 뜨고 싶지는 않다. 꿈 때문이기도 하다. 꿈은 꿈이라지만 하룻밤 새 여러 편의 환상특급을 보는 듯 꿈들은 머리를 혼란시킨다. 그래도 눈을 뜬다. 좁아터진 창문을 본다. 그곳에서 빛이 들어온다. 햇살이 보이지 않는 반투명 유리지만 빛의 기운은 안다. 흐릿한 하늘 뒤에서 아스라이 비춰오는 햇살을 탐한다. 흐릿한 하늘에도 해는 떠 있을 것이다.

빛을 따라 몇 발짝 걸어서 창문을 열 것이다. 뒤로 돌아서서 코앞의 현관문 쪽으로 향하면 오른쪽에 욕실이다. 겉도 씻고 속도 씻어낸다. 완전히 외워진 기본 동작들을 되풀이한다. 기계다. 나오면 다시 빛 쪽을 향할 것이다. 그 창문 아래에 가스레인지가 있다. 물을 끓이고 가루커피를 풀고 몇 번 젓다가 냉장고 문을 열 것이다. 빵이든 떡이든 탄수화물 조각이 있을 것이고, 그것들 중 하나를 꺼낼 것이다. 오이든 사과든 한 알 있으면 좋겠다. 자중자애 – 아버지가 늘 말씀하시던 그 말 가운데엔 사과도 들어 있을 것 같다. 사과가 없어도 나는 괜찮다. 적어도 아침을 먹으면서 하루를 시작한다. 다시 선 창가, 그릇 두어 개를 씻으며 밖을 본다. 여전히 푸른 잎들에도 어딘지 모르게 가을 기운이 소리 없이 엉긴다.

수업은 점심시간 걸려서 하나 있다. 책상에 앉는다. 밤새 달라져 있을 것 같지 않은 메일박스를 연다. 아이쿠, 그의 이메일이다. 돌아왔다는 인사? 냉무. 첨부파일만 있다, 가끔 그랬듯이.

시내를 가로지르는 버스인지 열차인지 속도가 붙은 탈것이 눈앞에 어른거린다. 꿈이 덜 깼다. 그전에 강당 비슷한 강의실에 상당한 수의 사람이 앉거나 서서 웅성거린다. 연사가 들어오고, 기대와는 다르게 티셔츠 차림이다. 게다가 머리가 긴 것으로 보아 여자 같기도 하지만 덩치로 미루어 남자인 것 같다. 목소리가 시작되었을 때, 남자는 이상한 소리를 낸다. 나아 조–바스! 랑에 니히트 게제–엔! 연사는 객석으로 다가왔다. 맨 앞줄에 외국인처럼 생긴 뒷모습이 하나 보였다.

꿈속의 주인공은 모습으로는 그와는 완전 달랐다. 하지만 꿈은 반대라고 하지 않던가. 잘 알아듣지는 못하지만 독일어 같은 말이 느닷없이 등장하더니 그의 이메일이 와 있다. 설마 그가 독일어로 뭔가를 썼을 리는 없다. 음악 시간에 배운 〈보리수〉나 〈음악에〉 그런 노랫말 정도밖에 모르는 내게 그럴 리는 없다. 내가 그의 이메일을 '배고픈 무덤처럼 아가리를 벌리고' 기다리는 것을 그는 짐작이나 할까?

미쳤다. 내가 아무래도 미치고 있나 보다. 나보다 아래 학번에, 국립대학 교수 – 신분 자체가 내 자존감을 건드린다. 내 호기심의 시작점은 그가 전해준 독특한 가족사였을 뿐이다. 다만 끝 간 데 없이 관심이 갔던 이야기였을 뿐이다. 그를 처음 본 것은 그가 언어교육원 제2외국어 담당 교수일 때였고, 곧 다시 독일에 간 그가 일의 단초를 만들었다. 간헐적으로 보내오는 메모들 파일들을 첨엔 그저 따로 정리해두다가 돌연 내가 '소설'로 윤색했고, 글은 이미 발표해버려서 돌이킬 수가 없다.

사라진 형과 형을 기다리며 야위어가는 어머니. 어머니의 소원에 따라 독일 유학을 핑계로 순전히 형을 찾아 삼만 리 – 그의 청춘은 그렇게 늙어갔을까. 공부는 언제 했을까.

글을 시작한 시초부터 그와 형의 교집합을 생각해보곤 했었다. 인간, 남자, 국적 등 피상적인 것 이외에는 어머니만 공유한다. 성을 함께 쓰는 아버지도 포함되지 않는다. 인종도 완전하지 않다. 그는 순혈 한국인. 형은 복잡하다. 한국인 어머니에게서 1/2 한국인의 혈통을 물려받았지만, 독일인 아버지는 3/4 아리안과 1/4 유대인이라서 복잡하다. 전체를 8로 보면, 한국인 4, 아리안 3, 유대인 1의 비율이다. 형이 친아버지의 흔적을 찾아 독일로 스며들었고, 그는 계속 형의 꼬리만 보고 좇는 형국이란다. 혈통이 중요하냐고? 정답은 '아니다'라야 할 것 같다. 모르겠다. 현실에서는 상당한 영향을 주는 모양이다.

아직도 그 글의 연속상에서 그에게서 뭔가 자료(?)를 기대하는 것이 내 삶의 중요한 인수가 되어버렸다. 그래서 이메일을 기다린다. 그게 어때서? 물론 코멘트가 없는 그의 생각은 오리무중이다. 그가 안개다. 안개 속에 있다던 그. 안개에서 진부함이 피어오른다. 우린 교집합이 너무 얇다. 순 한국 사람, 미혼, 인문학 공부, 유럽 문학에 대한 이해, 부모가 생존해 계시는 것, 기독교인이 아닌 것, 행복해 보이는 얼굴이 아닌 것……. 이건 필요 없는 짓이다. 나는 다른 사람의 마음에 원래 별 관심이 없다. 촌스럽게도 막연히 목표 하나만을 의식하고 살아왔으니까.

삼신도 무심하시지. 왜 하나라도 아들로 주시지 않고.

애들 듣겠어요. 금실인 잠 빨리 안 들어요.

불 끈 지가 언젠데. 아무래도 허전하잖나. 조상 볼 면목도 없고.

조상 타령 또 할래요? 특별히 지켜준 것도 없담서로. 큰아버진 왜 미국 가 살고, 종남 아재네만 해도…….

관두자고, 참.

철부지 때 알게 된 사실, 우리들은 아들이 아니구나. 아버지, 아들이 아닌 것이 너무 싫었어요. 아들처럼 되고 싶었죠. 꼭 성공을 해서 실망시켜드리지 않겠다고 다짐했었죠. 중등교사 아버지보다 딱 한 수 위, 교수가 되는 일은 뭔가 통쾌할 것이라 생각했으니까. 실은 천부적 재능이 부족했어요. 애초에 스카이 대학에 못 들어갔으니까. 아버지를 추월하기는커녕 지방시 신세로 낙착이네요. 첨엔 열심히 집중하면 되는 줄 알았죠. 저 정말 열심히 했어요. 파리, 온 세상 낭만의 첨단이라 상상되는 그곳에서 어찌 살았는지 상상도 못 하실 거예요. 아무것도 안 하고 공부만, 공부만 했어요. 학위논문 구두시험이 끝나고서야 파리를 '관광'했어요. 퐁네프, 미라보 다리…… 베르시 빌라주에도 갔었죠. 와인 창고들 즐비한 넉넉한 곳, 시음 맘대로 하고, 1년 내내 음악 공연에 작품 전시들이 이어지는 그곳엘. 기찻길 흔적이 남아 있는 느긋한 그곳에서 울어버릴 뻔했어요. 밑변이 없이 높이만 올리고자 했어요. 삼각형의 넓이는 밑변이 좌우하는 것을 몰랐죠. 명색이 인문학을 하면서 정말 바보였어요. 빠른 시간 안에 학위를 하자, 학위를. 그랬지만 대학엔 더 이상 희망이 없어요. 아버지에서 멀리, 고향에서 멀리 있는 것이 맘이 더 편하답니다.

정작 아버지를 만나면 할 말이 없다. 주변 이야기나 흘린다. 아버지도 평택 이야기나 하다 보면 쌍용차 공장 굴뚝 농성 어쩌고 하시다가, 아니다, 여긴 발전에 가속도가 붙는구나, 그러신다. 아니면, 그래 너 사는 데는 어떠냐고 물으신다. 다를 것 없어요. 아니 조금은 다른 것 같아요. 광주 정신이라고, 타지 출신으로서는 잘은 모르는 고민들도 있어 보어요. 요즘 손가락 안에 드는 정치권 인사가요, 광주 5월 항쟁을 "인사에, 지역 발전에, 많은 것에 소외를 받다 보니 가슴속에 쌓인 게 많아서 어느 순간 탱크도 무섭지 않게 돼서" 나선 거라고 그 비슷한 말을 하자 적잖게 흥분하더라고요. 광주 5월을 밥그릇 쌈질한 꼴로 만들어버렸다고 거의 분노하더라고요. 그렇게 주변 이야기만 하고 말 것이다.

말이 나왔으니 말인데, 실은 광주가 난해해지는 기분이 들 때도 있다. 나는 광주 사람이 아니니까 냉정하다. 광주 정신은 뭘까, 강사실에서 내가 물은 적이 있었다.

5월 정신, 광주 정신 그런 말들 하잖아요. 사람들이 떠나버린 '바위섬'이라고 느끼는 것 그런 건가?

뭘 물어요. 원칙을 원칙으로 받는 대신, 개밥에 도토리 취급하는 이 나라가 문제지.

일단 인간과 인간 사이라면 교집합이 있어야 관계가 생기죠. 광주와 다른 도시의 관계도 그렇고. 광주 사람 하나와 광주 사람 둘의 관계도 그렇게…….

그래서 뭐?

합집합이 크려면 교집합이 작아야지요. 둘이 손가락 하나로만 연결되어 있을 때 둘은 거의 두 사람으로 보이는데. 둘이 온몸으로 포개어 있으면 둘은 거의 하나로 보이죠. 둘이 거의 하나이면 각자는 반이라는 말인데, 각자는 반이 아닌 온통이고 싶어 하고. 그런 말씀, 후훗. 광주는 교집합의 절대적 확장을 원한다는 느낌, 그래 숨이 막히도록. 궤변인지 몰라도 그런 생각이 드네요.

궤변 맞으심다!

아니 갑자기 웬 관계 타령! 요새 연애라도 시작한 거요?

누구랑 썸 타는 중? 요새 이 방에 케미 냄새 나던가?

와우, 냄새야. 창문 열어, 빨리!

혼났다. 왜들 호들갑인지. 관계라는 단어에는 촉이 꽂히나 보다. 아니 벌집이다. 이럴 땐 젊다 못해 어리다. 물론 입으로만, 말로만 그런다. 오히려 과장에 가깝다.

옛날엔 남녀칠세부동석이라고 엄격히 조심을 시키면서, 물리적 거리가 남녀관계의 중요 변수라고 했었다. 그러나 생명력이 말라붙은 현대인에게는 물리적으로 가까운 것도 별 상관이 없다. 같은 강사실을 사용하는 강사들 사이를 봐도 안다. 비슷한 또래 비슷한 처지의 청춘 남녀들이 책상을 맞대놓고 있어도 케미는커녕 썸 타는 기색도 드물다. 데이트는 어느 나라 이야기일까. 상대를 의식해서 옷매무새를 가다듬고 거울을 보고서 외출하는 그런 일은 드라마용이다. 현실에서는 보기 드문 호사다. 달은 보름달을 거쳐서 그믐달이 되지만 고단한 생은 상현에서 보름달을 그대로 지나쳐버리고 바로 그믐이 오는가 싶다. 아직 혼자일 뿐, 이미 청춘들이 아니다.

강사실 통틀어 한참 선배인 철학과 구 선생님만 기혼이다. 자신은 시간으로 버틸 때까지 버티는 것이라고, 희망의 기색도 내비치지 않고 묵묵히 산다. 하지만 아내가 다행이 초등교사라서, 여기 말로 철밥통 붙박이다. 아내한테 미안하기로 말하면 너무 미안해버려서 지금은 무감각이라고 했다. 남편 박사 시켜서 교수 되는 것 희망으로 뒷바라지했었던 아내에게. 다행인지 뭔지, 아내 친구 중에 남편이 사시에 매달렸다가 폐인처럼 나가떨어진 사람이 있다 보니, 시간강사 남편도 중간은 간단다. 험난한 경우는 끝도 없다. 아래를 보면 위안이 된다는 것은 교육적인가, 나쁜 심보인가. 머리가 많이 성기다. 희죽이 웃을 때는 여느 교수 못지않은 연륜과 아우라마저 있을 정도다. 달관일까.

학기가 시작하면 기본적인 인사처럼 거치는 이야기들이 있다. 부당 해직되었거나 못 견디고 자살했거나 하는 강사들에 대한 추념이다. 60이 다 되도록 공부와 강의만 하다가 생을 포기해버린 그 철학과 샘 이야기가 또 나왔다. 구 선생님 앞에선 삼가려다가 들켰다.

"나름대로 노력했지만 결과적으로 잘되지 않았다. 미안하다." 그렇게 남겼다지. 우리도 그렇게 되지 않을까 겁이 나요.

결과적으로 잘 안 된 것은 경제였어. 돈이 모자랐어요.

돈이 모자라는 사람들을 경멸하는 건 죄악이오. 돈이 너무 많은 사람들을 경멸해야지.

우리가 한탄만 하자, 구 선생님이 그렇게 말했다.

그런데 대학이 돈벌이만을 가르치고 있으니. 거 김 선생, 모교 평생교육대학 철회는 뜻밖의 성공이었어요, 응. 대학 집행부가 학생들에 밀리는 경우, 거 흔치 않죠?

사실 운동권을 완전히 배제한 일로 의아해하기도 했죠? 정치성을 완전히 뺀 시위라니! 밖에서는 그게 이기적이고 배타적이라고, 그런 비난도 많던데요? 누가 끼어들었다.

그건 절대 아닌 것이, 봐요, 입학 정원을 고졸 취업자들에게 나누어주라니까 반대한 것 맞지만, 진짜 반대는, 그니까 거기서 가르칠 과목이 철학이나 물리학이 아니라면 그게 대학인가 그 말요. 미용이나 뷰티 배우는 데 500만 원씩 대학 등록금을 내라니, 내놓고 돈벌이 행태다 그거죠. 암튼 주동자들 따로 없이, 자율적인 시위가 결국 통했죠. 그저 본관에 죽치고 앉아서 공부하면서 회의하고 토론하고. 많은 문제점들을 끌어냈죠.

대학이란 곳이, 제도가, 역할이 임계점이 이른 느낌이 드는 것이…….

커리큘럼이 근본 문제예요. 온통 산업 연계가 목표죠. 그 신산업융합대학 덜컥 만들 때도 마찰이 컸대요. 예고도 없이 하루 만에 음악하고 조소 쪽 정원 줄이고선 '융합과 취업이 더 중요하다' 한마디로 일축했대요. 신입생도 벌써 뽑았어요. '산업수요 중심 선도대학' 내세우는 교육부 정책 목표에 발 빠르게 맞춰서는. 아니 외려 한 발 앞서죠, 정보도 빠르고.

내통이 빠르겠지요. 공격적 행정인지. 교육부 지원 사업들 하나도 안 빠뜨리다시피 죄다 가져갔다던걸. 프라임에 코어에, 그 둘 다를 어떻게 잘해낼지. 인문계를, 자연계를, 어딜 줄여 어디에 집중해요? 자충수 아뇨?

벌써 학과 헤쳐모여가 실행돼서 강사들도 소속 대학이 옮겨지면서 물갈이가 들쭉날쭉, 암튼 어렵다고 하더라고요.

체육과, 의류학과, 식품영양학과 뭐 그런 것들이 모이면 융합인가?

짬뽕이 좋겠네. 한복, 한식, 스포츠산업 주르르 모아다 놓았고만. 한식 세계화, 한복 세계화, 그런 걸로 누구 좋으라고! 대학은 그저 산업 기능공 만들어내라, 돈은 큰손 사업가들이 벌겠다, 뭐 그런 식 아뇨!

강사실은 늘 그렇게 우울했다. 우울하다. 프랑스 문학, 루소, 어디다 쓸까. 이 대학에서도 산업 융복합 그런 비슷한 대학 만들면 프랑스에 수출 잘하라고 프랑스어나 가르치라고 할까?

아직 첨부파일을 열지 못했다. 곧 일어서야 할 시간이다. 어중간한 시간에 뭔가를 먹기가 마땅찮다.

점심시간에 걸린 강의를 끝내고 나면 허기가 진다. 인문대 근처 마당에 있는 간이 커피숍에 간단한 먹을거리도 있다. 샌드위치를 하나 산다. 컵라면을 살걸 그랬나? 강사실 복도에 정수기가 있고, 뜨거운 물도 나온다.

강사실 문을 열자 대부분 점심시간 수업들을 마친 강사들이 앞서거니 뒤서거니 들어와 있다.

나 점심 제 시간에 좀 먹을 수 없나? 위가 엉망이라고. 왜 꼭 우리만 점심시간에 강의를 해야 하느냐고! 철학과 정샘이 불만을 토로하고 있는 중이다.

심정은 다들 비슷하다. 학교 입장에서는 강의실을 풀로 가동하기 위해서 점심시간 없이 강의를 개설한다. 하나씩 섞바꾸어 하면 누구라도 점심을 먹을 수 있다. 실제 운용에서는 점심시간 두 강의가 대개는 강사들 차지가 되기 십상이다.

억울하면 교수 되시라요!

그냥 젊은 우리가……. 그 말을 빼던 목소리가 구 선생님을 의식해서인지 움츠러든다.

왜 그래, 강의가 없어 못 하는 사람들도 있잖아요!

강의가 있는 것만으로도 만족하라는, 위로 아닌 위로를 듣다 보면 누구라도 발끈해졌다.

분수를 알라고? 분수가 타고나는 것이냐고! 안분지족이라는 그 거짓말, 분수 지키자면 어찌 편안한 마음으로 만족하게 되냐고!

누군가 소리를 냅다 지르며 분수에 맞게 살라는 말의 잔혹성에 대해서 일장 연설이다.

영어로도 웃겨요. 천에 맞게 코트를 자르라, 그런 말 있더라고요. 내가 뚱뚱하고 키도 큰데, 그럼 옷감이 작다고 그대로 코트를 자르면 내 손목은 어쩌냐고! 덧대서라도 코트를 키워야죠.

정말 뚱뚱하고 큰 영문과 박샘의 모습 때문에 키득 웃음이 난다. 들킬까 고개를 숙인다.

그렇다고 위만 쳐다보다가 목 부러져 죽냐. 속 터져서 죽냐. 일단은 살아야제. 팔이 7부면 워때요, 없는 것보담 훨 낫제! 누군가는 현실론을 들이민다.

동양은 그래서 처지는 거요, 못 올라갈 나무는 쳐다보지 말라?

서양은 신 포도라고 포도 따볼 생각도 안 하는 여우를 나무라는데. 그래서 진취적이고, 그래서 잘살고.

잘살고 못살고가 다란 말이여?

그럼 그게 다지. 다 살자고 하는 일이잖여. 잘살자고요!

할 일이 그것밖에 없었다. 갑론을박. 시작도 끝도 늘 안개 속이다.

정작 우리를 어안 벙벙하게 하는 것은 대개 조용히 있는 구 선생님의 한마디다.

잘살자고, 그래요. 우린 장래희망이 뭐였더라? 청소년 때 말이여. 막연히 공부는 좀 되고, 그래서 공부하고 공부하고 공부하다 여기 온 사람들이니 비슷비슷 교수직을 염두에 두었겠다.

갑자기 다들 입을 다물었다. 아무도 입을 떼지 않았다.

우린 어째야 헌가? 꿈이 틀렸던 것이제. 테레비 보다가 한 대 맞어부렀어.

뭔 일요? 그렇게 묻는 사람도 없다. 구 선생님이 사투리를 쓰기 시작하면 뭔가 심각한 이야기임을 이심전심으로 느낀다.

뭔 퀴즈 프로 같았는데이, 채널 돌리다 순간 보니께 여학생 하나 남학생 하나만 남아갖고 긴장감이 돌더라고. 숨 좀 쉬라고 그런가 아나운서가 묻더라고, 장래희망이 무엇입니까? 그냥 채널을 고정하고 귀를 쫑긋해봤제. 옛날 생각도 나고, 요샌 뭣이라 허는지 궁금도 허고.

뭐 다들 연예인이라 그랬겠죠!

아님 스포츠 스타.

마지막으로 둘 남은 '공신'들인데 그런 것 한다 했겠어! 판검사, 의사 뭐 그 정도는 되겠죠.

그래, 맞어. 남학생은 그렇게 답했던 것 같어. 근디 생각이 안 나부러요, 그다음 대답에 놀래갖고 앞에 들은 것들이 다 날아가부렀어.

뭔데 이리 뜸을…….

뜸이 아니라, 다들 설마 짐작도 못 할 거라고. 글쎄 건물주라여, 건물주! 태연히 글더라고. 정석에도 없던 새로운 희망 직종 건물주라니. 건물주가 되어갖고 불로소득으로 생활하겄다! 고렇게 앳된 여학생이 장래희망이 건물주라는디, 살 맛이 나는가요, 어디!

뭔 소리예유, 그 말이 워때서. 조물주 위에 건물주란 말 여태도 몰러유? 구샘 은근히 순진하신가 봐유.

철학과 후배가 눙치듯 말하자 구 선생님은 얼굴을 붉혔다. 몰라도 한참 모른다는 식의 말에 무안해하는 것 같았다. 세대 차이일 수도 있었다. 누군가 나서서 괜한 변명을 시작했다.

애가, 부모가 집주인 잘 못 만나서 고생하는 것 보면서, 그래서 그런 생각을 하는 거겠지요. 전전긍긍하는 모습 보면서, 건물주가 되어 효도하고 싶은 마음에, 아마 그런…….

옹색하게 뭔 말. 청문회장이다 뭐다 늘 보면서 본질을 흐리시네. 건물주 위력 대단한 거 맞아요. 오피스텔을 열도 아니고 백 채를 소유하고도 멀쩡히 고위 공직자 노릇을 하는 인간이 없나, 엘리트 중 엘리트도 부동산 임대사업자 등록까지 해놓고 합법적으로 부동산 재테크를 하는 세상인데 뭘 그려. 재테크가 죄도 아닌 것이고, 양심 같은 건 경제 마인드에는 원래 없는 단어고!

양심, 그거 시대착오적 단어 맞네. 빅토르 위고 시대에나 존재했던.

나도 그 말은 아네요, 바다보다 웅대한 것이 하늘이고, 하늘 보다 더 웅대한 것은 양심이다, 그 비슷한 말.

이 통에선 불문과 선생도 못 해먹겠네요!

위고고 양심이고 다 시렁에 걸어놓은 시대인데요, 뭐. 아, 그 금수저들은 주식인지 펀드인지 금융 투자에서도 뻥튀기만 하니 뭔 조화인고! 또 그런 운빨들은 청문회도 무사 통과지, 걸려봤자 임명되고.

머리가 아프다. 내 책상 쪽으로 의자를 잡아당기고 대화에서 물러났다. 드 라 보에시의 『자발적 복종』 번역본이 펼쳐져 있다. 파리 시절, 처음 원서를 본 순간 '세르비튀드 볼롱테르 – 자발적 노예 상태'라고 이해했었는데, 이 번역자는 '복종'이라는 단어를 취했다. 번역자의 열정은 대단하다. 20페이지가 넘는 역자 서문에서 바로 느껴진다. "복종을 멈춰라, 그 순간 당신은 자유인이다." 한 줄에서 안다.

대다수의 사람들이 언제부터 자유인임을 포기했을까. 애초에 자유인인 적이 없었을까. 논 갈고 밭 갈고 그렇게 단출하게 먹을 때는 자유인이었을까. 그때도 잘사는 집 못사는 집 왜 없었겠는가. 곡식은 쌓아놓을 수 있는 것이다 보니 쌓아둘 욕심들이 생겼겠다. 수탈해가는 관리들은 언제나 있었다. 하지만 옛날에는 좀 달랐다. 늘 하는 아버지 말씀, 할아버지가 그러셨다고, 흉년에는 논 사는 것 아니라고. 보릿고개에 처자식 굶어 나가는 꼴 차마 못 보고 내미는 땅문서를 곡식 몇 자루 내어주고 사들이는 것은 죄라고. 그걸 가르침이라 붙들고 있는 아버지도 틀렸다. 틀렸다기보다 뭘 모르신다. 지금은 앗아간다. 그것이 투자다.

한샘, 뭐해? 혼자만 시큰둥해서는. 노선 바꿨어?

으응, 아니, 따라쟁이 한국 부자들도 투자로 부를 축적하니까…….

무슨 말? 자다가 웬 봉창?

보다 효율적인 방식을 위해 권력이 동원되어 부를 낳고, 부가 권력을 낳는 상부구조가 정착되는 것이고. 나머지는 그네들 우월감을 확인시켜줄 대상으로 전락하는…….

뭐해? 혼자서 논문 쓰냐고!

이런. 생각하고 있던 것이 저절로 입 밖으로 튀어나오다니. 상황 판단 없이.

말 나온 김에 마저 합시다! 우리 너도 나도 죽자고 공부 공부 공부만 해왔지만, 공부만으로는 상부구조 진입이 어림없어. 돈은 인재를 스카우트해서 패밀리를 견고히 하고, 인재는 효율적으로 상부구조에 안착해서는…….

왜 그래요?

이해가 안 돼서요. 충분히 성공하고 충분히 갖고서도 뭘 더 원해서 청문회장 같은 곳에 나올까. 부동산 투기 같은 것 들키고 거짓말 들통나고 그럴 것을. 요직에 가야 진짜 요술방망이를 쥐는 걸까. 그냥 고등동물의 명예욕 때문일까.

뭐, 돈 아니면 권력 아니면 그 둘의 합이 요술방망이지.

모두 한마디씩 내뱉었다.

하긴. 투자 잘 해서 부자 되는 일은 능력 플러스 덕목이여. 가질 수 있을 만큼 가져라, 그리 못하면 무능하단 소리에다가 친구도 우정도 없는 인간이 되고 말제.

그래, 오죽 인간이 못되었음 뒷배 봐주고 엉키는 친구도 없이 겨우 두더지 땅 파먹고 사냐 그 말이유. 동반 성장 몰러유? 누이 좋고 매부 좋고유!

정샘이 생각보다 능청이다.

그건 아니제, 우리 쓰디쓴 커피 한잔 받아 마셨다가는 시간도 다 떼이게 생겼는데.

아, 그럼 달달한 걸로 받아 자시쇼.

아무 소용 없어, 잔챙이만 걸리지. 국회의원은 왜 빠지고…….

자, 흥분은 금물. 그만들 하시죠. 우리가 뭐 종편이라도 되는

가, 하다 못해 팟캐스팅도 아님서.

포드캐스팅!

아 그 참, 국어 선생 티 좀 잠시 벗으면 어디가 덧남? 포드캐스팅이라면 누가 알아듣는다고.

이 무슨 소모인가. 인생은 소모다. 갑자기 소제목이 떠오른다. 소모 - 그것으로 한 꼭지 써야지 싶다. 참으로 소모적인 하루하루를 산다.

두 사람이 마지막 강의 시간에 들어간다고 일어서는 틈에 묻어서 슬며시 자리를 떴다. 15분 정도 걸어서 바로 집으로 향할 것인지, 농대 쪽으로 느긋하게 걷다가 키 큰 나무들 아래 벤치에 앉아 울 것인지는 발이 정할 것이다. 울려거든 방으로 직행해야 맞는데, 그러니까 울려고 벤치를 찾지는 않는다는 말이다. 요샌 울려거든 벤치에서 울지 말고 벤츠에서 울어라, 그런 말도 있다던가? 암튼 벤치에 앉았다가 차가운 기운이 온몸을 덮치면 저절로 눈물이 나는 것이다. 그러니까 심정이 아니라 다만 냉기가 만들어내는 눈물이다.

냉기와 눈물의 관계에 대해서 생각해본 적도 있다. 관계라면 다시 집합이다. 냉기에서 차가움을, 눈물에서 체온을 보면 상관이 별로 없는 물체다. 가만히 들여다보면 냉기에서 물기가 느껴진다. 그러면 그 물기와 눈물이 연결된다. 물리의 세계를 떠나면 더 가까운 친족 관계가 보인다. 춥고 배고프고 눈곱까지 끼면…… 최악의 빈곤 상태를 나타내는 그 처음에 냉기가 있다. 춥고 배고프고 눈곱까지 끼면…… 누구나 울고 싶어질 것이다.

금목서 아래 벤치에 앉는다. 향기의 부드러움 때문에 이 벤치는 어스름이 내려도 덜 춥다. 다른 나무들이 황량하게 변해가는 가을에야 꽃을 피우는 것이 특이하다. 따뜻한 노란색은 주황에 가깝다. 잎이 무성한 여름에는 가을의 꽃을 예감하기 어렵다. 이름 모를 새가 여름 한 철에 집을 짓고 새끼를 낳아 길렀다. 모양은 참새 같지만 훨씬 커서, 꼬리까지면 한 뼘도 넘어 보이는 새다. 새끼를 기르는 동안에는 둥지로 바로 날아들지 않고 낌새를 보며 다른 가지에 앉았다가 들어가곤 했다. 경계의 몸짓이다. 새끼 보호 본능은 생물의 원초적 본능 중에서도 가장 강한 본능이렷다.

사람들은 아이를 낳고 싶은 본능을 잊어가는 걸까. 식욕도 성욕도 사람마다 차이가 있듯이, 어미가 되고 싶은 본능에도 차이는 있을 것이다. 어떤 여자아이가 또는 어떤 남자아이가 내 아이로 존재하는 상상은 나를 당황케 한다. 보잘것없지만 내 미토콘드리아는 그렇게 단절되고 말 것이다. 나쁜 의미로 심쿵. 가슴이 조금 쿵 한다. 돌이켜보면 누군가 적극적으로 나를 원하지도 탐하지도 않았다. 길게 매달린 눈에, 생글생글 미소를 띨 줄도 모른다. 키도 작고 마른 편이라 육감적일 턱도 없다. 기형적으로 불균형은 아니라 해도, 흥, 결과적으로 매력이라고는 없다는 말이 된다. 대학 4년에 이어 파리의 4년 동안에도 따로 데이트 신청 한번 받아보지 못했다. 낭만의 천국이라고들 상상하는 그곳, 이국적인 동양 여학생들이 아예 비인기인 것도 아닌데.

이국적? 그것도 실은 문제였다. 스톡홀름 근교가 고향이라는 같은 과 학생이 있었다. 회색 눈에 거의 허연 털이 숭숭한 팔뚝에 거인족 같은 느낌이었다. 처음 강의실에서 만났을 때의 친절은 세상이 모두 낯설어 바짝 경계를 하고 몸을 곧추세운 내게 상당한 도움이 되었다. 그러다 곧 호의인지 뭔지 모를 이상한 치근거림으로 나를 당황하게 하곤 했다. 어느 순간부터는 이 사람이 내 작은 몸을 대하는 것이 혹시 소아성애자가 아닐까 하는 두려움을 낳게 했다. 팔을 좀 만져봐도 돼? 머리카락을 만지고 싶어! 가슴을, 작은 가슴을 보여줘, 보여주기만 해, 한 번만, 소원이야! 나는 어른이고, 어른 대접을 받고 싶었다. 프랑스 여자애들은 마드무아젤보다 마담 대접을 받고 싶어 했다. 어려 보인다는 말보다 멋지다 세련됐다 그런 평을 원했다. 난 그것까지는 아니라도 당당해 보이고 싶었다. 당당한 노출에는 물론 전혀 자신이 없었다. 가슴도 너무 절벽이라서 혹시 아이를 낳았을 때 젖이 정말 안 나올까 걱정되기도 했는데…….

한 사람, 동반자를 구한다는 말로서 다가온 이순규가 있었다.

이순규의 고향과 관련되어 간헐적으로 되풀이되는 꿈이 있다. 물속으로 잠긴 채 떠내려가는 꿈이다. 그곳에서 죽다 살아났으니 그럴 법하다. 트라우마라고 하던가. 그 일 뒤로 바닷가를 찾아가거나 수영을 하거나 물과 관련된 일들을 아예 피하고 있는 것이 사실이다. 어떤 기억은 시간이 가면 희미해지는데, 그 물속의 기억은 아마 평생 못 잊을지도 모른다는 생각이 든다. 그러니 이순규와의 거리는 그 시간 이후로 정지되어 있다. 동반자 후보자로서 이순규에게 순규 씨 하고 불러보기 전에 그렇게 멈추었다. 자기에게 오다가 물에 빠져 죽을 뻔했던 여자를 정말로 죽이고 싶기야 하겠는가.

물론 그 이전에도 물속은 자연스럽게 느껴지지 않았다. 수영장 물도 밀어내려는 듯, 미리 샤워장에서 갈비뼈를 부러뜨려 거부했었다. 결국 수영을 배우지 못했고, 수영을 못하니까 바닷물에 빠졌다. 그러니까 이순규를 아주 적나라한 모습으로 만났다. 생쥐 꼴로 의식도 오락가락 무방비 상태로 몸을 다 맡겼을 것이다. 그렇지만 가까워진 느낌이 없었다. 어떻게든 겹치는 부분이 있어야 관계일 텐데 결정적인 겹침이 발생하지 않았다. 그와의 교집합이란 피상적인 인수들뿐이다. 한국 사람, 40대 – 끔찍한 숫자네, 인문학자, 시간강사…… 많지 않다. 그가 믿음직스럽고 생각 있는 사람인 것은 맞다. 생각 있는 사람이 함께 살기 꼭 좋을지는 모를 일이다. 생각이 있으므로 무조건적 사랑을 하지는 않을 것이다. 상대가 그럴 가치가 있을 때에 사랑하리라. 사람은 강아지나 고양이도 사랑한다. 예쁠 때는 사랑한다. 예쁠 때만 사랑하는 상대는 함께 살 이유로는 부족하다.

결정적인 이유. 마흔둘에, 아이를 얻을 가능성이 없이 메말라 가는 내 삶의 결정적 이유는 간단하다. 한 몸이 되고 싶은 누군가가 없다. 알 수 없는 목마름을 느끼게 하는 그, 배승한도 몸을 발동하게 하지는 않는다. 내가 어딘가 불구일까. 작은 가슴을 보여줄 수 있을까. 그가 내 가슴을 만지고 싶어 할까. 한 몸이 되고 싶은 누군가를 만났다 하더라도 그것이 함께 살 이유가 못 되는 것은 마찬가지다. 누군가랑 온몸으로 포개어 있는 상황을 원치 않는다. 누군가랑 하나가 되면 나는 반이라는 말인데, 나는 반이고 싶지 않고 온통이고 싶다. 새끼손가락 하나만 내어줄까? 그것도 어렵다. 손가락 열 개가 다 있어야 자판을 두드리고, 무엇보다도 내가 하이에나가 아닌 증거로서 자판을 두드릴 손가락 열 개가 다 중요하다. 이렇게 이기적인 나. 좋게 말해봐야 이성적 인간이다. 사람이 아주 이성적인 한, 연인도 부부도 탄생되지 않는다.

어스름 저녁 안개가 내린다. 냉기가 시장기로 변하기 전에 일어선다. 춥고 그다음 배고프기 전에. 집에, 방에 들어가면 곧 잘 씻기 때문에 눈곱까지 낄 일은 없다. 2분이면 따뜻해지는 햇반 – 햇반 때문에 미혼자가 늘어간다고? 맞는 말 같다. 식탐이 적은 편으로, 엄마표 김치와 밑반찬이면 햇반 하나 뚝딱. 나는 괜찮다. 늘 밥을 먹는다, 깨끗한 방에 작은 침대가 기다리고 있다.

책상에 앉는다. 컴을 열면 다시 밤이 시작될 것이다. 밤이 끝나면 아침, 아침이 흐르면 다시 밤이 오는 순환. 이 순환에 갇혀서 겨우 연명하는 수입에 무의미한 강의를 하면서 살아간다. 프랑스어가 무에 소용된다고 학점을 받으려는 학생들, 그나마 아직은 더러 있지만 아마 곧 없어질 것이다. 다시 한국어 강의를 할 수도 있겠지만, 언어교육원 소속이 되면 아예 단순 계약직 강사다. 정서적으로나 수입에서 훨씬 떨어지지만, 외국인에게 한국어 가르치는 일은 보람은 조금 더 있을까.

난 괜찮았다. 공부로 보낸 메마른 20대, 그때 나는 분명한 미래를 향해서 살고 있었다. 강단에 선 지 15년, 현재의 나는 과거의 외국표 박사학위 결과로서 연명한다. 그마저도 희소가치가 없어질 앞으로 15년 동안 계속 유효할까. 평균 연령만큼 산다고 치면 거기에 더해 또 15년이 필요할지 모를 끔찍한 미래의 시간들. 그 미래를 내가 선택하는 미래로서가 아니라, 이대로 다가올 미래를, 나락을, 기다리는 것은 수치다. 생명체에게 미래가 존재한다는 것은 벌이다. 밤은 벌써 와 있다.

소용없다. 습관에 굴하고 컴을 연다. 이번에는 그의 이메일을 열고 첨부파일을 볼 것이다. 보아야 한다. 외롭냐. 너무 많은 것 아닌, 양보다는 질적으로 우수한 교집합을 꿈꾸느냐. 이성적 판단을 초월하는 절대적 신뢰 같은 어떤 것이 녹아 있는 달콤 씁쓸한 알갱이, 아니 두 팔 벌려 아무렇게나 누워도 흔들리거나 터지지 않을 바닥이면 좋겠지. 고작 첨부파일에 기대하는 것이 많구나.

어라, 파일이 둘이다. 아침엔 이메일이 왔다는 사실에만 집중하느라 지나쳤었다. 어느 것을 먼저 열까? 용량이 지나치게 작은 것이 있다. 뭘까. 오히려 호기심이 인다. 선물 포장지를 열기 전처럼 살짝 두근거린다. 하얀 백지, 중간 위쪽에 단 두 줄이다. 웬 프랑스어! 내가 독일어를 모르듯 그는 프랑스어를 모른다. 그런데 웬 프랑스어를! 알고나 썼나!

소리 내어 읽어본다. 푸리에 부 므 마리에. 즈 베 에메 랑트망. 제 브주앙 뒨 에뻐즈 뿌르 아돕테 윈느 피이으.

미친놈. 나도 모르게 큰 소리가 튀어나왔다. 미쳤어! 사랑은 아직 아니지만 천천히 하겠고, 아이 입양 땜에 우선 아내가 필요하다? 자료를 주다 못해 내게 딸까지 주겠다고? 내가 먼저 돌겠다. 두 번째 파일, 여차여차 형의 아이를 발견한 이야기며 입양을 해야 하는 사연들이 적혀 있을 그걸 읽으라? 안개 좋아하시네! 안개 속 고민이 이거였어?

부전자전이라니. 맘에 둔 여자가 독일 놈 아이를 품고 미혼모가 되려 하자 서둘러 결혼하여 아버지가 된 것이 그의 아버지였다 했다. 그 혼외자가 그의 형이었다. 이번에는 형의 아이를 위해, 사라진 형 대신 아버지가 되기로 하면서 난데없이 어머니를 구하려는 그는 한걸음 더 나아갔나?

서랍을 뒤진다. 어딘가에 담뱃갑이 있을 것이다. 언젠가 인문대 앞 무슨 행사 뒤풀이에서 그가 불붙이던 담배를 다시 집어넣고는 자리에서 일어섰을 때 슬쩍 집어온 것이다. 막연하게나마 그를 내 아이의 아버지로 상정하고 있을 상황에서는 왠지 소중했지만, 입술에 닿았던 필터를 차마 만져보지는 못했다. 다만 가까운 장래에 내 아이의 아버지가 되어주기를 기대하는 남자가 다른 아이와 함께 아예 오겠다는 이 상황을…… 어떻게 이해해야 할지, 뇌의 어느 부분에서 처리해야 할지, 어떤 카테고리에 넣어야 할까. 아직 입력조차 안 되고 있다. 담배 연기라도 품어내어 짙은 연막 속에 숨고 싶다. 밤이다. 안개보다 짙은 회색의 밤이다.